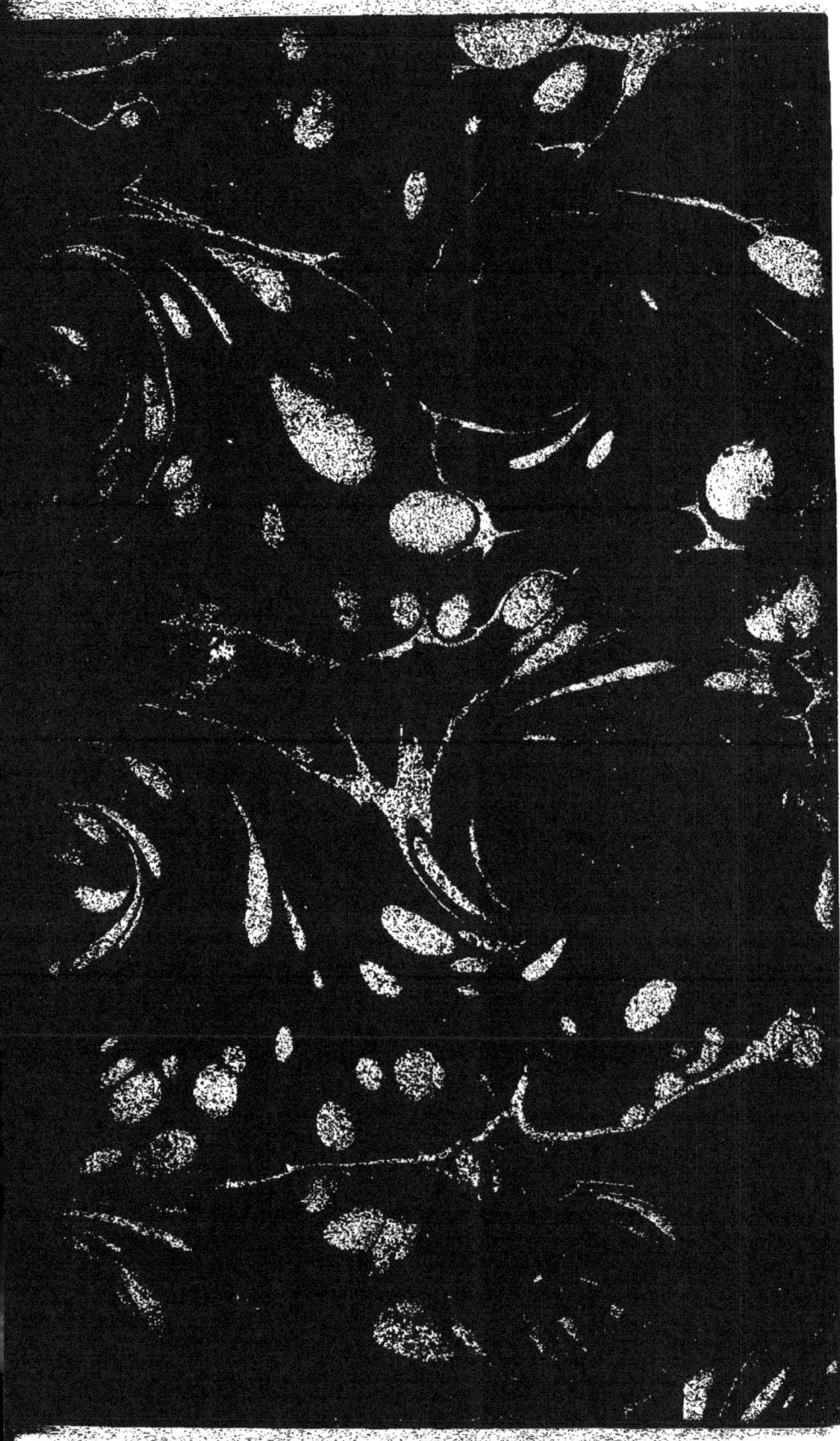

44

16075. Bis.
H.

L'ESPRIT

DES USAGES

DES DIFFÉRENS PEUPLES.

TOME SECOND.

L'ESPRIT

DES USAGES

DES DIFFÉRENS PEUPLES,

Par M. DÉMEUNIER.

SECONDE ÉDITION.

TOME SECOND.

———※———

Trois Vol. in-8°. *brochés,* 9 liv. *reliés,* 12 liv.

———※———

A LONDRES,

Et se trouve à Paris,

Chez Pissot, Libraire, quai des Augustins,
près la rue Gilles-Cœur.

M. DCC. LXXX.

TABLE

DES LIVRES ET CHAPITRES

CONTENUS dans le second Volume.

LIVRE SIXIEME.

LIVRE SEPTIEME.

LIVRE HUITIEME.

LIVRE NEUVIEME.

LIVRE DIXIEME.

LIVRE ONZIEME.

Fin de la Table des Chapitres.

LIVRE

LIVRE SIXIEME.

DE LA GUERRE.

CHAPITRE PREMIER.

Origine de la Guerre. Préliminaires &
cérémonies avant le combat.

ON tâchera de traiter cette matiere de fang-
froid ; car il eſt dangereux de tomber ici dans
la déclamation : il faudroit parler comme un
homme qui n'eſt étonné de rien, & que l'habitude a familiariſé avec les plus grands déſordres.
  Le développement des facultés de l'homme le
met dans un état de guerre avec ſes ſemblables :
les inſtitutions ſociales amenent d'ailleurs la diſ-
corde, & c'eſt le principe ſecret des aſſociations.
Les ſauvages, expoſés à toutes ſortes d'attaques,
ſe réuniſſent en troupes, pour avoir plus de

force, & pour mieux fe défendre. Chacun d'eux a fouvent le droit de déclarer la guerre ; & tous les Canadiens étoient les maîtres de *lever la hache* quand ils le vouloient.

Leur vie eft abfolument guerriere ; le befoin envahit d'un côté, le befoin défend de l'autre, & les deux partis font entraînés par des paffions qu'ils ne peuvent réprimer. Dès qu'ils choififlent un chef, l'ambition, la fierté, l'amour-propre & la jaloufie, qui étoient les vices des individus, fe répandent fur toute la communauté. Une premiere attaque jette des femences éternelles de haine & de divifion ; & alors l'efprit de vengeance, qui fe nourrit de fes propres fureurs, ne connoît plus de bornes.

Le défœuvrement & mille autres caufes allument la guerre entre ces fauvages. Comme ils ne favent que faire, ils entreprennent une expédition. L'imagination trouve un certain charme dans l'appareil guerrier, & l'on recherche avec avidité tout ce qui en retrace le fpectacle. Les enfans fe rangent en bataille, ils s'arment de bâtons & de pierres ; & c'eft un plaifir pour eux de s'exercer au combat.

On a dit que l'homme n'eft pas né pour la guerre, parce que fes organes ne font point des armes meurtrieres ; mais fon intelligence eft plus dangereuſe que les dents du tigre & les griffes de l'ours. Les animaux qui approchent davantage de nous ſont les plus adroits à ſe venger, & même leur maniere de ſe battre reſſemble quelquefois à nos guerres. Les ſinges qui habitent les environs du chemin de Madraſſ, déteſtent ceux qui vivent dans les forêts; & ſi le haſard en amene un dans le canton ennemi, il eſt étranglé ſur le champ. Le gouverneur de Paliacate procura à Tavernier le plaiſir de les voir combattre. On mit cinq corbeilles de riz, éloignées l'une de l'autre de quarante ou cinquante pas; & près de chaque corbeille, ſix bâtons de deux pieds de long & de la groſſeur d'un pouce. Les ſinges deſcendent bientôt de toute part, pour s'approcher des corbeilles. D'abord ils ſe montrent les dents, ils avancent, ils reculent, comme s'ils craignoient d'en venir au choc. Les femelles, plus avides que les mâles, mettent enfin la tête dans les corbeilles; les mâles du parti oppoſé fondent alors ſur elles. La mêlée devient furieuſe; ils prennent les bâtons, ils ſe mordent avec les dents, & le ſang ruiſſelle. Les plus foibles ſe retirent enfin dans les bois, eſtropiés, tandis que les vainqueurs, maîtres du champ de bataille, mangent le riz.

On a parlé ſouvent de l'inſtinct qui porte les

tigres & les vautours à dévorer les autres animaux. Mais les paſſions morales ſont plus impé-
rieuſes que les beſoins phiſiques : l'homme en
colere ou animé par la vengeance, déchire ſon
ſemblable avec encore plus de fureur, & l'on
diroit qu'il eſt né plus vorace que les animaux
carnaſſiers.

La civiliſation ne détruit pas cet inſtinct. Par
une ſingularité ſurprenante, elle ne ceſſe de
l'augmenter ; car les peuples modernes qui
ſe font la guerre ſont plus ſauvages que les Can-
nibales qui ſe battent entr'eux.

L'homme en ſociété chérit ſes compatriotes ,
mais il a de l'éloignement & de l'averſion pour
les autres peuples. Les nations ſont donc inſo-
ciables, & il n'y a plus entr'elles de commiſé-
ration ni de pitié. Chaque individu cherche ,
d'ailleurs, ſon bonheur, aux dépens de tout le
monde : cette maxime devient auſſi la regle des
gouvernemens, & l'on ne voit que des ravages
& des meurtres.

Que la terre ſoit couverte de républiques ou
de monarchies, un ſeul homme turbulent ſuffit
pour la mettre en feu. La crainte ſe communique de proche en proche ; on garde toujours
les précautions qu'on a priſes une fois ; on forme
des ſoldats dès l'enfance, & il eſt de l'eſſence
d'un guerrier de ſe battre.

Les républiques ne subsistent que par l'enthousiasme de la liberté, & le courage des citoyens : les monarques, foibles par eux-mêmes, ont besoin de défenseurs ; le despote est dans un état de guerre contre ses sujets, & il lui faut des satellites pour les contenir. Des orateurs ou des bardes excitent un peuple libre au pillage ou à la vengeance : un souverain capricieux & passionné parle, & des milliers de soldats accourent à sa voix : le despote tremble, & pour en imposer, il s'agite, il ordonne des massacres, & partout des causes puériles arment les humains.

L'enlevement de trois courtisanes excite la guerre du Péloponnese, qui ne finit après vingt-huit ans, que par la prise d'Athenes (1). Les Bukkariens querellent sans cesse leurs voisins qui ne rasent pas, comme tous les Tartares, le poil de la levre supérieure (2). Le duc d'Olivarès fut blessé de ce que le cardinal de Richelieu finissoit une lettre par les termes de *très-humble & bien affectionné serviteur :* on fit la guerre & il en coûta la vie à cent mille hommes (3).

_____

(1) *Aristoph. in Acharn. Plut. in Per.*
(2) Prevôt, t. 7.
(3) Entretien 21 de Balsac.

Cent mille François périrent à la bataille de Fontenay. Ce massacre révolta la nation, & l'on établit par une loi, que la noblesse ne seroit plus obligée de suivre les princes à la guerre, que lorsqu'il s'agiroit de défendre l'état contre une invasion étrangere (1).

Le philosophe s'approche ; il contemple la nature, il lie les troubles de la terre au mouvement général de l'univers ; il étudie froidement ces désastres ; il en cherche la cause, & après l'avoir trouvé, il dit : Si la guerre & la discorde étoient bannies de la nature, tous les corps s'arrêteroient, tout demeureroit suspendu (2).

L'humanité plaintive le suit en gémissant : on lui prouve que la guerre est nécessaire ; elle dédaigne les raisonneurs. Le bruit des combats retentit à ses oreilles ; son cœur est ému, elle adresse, d'une voix entrecoupée, ces tristes ac-

---

(1) Cette loi fut en usage pendant plusieurs siécles. Voyez la loi de Guy, roi des Romains, parmi celles qui ont été ajoutées à la loi Salique & à celle des Lombards, tit. 6, S. 2 dans Echard.

(2) C'étoit le sentiment de quelques anciens Philosophes. Voyez *Plut.* in *Vitâ Agef.* Lucien, Traité de la man. d'écrire l'Histoire.

cens : O mortels ! pourquoi vous détruire les uns les autres, & quel plaifir peut-on goûter à fe rendre malheureux ! Vaines paroles ! les nations font fous les armes, & la déeffe dévore en fecret fes propres douleurs.

La religion n'a pas toujours béni les drapeaux des guerriers. Suivant les Baculaires (1), c'eft un crime de porter d'autres armes qu'un bâton, & il n'eft permis à perfonne de repouffer la force par la force, puifque Jéfus-Chrift ordonne de tendre la joue à celui qui nous frappe. On fe moqua des Baculaires.

On va expofer ce qu'il y a de plus fingulier fur la guerre, dans l'hiftoire des nations.

Les préliminaires des combats, chez tous les peuples, font dignes d'attention. Les hommes implorent partout le dieu de la guerre; & dans ces momens de délire, ils doivent fe livrer à toute forte d'extravagances. *Prélimi-naires & cérémonies avant le combat.*

Les anciens Iroquois infultent alors les jeunes gens, qui n'ont pas encore vu l'ennemi. Ils leur jettent fur la tête des cendres chaudes ; ils les frappent, & les accablent d'injures & d'outrages. Ceux-ci doivent paroître infenfibles ; au moindre figne d'impatience, on les jugeroit indignes

---

(1) Secte d'Anabaptiftes. Voyez l'Hift. Eccléfiaft.

A iv

de porter jamais les armes. Il eſt clair qu'on veut les aguerrir, & leur inſpirer de l'audace (1).

D'autres s'arrêtent une nuit, dès qu'ils arrivent ſur les terres ennemies. On célebre un feſtin, & l'on s'endort. Ceux qui ſe reſſouviennent le lendemain, d'avoir eu des ſonges, vont les propoſer ſous des expreſſions énigmatiques à leurs camarades, en entonnant leur chanſon de guerre. Chacun s'efforce de les deviner ; & ſi perſonne n'y réuſſit, il eſt permis aux ſongeurs de retourner à la bourgade (2). — Il paroît que c'eſt un moyen adroit de ſe débarraſſer des lâches, & on a imaginé cet expédient, pour ne conſerver dans la troupe que les hommes de courage. On peut dire auſſi que c'eſt un préjugé ſuperſtitieux : le ſongeur paſſe peut-être pour un homme à qui Dieu vient de parler. Il faut remarquer que ces ſonges allument l'imagination des guerriers, & qu'en les racontant, & en s'efforçant de les expliquer, ils s'inſpirent mutuellement de la fureur.

Les Giagues font avant le combat des ſacrifices aux démons, & ils leur promettent d'égorger ſans pitié tous les vaincus : pour ſe rendre favorables les dieux du bien, cent jeunes filles

_____

(1) Lafiteau.
(2) *Ibid.*

choifies parmi les plus belles du royaume, &
cent jeunes guerriers s'avancent au fon des tambours, au milieu de l'armée, & ils fe livrent à
leurs tranfports à la vue de tout le monde. — Ce
peuple, le plus féroce de ceux qu'on connoît, fe
fera formé quelque idée bifarre fur la propaga-
tion, & dans ce moment de carnage, il prétend montrer aux dieux qu'il reproduira d'autres hommes,
s'il tue fes ennemis. Nous ajouterons que ces
filles font la récompenfe des vainqueurs, & qu'on
veut les encourager par cet appas.

Les fauvages alliés de la Nouvelle-France ont
même perfectionné cet ufage ; car les femmes &
les filles fe proftituent alors aux hommes ; & la
Potherie dit expreffément que c'eft pour les engager à n'épargner qui que ce foit dans le combat.

On a vu ailleurs qu'en bien des occafions les
peuples fe mettent nuds. Il paroît qu'au tems de
la ligue, les moines n'étoient pas plus réfervés.
*Ils faifoient des proceffions, ou hommes & femmes,
filles & garçons étoient tout nuds, marchant pêle-
mêle, fi bien qu'on en vit des fruits.*

Prefque toutes les nations ont adoré le dieu
de la guerre fous le nom de Mars, de Sabaoth,
&c. ou fous un autre nom, & l'on imagina des
facrifices & des vœux étranges, pour obtenir fes

faveurs. Les Myfiens immoloient un cheval : ils juroient d'immoler de même les généraux enne- mis, & de fe repaître de leur chair (1).

Lorfque les Saxons déclaroient la guerre, ils prenoient un captif de la nation ennemie : ils le faifoient combattre avec un de leurs compatrio- tes, & ils jugeoient de la victoire par l'iffue de ce combat (2).

Les déclarations de guerre font fouvent ac- compagnées de violences. Les Indiens du Chili commencent par égorger jufqu'au dernier Efpa- gnol qui fe trouvent chez eux fur la foi des con- ventions, & les Turcs emprifonnent l'ambaffa- deur de la puiffance ennemie.

Les fauvages & les barbares entrent à main armée dans un pays ; ils annoncent leurs préten- tions fans détour & fans alléguer d'autre droit que celui de la force. Les peuples policés re- courent à des fophifmes, & ils fe font illufion ; ils mentent avec audace ; & par un vil ftratagê- me, ils s'étudient à donner de mauvaifes raifons, lors même que perfonne n'en eft la dupe.

Les Gaulois s'emparerent d'un terrein appar- tenant aux Clufiens. Ceux ci implorerent le fe-

_____

(1) Hift. anc. des Peuples de l'Europe, t. 4.
(2) *Boëmus, Mores Gentium.*

cours des Romains. La république envoya des députés vers les Gaulois, qui répondirent » qu'ils portoient leurs droits à la pointe de l'épée, & que tout appartient aux gens de courage. « Brennus ajouta : » Vous-mêmes, vous avez enlevé aux Fidenates, aux Volfques, &c. la plus grande partie de leurs terres. Cela ne me paroît ni étrange ni injuste, puifque vous ne faites que fuivre la *plus ancienne de toutes les lois, qui veut que le plus foible cede au plus fort ; loi émanée de la divinité elle-même, & qui s'étend jufqu'aux brutes* (1). « Cette terrible maxime eft encore préférable aux fubtilités qu'employoient les Romains pour juftifier leur rapine.

Enfin le grand art des peuples fut toujours de mêler la religion dans toutes les guerres, & d'échauffer ainfi les combattans par le fanatifme. Lorfqu'en 1775, le roi de Maroc a déclaré la guerre à la régence de Tripoli, il a voulu prouver que les Tripolitains ne font pas Mufulmans, & que la loi de Mahomet l'oblige à combattre les *infideles Turcs*.

----

(1) Tite-Live, liv. 5.

CHAPITRE II.

Guerriers.

LES guerriers paſſent par bien des gradations avant d'être diſciplinés, comme ils le ſont aujourd'hui chez les nations polies : mais leur profeſſion fut toujours plus ou moins funeſte aux empires. On ne ſait pas combien, en formant ainſi des hommes au meurtre & au carnage, on a corrompu les peuples ; & Ménandre dit avec raiſon que la divinité elle-même pourroit à peine adoucir la brutalité d'un ſoldat.

Outre cette dépravation morale, qu'entraîne l'état des guerriers, il y en a ſouvent une phyſique, qui révolte davantage, parce qu'elle tombe ſous les ſens. Les hommes en ſont venus juſqu'à ſe déformer le corps & le viſage, pour avoir un air plus redoutable, & l'on en verra toutes ſortes d'exemples dans le Livre de la beauté. D'autres veulent porter des marques inaltérables de leurs meurtres. Les Indiens de Vénézuela ſe peignent autant de parties du corps qu'ils ont tué d'ennemis. Au premier, ils peignent les bras ; au ſecond, la poitrine, & au troiſieme, ils ſe tirent des lignes de couleur depuis le nez juſqu'aux oreilles.

Les Mexiquains alloient nuds ; mais les foldats fe couvroient de la peau entiere de quelque animal ; & ils portoient en bandouliere , un cordon de cœurs, de nez & d'oreilles d'hommes , terminé par une tête (1).

Lorfque les Indiens de Terre-Ferme partent pour la guerre , ils fe peignent le vifage de rouge, les épaules & l'eftomac de noir , & le refte du corps de jaune ou de quelque autre couleur ; & quelquefois ils rendent ces peintures ineffaçables , en fe piquant la peau avec des pointes d'épines (2).

Le Livre de la Naiffance des Enfans traite de l'éducation guerriere ; & chez les fauvages & chez les peuples barbares, c'eft la feule qu'on reçoive. Un homme alors ne doit apprendre qu'à tuer fes femblables , & les arts de la clémence & de la paix font indignes d'un grand cœur. Les Goths remontrerent à Amalafonte qu'elle élevoit fon fils Athalaric d'une maniere qui ne convenoit pas à un roi des Goths ; que la fcience eft incompatible avec la valeur ; qu'elle donne de la timidité, qu'elle étouffe le courage , & qu'il faut livrer entierement aux exercices des armes,

_____

(1) Gomara.
(2) Voyage de Waffer.

un jeune prince, qui doit être un grand capitaine (1).

On fonde la plupart des inftitutions fur ces principes, & l'on a vu des pays où les enfans s'acquittoient, par des homicides, de la reconnoiffance due à leurs parens. Dès que les Celtes (2) étoient en âge de porter les armes, ils laiffoient croître leur barbe, & ils s'engageoient par un vœu, de ne relever leurs cheveux qu'en tuant un ennemi. Après avoir coupé, fur les dépouilles fanglantes du cadavre, cette chevelure qui leur couvroit le front, ils fe vantoient de ne plus rien devoir à la mere qui leur avoit donné le jour. Une épaiffe criniere couvroit toute la vie le vifage dès lâches.

Les Galles, peuples d'Abyffinie coupent leurs cheveux, quand ils font admis au rang des hommes : les jeunes gens n'obtiennent cette faveur que lorfqu'ils tuent un ennemi, un lion, un tigre, un léopard, &c. & comme on fe difpute fouvent pour favoir fi la tête qu'on produit eft d'une femme ou d'un homme, il y a un regiftre général

---

(1) Traité de l'opinion, t. I.
(2) Nation Germanique. Tacite, *de Moribus Germanorum.*

où chacun, après le meurtre, est obligé de faire inscrire son exploit (1).

Le roi de l'île de Lampou donnoit une femme par chaque tête d'étranger que lui apportoient ses sujets, & ils déterroient quelquefois les morts afin d'obtenir cette récompense (2).

Un Mexiquain ne parvenoit au rang des nobles que par la voie des armes ; & pour entretenir le courage, Montezuma II établit les trois ordres de l'aigle, du tigre & du lion.

Un roi de Danemarck fonda à Jomsbourg une république où il étoit défendu de prononcer le nom de *la peur*, même dans les plus grands dangers.

La poltronnerie est un crime, & souvent on n'en connoît point d'autres. Tacite nous apprend que les Germains ne punissoient que deux crimes d'une peine capitale ; ils pendoient les traîtres, & noyoient les poltrons.

Ailleurs on prend de singuliers moyens pour maintenir le courage des guerriers. L'empereur Kang-hi alloit, trois fois par an, de la province de Peking dans la Tartarie, avec toute son armée ; afin qu'en s'exerçant à la chasse des ours, des sangliers, des tigres & des cerfs, elle apprît

(1) Ludolph. Tellez.
(2) Prevôt, t. I.

à vaincre les ennemis de l'empire. Le pere Ver-
bieft dit que ces chaffes reffemblent à des expéditions militaires, & non pas à des parties de plaifir.
Les Tartares qui compofent le cortége de l'empereur, font armés d'arcs & de cimeterres, &
divifés en compagnies, qui marchent en ordre
de bataille fous leurs étendards, au fon des tambours & des trompettes. » Ils forment autour des
montagnes & des forêts, des cordons qui les
environnent, comme s'ils affiégeoient réguliere-
ment des villes à la maniere des Tartares orientaux. Cette armée confifte quelquefois en foixante mille hommes & cent mille chevaux (1).
Le prince marche à leur tête, à travers des
régions défertes & des montagnes efcarpées;
expofé aux ardeurs du foleil, à la pluie & à toutes les injures de l'air. Ces chaffes font plus pénibles que les véritables guerres. On eft obligé,
pendant deux ou trois mois, de tranfporter toutes les munitions fur des chariots, des chameaux, des chevaux & des mulets, par des
routes fort difficiles (2). «

---

(1) Ceci paroît fort exagéré; & en général les Voyageurs font abfurdes, lorfqu'ils parlent du nombre des combattans qu'il y a dans les différens pays.

(2) Voyage de Gerbillon. Chine de Duhalde.

Mais

Mais le meilleur de tous les moyens pour former de courageux guerriers, fut de n'accorder
le paradis qu'aux braves, & d'envoyer les poltrons en enfer. L'élyfée des fauvages de l'Amérique feptentrionale, eft la récompenfe de celui
qui eft bon chaffeur, *brave à la guerre*, heureux dans fes entreprifes, *& qui a tué ou brûlé un
grand nombre d'ennemis* (1).

Les Goths croyoient que les hommes oififs,
qui meurent de maladie ou de vieilleffe, tombent dans des antres fouterrains, où ils crou-
piffent éternellement. Le palais d'Odin n'ad-
mettoit que ceux qui font des actions de valeur,
qui fubjuguent leurs ennemis, ou qui meurent fur
un champ de bataille, ou pour une affaire d'honneur (2).

Le dieu des combats étoit la principale divinité des Gêtes (3); & plufieurs peuples du Nord
étoient perfuadés que les dieux fe rangent toujours du côté du plus fort. Les fectateurs d'O-
din l'appelloient le dieu *terrible & févere*, le
pere du carnage, le *dépopulateur*, *l'incendiaire*,
l'agile, le *bruyant*, *celui qui donne la victoire*, &

---

(1) L'Efcarbot. Champlain.
(2) Traité de l'opinion, t. VI.
(3) Ovide, Trift. l. 5, élég. 3, & ailleurs.

qui nomme *ceux qui doivent être tués :* & ils ima-
ginoient que fa femme Fregga couroit de rang
en rang , pour animer les guerriers.

Les Siamois placent au ciel des pays indépen-
dans l'un de l'autre, des peuples & des rois , qui
font la guerre & qui donnent des batailles (1).

Dans la fuite , on affocia la religion & la
guerre par des inftitutions plus particulieres. La
Corée eft remplie de *religieux foldats ,* qui gardent les forts & les châteaux dans les défilés &
fur les revers des montagnes (2). On dit même
que ces troupes font les meilleures du pays.

On n'a pas employé moins de précautions pour
s'endurcir & fe mettre à l'abri des coups. Les
infulaires des Canaries s'oignoient le corps du
jus de certaines plantes mêlées de fuif. En renouvellant cette onction , ils rendoient leur peau
très-épaiffe ; ce qui fervoit encore à les défendre du froid (3).

La vie militaire déprava tellement les idées ,
qu'on n'eftima les hommes qu'autant qu'ils pouvoient porter les armes. Les Huns-Turcs avoient

---

(1) Voyage de Tachard. On dira plus bas que les Siamois font très-lâches , & il n'y a point en cela de contradiction.

(2) Rel. d'Hamel.

(3) Voyage de Nichols.

beaucoup de mépris pour les vieillards ; ils ne faifoient cas d'un citoyen , que lorfqu'il étoit propre à la guerre (1).

Quand une longue habitude de la guerre a tout corrompu , les femmes elles-mêmes marchent aux combats, comme on le voit chez les Tartares de la grande Bukkarie , & dans beaucoup d'autres pays (2).

Dès que Rome craignoit une attaque de la part des Gaulois , on enrôloit les prêtres , les vieillards & les invalides , qu'on difpenfoit dans un autre tems de porter les armes (3).

L'appareil de la guerre fait oublier les dangers , & ce fpectacle tumultueux jette dans le délire. L'homme , qui tremble feul , eft intrépide fous le drapeau ; alors on dédaigne la vie , & quand on voit à quel prix la mettent les guerriers, on ne peut trop admirer cette transformation. Il y a même chez des fauvages , des mercenaires , qui s'enrôlent au fervice de quiconque veut les payer: les Souquas , tribu d'Hotten-

_____

(1) Mém. hift. fur les Huns & les Turcs de M. de Guignes.

(2) Voyez le Livre des Femmes & l'Hift. des Turcs & des Mongols.

(3) Tit. Liv. I. 8. Appien, l. 2. *Plut. in Vit. Mar.* *Tac. de Mor. Germ.*

tots, ne trouvant pas des moyens de subsister dans leur canton, embrassent la profession militaire, & ils se battent pour celui qui veut les nourrir (1). D'autres évaluent avec un sang-froid admirable, la perte de quelques-uns de leurs membres : parmi les conditions de la chasse-partie, les flibustiers stipulèrent qu'on donneroit cent écus à celui qui perdroit un œil, cent pour la perte d'un doigt, deux cens pour celle d'un pied ou d'une main, six cens ou six esclaves pour la perte des deux pieds ou des deux mains, &c. (2).

Les soldats ne font que des victimes dévouées à la mort : on les sacrifie sans scrupule & sans remords, & souvent on ne daigne pas garder là-dessus la moindre réserve. Vers le tems de Hugues Capet, en France & en Europe, on traînoit les paysans à la guerre : on en faisoit des remparts pour couvrir les lignes, & ils servoient de pionniers plutôt que de combattans, tandis qu'on bardoit les chevaux de fer, & qu'on armoit leur tête de chamfreins.

La plupart des soldats combattent sans aucun intérêt particulier, & c'est aux chefs seuls à pu-

_____

(1) Kolben.
(2) Hist. des Flibustiers.

bir les infracteurs de la discipline militaire : cependant on a fait sur cette matiere des réglemens canoniques. Le concile de Lenhaut en Angleterre confisque les biens d'un homme, qui se souftrait sans permission à une expédition où assiste le roi (1).

La discipline asservit le soldat, & lui donne le caractere d'un esclave avec l'audace d'un homme qui ne connoît plus ni frein, ni lois. On maintient cette discipline par la terreur, & sans autre appui que les préjugés, on ne craint pas de révolter des guerriers toujours armés. Les Romains punissoient du fouet, les officiers ; on n'en exceptoit pas les centurions. A la Chine, le cérémonial de l'esclavage s'est introduit dans les camps : les soldats se mettent à genoux, dès que le général paroît.

---

(1) *Si quis de professione militari, cui rex intererit, sinè licentiâ se subtraxerit, in detrimentum corruat omnium fortunarum.* Labbe, Coll. des Conciles, t. IX.

CHAPITRE III.

Différentes fortes d'armes.

Au lieu de s'occuper à prévenir, ou terminer les guerres, on rechercha quelle feroit l'armure qui donneroit le plus d'avantage, & l'homme confuma fon efprit à inventer des inftrumens de deftruction.

Les fauvages commencent par empoifonner leurs armes, pour qu'elles caufent une mort plus affurée : à peine ont-ils découvert des poifons, qu'ils enveniment leurs traits ; & comme le fol d'Amérique en produifoit beaucoup, les Indiens du nouveau monde firent là-deffus de grands progrès.

On a effayé en Europe des dards trempés dans du fuc de Mancanillier, & ils n'avoient point dégénéré après cent cinquante ans.

Les Afiatiques, plufieurs fiecles avant Alexandre, & les habitans du Latium, avant la fondation de Rome, fe fervoient déjà d'armes envenimées ; & ce fatal fecret a précédé l'invention du fer.

Les auteurs citent des exemples merveilleux de l'activité de ces venins, & il paroît que cette partie de l'histoire naturelle a été bien approfondie. Les Soanes, habitans de la Colchide, enduisoient leurs fleches d'un venin, qui tuoit, infailliblement, les personnes bleffées, & qui répandoit d'ailleurs une odeur si dangereuse & si forte, qu'elle incommodoit ceux que le trait n'atteignoit point (**1**).

Les Scythes envenimoient les leurs avec de la sanie de vipere & du sang humain, & Pline nous apprend qu'alors les blessures étoient incurables.

Les fleches, qu'on nomme *alênes de Macassar,* font si redoutables, que la plus petite blessure à un doigt du pied, fait mourir dans des convulsions. On recoure en vain à l'amputation ; le venin s'empare si promtement du reste du corps, que cette précaution est inutile (2).

Les Javans empoisonnent le fer de leurs poignards dans *la trempe ;* & de mille blessures, il n'y en a pas une qui ne soit mortelle (3).

Les habitans des îles Marianes garnissent leurs

_____

(1) Strabon, l. 11. Il y a cependant ici quelque difficulté : car on ne conçoit pas comment on a pu composer une drogue dont la puanteur n'agissoit que quand la fleche étoit décochée.

(2) Voyage des Indes de Tavernier, l. 3.

(3) Prevôt, t. I.

bâtons d'os pointus ; la moindre esquille de ces
os produit une mort accompagnée de convulfions & de douleurs extrêmes (1), & on n'a
point encore trouvé de remede à un poifon fi
puiffant.

On a tout fait fervir à la deftruction des hommes. On dit qu'Annibal vainquit les Pergames
avec des viperes, qu'Amilcar défit les Lybiens
avec des mandragores, & que la ville de Bertha
fut prife avec du *folanum* dormitif.

Lorfqu'on eut inventé le canon, on fe fervit
en Europe de poudre puante : on en rempliffoit
les grenades & les bombes, qui répandoient une
odeur épouvantable, & étouffoient les animaux
des environs. Une ancienne Pyrotéchnie, écrite
par un ingénieur Italien, nous apprend comment on compofoit cette poudre. On étouffe encore aujourd'hui, avec la fumée du foufre, les
mineurs qui ouvrent des rameaux à la tranchée.

On ne rappellera pas ici toutes les machines,
dont parlent les anciennes tactiques ; c'eft toujours l'art du meurtre perfectionné par le génie,
& on croiroit qu'elles furent fabriquées en enfer.
Depuis l'invention de l'artillerie, on y a fubfti-
tué des fufils, des canons & des bombes, &

_____

(1) Defcr. des îles Marianes.

l'on a profité des découvertes mathématiques ; pour en tirer un meilleur parti. Les habitans de Malte ont même taillé dans le roc de l'île, des mortiers, dont l'explosion répand au loin une pluie meurtriere, qui coule à fond les vaisseaux, & qui détruit les animaux & les hommes. On a proposé à diverses reprises, beaucoup d'autres grands projets qu'on n'exécute pas, parce qu'on courroit trop de risque, & qu'ils causeroient une égale perte aux deux armées.

Les nations éclairées sont remplies de savans qui s'occupent de ces précieuses recherches, & l'homme a tant de force pour faire le mal, qu'il est difficile de prévoir où s'arrêteront leurs découvertes. On emploiera probablement un jour l'électricité dans la guerre, & peut-être qu'on viendra à bout d'attirer la foudre sur une armée.

On ne cesse de perfectionner cet art, qu'on pourroit appeller *l'art de la mort* : parmi les machines de guerre qu'on vient d'envoyer (en 1775) de Woolwich en Amérique, il y a un mortier, qui, d'un seul coup, lance au moins cent petites bombes, lesquelles, en éclatant, remplissent une immense étendue de terrein.

On a excité la rage des animaux eux-mêmes; & on l'a dirigé contre ses ennemis. On ne craint pas que ces brutes méconnoissent leur maître,

& qu'elles dévorent celui qui les a rendues féroces. Enfin, on reproche à la nature l'inftinct
fanguinaire de quelques animaux, & l'on s'efforce de l'accroître.

Lors de la conquête du nouveau monde, l'Efpagnol dreffa des chiens pour la guerre, & l'on
fait avec quelle fureur, ils dévoroient les Américains. Il paroît que cette inclination perverfe
eft devenue naturelle aux chiens du Pérou : ils
ont encore aujourd'hui tant d'acharnement contre les Indiens, qu'ils déchirent le premier
inconnu, qui entre dans une maifon, & d'un
autre côté, les chiens élevés par les Indiens
ne déteftent pas moins les Efpagnols, & les
Métifs (1).

Ailleurs, on dreffe des éléphans au combat,
& cet animal intelligent & paifible, devient féroce fous la main de l'homme.

_____

(1) Ulloa.

CHAPITRE IV.

Courage. Maniere de combattre.

Nous sommes exposés à toute sorte d'accidens & de maux ; & le courage est la premiere qualité de l'homme. L'intrépidité de l'ame, qui brave le sort & les dangers, & qui supporte, sans être abbatue, l'injustice, les douleurs & la méchanceté, excite une admiration involontaire ; & nos hommages prouvent assez combien on la croit importante. Ce courage devient bravoure, lorsqu'il faut défendre sa vie, ou ce qui nous est cher.

Si la paix régnoit sur la terre, la bravoure militaire seroit un crime, & on en purgeroit les états avec le plus grand soin, mais telle est la constitution de l'univers, qu'elle passe pour une qualité.

C'est le besoin qui produit la bravoure ; & lorsqu'il faut vaincre ou mourir, ordinairement on ne balance point, & l'amour de soi inspire de l'audace. Ainsi les peuples auront beaucoup de courage, s'ils se trouvent dans de grands dangers ; & voilà pourquoi les barbares en ont plus que les peuples policés.

Le courage des fauvages va jufqu'à l'héroïfme ; & ces héros font bien plus étonnans que ceux des nations polies, qui recherchent la gloire & les acclamations de la renommée.

Les Zélandois (1), les Tlafcalans (2), les Gaulois (3), les Allobroges, & plufieurs autres peuples fe mettent nuds pour combattre, & c'eft furement la derniere marque du courage. Au moment ou l'action va s'engager, ces guerriers quittent leurs vêtemens, & ils s'expofent ainfi aux coups des ennemis, fans autre égide que leur bravoure.

Les Negres d'Angola fe dépouillent jufqu'à la ceinture, à l'exception de quelques chaînes de fer, dont ils fe couvrent les épaules; ils y fufpendent des fonnettes dont le bruit les anime au combat (4).

Les anciens Celtes méprifoient les fecours de l'art & les armes défenfives, qui leur paroiffoient incompatibles avec la vraie bravoure (5).

On dira que les guerriers devroient employer toute forte de moyens pour amortir les coups,

(1) Voyage de Cook.
(2) Herrera.
(3) Diod. de Sic. l. 5. ch. 20.
(4) Rel. de Pigafetta.
(5) Hift. univ. des Anglois, t. XIII.

que s'ils ne veulent pas se servir de boucliers, il
est absurde de se mettre nuds, afin d'être plus
exposés à des ennemis qui n'auront pas la même
délicatesse ; & on a pitié des Zélandois qui commencent par se déshabiller pour se battre, en
lançant des pierres contre un vaisseau de trente
pieces de canon (1). — Une réflexion si simple,
& qui tient à la conservation, n'échappe point à
ces sauvages ; mais les désavantages de cette nu-
dité se compensent d'une autre maniere, & l'intrépidité que donne cette habitude, l'emporte
à leurs yeux sur quelques meurtrissures. Enfin ils
sont plus en état que nous de faire ces sortes de
calculs.

L'homme réunit tant de contradictions, qu'en
l'étudiant de près, on n'y voit qu'un effroyable
cahos. Lorsque deux peuples sont en guerre,
on croiroit qu'il ne doit plus y avoir que de
la fureur de part & d'autre, & qu'il faut toujours
profiter de la foiblesse de son adversaire. Mais
on trouve des nations qui se forment des sentimens élevés sur la maniere d'exterminer un ennemi, qui mettent de la fierté & de l'honneur à
le détruire avec noblesse, & qui dédaignent des
triomphes trop aisés.

_____

(1) Voyage de Cook,

Les infulaires de Ternate n'entreprenoient jadis aucune guerre fans la déclarer à leurs ennemis;
ils leur envoyoient le plan de la campagne; ils
difoient combien d'hommes ils alloient mettre
fur pied, s'ils étoient accoutumés à fe battre,
quelles étoient leurs munitions, & de quelles
armes ils fe ferviroient (1). Les Achaïens, fi
l'on en croit Polybe (2), n'avoient pas des pro-
cédés moins généreux.

Les Cimbres raffinerent encore fur cette
délicateffe; car dans leurs expéditions de pirates, ils n'employoient jamais plus de vaiffeaux
que n'en avoient leurs ennemis, de peur que la
victoire ne fût attribuée à la fupériorité du
nombre (3).

Les peuples recourent à des moyens finguliers
pour fe donner du courage. On en a vu qui
traînoient au combat les corps de leurs guerriers
morts dans les batailles, afin d'être enflammés
par cet exemple (4).

Les peuples du nord menoient avec eux des
poëtes, pour chanter en vers les belles actions
dont ils feroient les témoins.

***

(1) Effais de Montagne, l. 1. ch. 5.
(2) Polybe, l. 13. ch. 1.
(3) *Sketches of the Hiftory of Man.*
(4) Montagne, l. 1, ch. 3.

Zifca ordonne, en mourant, qu'on faffe un tambour de fa peau, afin que les Huffites foient plus terribles dans les batailles.

Lorfque les Indiens de l'Amérique feptentrionale reftent maîtres du champ de bataille, ils brûlent leurs morts, pour cacher leur perte (1).

Les Negres d'Ardra ont foin d'enlever ceux de leurs chefs qui périffent dans les combats, & ils les enterrent fecretement.

Les Orientaux & les Turcs prennent de l'opium, afin de fe rendre furieux; & cette drogue, qui affoupit l'homme, le rend auffi alerte & forcené.

Plufieurs peuples modernes fe fervent d'eau-de-vie, pour exciter les foldats : Milord Marlboroug, preffé par le prince Eugene, qui le chargeoit d'attaquer, lui répondit : *J'attends les brandeviniers, ils ne tarderont pas.* Puifque les liqueurs fortes excitent le courage, il eft fimple qu'on en donne aux foldats. Mais d'autres peuples, qui craignent les effets de l'ivreffe, ou qui veulent une bravoure plus naturelle, interdifent ces petites reffources. Les Carthaginois défendoient aux guerriers, fous les plus féveres pei-

_____

(1) Voyage de la Potherie.

nes, de gouter du vin, tant qu'ils étoient en campagne (1).

On ne s'eft pas arrêté là : les Marattes, avant le combat, font avaler de l'opium à leurs chevaux ; ce qui les rend fi impétueux, que l'ennemi ne peut plus les arrêter.

Le courage des peuples dépend de bien des circonftances, du climat, de la pofition & de la ftérilité du pays, &c. Ainfi les Zélandois, dont le naturel eft doux & paifible (2), font deve-nus féroces & anthropophages, parce que la di-fette les oblige à fe faire, fans ceffe, la guerre. Il eft donc aifé d'expliquer tous les caracteres de foibleffe qu'on trouve en différentes nations. Les Siamois craignent le courage ; ils n'en-treprennent jamais un fiége ouvert, & ils n'attaquent une place que par la trahifon & la faim. Ils tremblent, à la vue d'un Européen qui porte une épée. Dès que les Péguans rava-gent leurs terres, ils vont ravager celles de leurs ennemis ; & comme la croyance de la métempfycofe leur infpire l'horreur du meur-tre, ils ne cherchent qu'à faire des efclaves. Si les armées s'approchent, elles ne tirent

---

(1) Hendreich.
(2) Voyage de Cook.

pas,

pas, dit la Loubere, » directement l'une contre l'autre. On s'efforce cependant de faire retomber ces coups perdus sur l'ennemi ; & celui des deux partis qui sent le premier la pluie de balles, ne tarde gueres à prendre la fuite. S'il faut arrêter des troupes qui fondent sur eux, & qui n'en sont plus qu'à trente pas, ils déchargent leurs fusils à vingt, afin que les ennemis soient responsables de leur propre mort, s'ils s'approchent jusqu'à pouvoir être tués. On raconte qu'un François servoit, il n'y a pas longtems, dans les armées de Siam en qualité de canonier ; & comme on lui défendoit de *tirer droit*, il crut que le général trahissoit son maître. Fatigué de voir en présence deux armées qui sembloient se respecter, ou manquer de hardiesse pour une attaque, il résolut de passer seul au camp des ennemis, & d'enlever leur roi. Il en vint à bout, & il termina une guerre qui duroit depuis vingt ans. « — Il est permis d'accuser les voyageurs (1) d'un peu d'exagération : un peuple qui craindroit de se battre, deviendroit bientôt la proie de ses voisins ; & quand même les Siamois seroient naturellement lâches, les généraux & les rois doivent ordonner des attaques directes, sans

_____

(1) Florif. Jooft. Schouten, la Loubere, &c.

s'embarrasser de leur foiblesse. Les Juifs respec-
terent autrefois le jour du sabbat, & souffrirent,
sans se défendre, les attaques de leurs ennemis;
mais il est difficile de penser qu'une autre nation, placée au milieu du continent, adopte des
dogmes religieux qui la livrent au premier usur-
pateur; car les peuples voisins n'admettent point
la métempsicose.

Manieres de combattre. Les sauvages se battent en désordre. L'impé-
tuosité de leur choc, & la bravoure de leur ca-
ractere, soutiennent le combat qui devient bientôt
singulier. Chaque guerrier s'acharne contre un
seul ennemi, & ils ne se quittent que lorsque l'un
des deux est mort ou vaincu.

La plûpart des Negres sont trop barbares,
pour mettre de la discipline dans leurs armées.
Quand les ennemis sont en présence, ils commencent par disputer froidement le sujet de leur
querelle. Ils passent insensiblement aux reproches
& aux injures; & on en vient aux coups. Si les
soldats ont des fusils, ils en font une seule dé-
charge qui n'est pas dangereuse; car ils appuient
la crosse contre l'estomac, sans aucun point de
mire, & l'effet des balles est d'autant moindre,
que les deux partis s'accroupissent au premier
feu. Ils se relevent ensuite pour se servir de leur
arc; ils ne tirent en droite ligne, que quand

ils font très-près. Ils lancent leurs fleches en l'air, dès qu'ils font un peu éloignés ; ils croient qu'elles caufent plus de mal en retombant par une ligne parabolique (1).

Comme la mufique embrâfe le courage, & tranfporte les combattans, on a fait un grand ufage de cette découverte. Les Negres d'Angola ont trois genres de mufique martiale. Le général fe fert d'un inftrument particulier, pour communiquer fes ordres ; & les officiers répondent, par un autre inftrument plus petit, qu'on va lui obéir. Les chefs ou les plus braves foldats marchent à la tête ; en fonnant le tocfin : ils danfent, & ils encouragent leurs compagnons ; ils leur apprennent, par les différens tons, quelle eft la grandeur du danger, & quelles fortes d'armes ils ont à redouter (2).

Les Kamtarers & les Heykrims, peuples Hottentots, auroient perdu dix hommes contre un, qu'ils ne ceffent pas de combattre, fi leur chef continue de jouer d'une flûte, qui eft le fignal de l'action. Ils fe retirent, dès que ce bruit ceffe ; mais s'il recommence, ils retournent à la charge avec une nouvelle furie.

_____

(1) Voyez le Voyage de Merolla, & l'Abbé Prevoft.
(2) Rel. de Pigafetta.

Les petits Namaquas & leurs alliés soutiennent vigoureusement le combat , jusqu'à ce qu'ils ayent perdu plus de soldats que l'ennemi. Les Dunquas , les Damaquas & les Gaures se battent tant qu'ils voyent le général à leur tête ; mais sa mort ou son absence les met sur le champ en fuite (1).

La maniere de combattre des anciens peuples barbares renferme des singularités très - curieuses. Les cavaliers Germains & Bastarnes choisissoient des fantassins , qui les accompagnoient partout , & qui formoient derriere les escadrons un corps de troupes , pour favoriser leur retraite. Au besoin , ils se jettoient avec eux au milieu de l'ennemi : si un cavalier blessé tomboit de cheval , ces fantassins l'entouroient & le tiroient de la mêlée : s'il falloit faire une marche un peu longue , chacun d'eux *s'attachoit aux crins d'un cheval* , & ils suivoient ainsi les coursiers les plus vigoureux (2).

Les soldats Cimbres se lioient entr'eux par le bras gauche ; & ils enchaînoient leurs bataillons

---

(1) Rel. de Kolben.
(2) Cœsar Comm. l. 1. ch. 48.

pour les rendre plus fermes & plus invinci-
bles (1).

Les Gaulois rangeoient fur la premiere ligne,
des efclaves entierement couverts de fer (2),
qui ne pouvoient pas recevoir des coups, mais
qui ne pouvoient pas en donner. La Gaule fe
révolta fous Tibere; le foldat Romain prenant
la coignée & la hache, fe fit une breche à travers ce rempart mobile : d'autres fois on ren-
verfoit avec des fourches & des leviers ces *cru-*
pellaires (3).

Enfin l'efprit humain a pouffé fi loin le raffinement & la délicateffe fur cette matiere, que les
Scythes Tartares montoient prefque toujours
des cavales, quand ils alloient à la guerre, à
caufe, felon Pline & Solin, qu'*elles font de l'eau*
fans s'arrêter.

Si l'on a remarqué de grands traits d'héroïfme & de courage dans les guerres, les rufes,
les ftratagêmes & les furprifes font encore plus
répandus; & les peuples éclairés réduifent ces

_____

(1) Traité de l'opinion, t. 6. Il y a grande apparence
que cette méthode produifoit des effets très-contraires à
ceux qu'on en attendoit.

(2) Voyez les Annales de Tacite.

(3) C'eft le nom qu'on donnoit à ces foldats.

fourberies en fyftêmes. La timidité apparenté de certains fauvages, a la même origine. Lorfque ceux de la nouvelle France ont réfolu la guerre, ils fe mettent toujours en marche de nuit, pour attaquer à l'improvifte. Il femble que l'habitude de la rufe a dégénéré en fuperftition ; car s'ils entroient en campagne le jour, ils imaginent que l'ennemi les découvriroit, quoiqu'ils en foient éloignés quelquefois de plus de cent lieues (1).

Les infulaires des Marianes ne cherchent qu'à fe furprendre : ils n'en viennent aux mains qu'avec peine. La mort de deux ou trois hommes décide ordinairement de la victoire (2).

Les Maffyliens, peuples Numides, tâchoient communément de livrer une attaque générale pendant la nuit (3).

---

(1) Voyage de la Potherie, t. 2.
(2) Defcr. ues îles Marianes.
(3) Nic. Damafcenus, *in Excerpt. Valef.*

CHAPITRE V.

Frénéfie des Guerriers.

La fureur tranfporte les guerriers un jour de combat, & ils font alors animés par un véritable délire. Les peuples établiffent des inftitutions capables de perpétuer cette frénéfie. Les habitans de la nouvelle Andaloufie, célébroient une fête folemnelle, & ils y recevoient *l'efprit de courage.*

Un prêtre Macaffarois donne aux guerriers des lettres écrites en caracteres magiques ; il les attache lui-même à leur bras, en les affurant qu'ils feront invulnérables tant qu'ils les porteront. Ils imaginent d'ailleurs que tous les hommes qu'ils tuent à la guerre, leur ferviront d'efclaves dans l'autre monde. L'intrépidité eft, pour ainfi dire, le feul objet de leur éducation, & ils en profitent fi bien, que dix Macaffars, les cris à la main, attaqueroient cent mille hommes (1).

L'hiftoire de toutes les nations nous apprend que l'homme eft le plus féroce des animaux,

(1) Voyage de Forbin.

lorfque fon imagination eft exaltée. Dès que l'ennemi l'emporte, le Kamtchadale égorge fa femme & fes enfans, fe jette dans des précipiçes, ou s'élance au milieu des foldats, pour fe *faire un lit* dans le fang & le carnage, & pour ne pas mourir fans fe venger. Dans la révolte de 1740, les hommes fe précipiterent au milieu de la mer, du haut de la montagne où ils s'étoient réfugiés, après avoir maffacré toutes les femmes à l'exception de deux ou trois qui fe fauverent par hafard (1).

De pareils tranfports fe communiquent quelquefois à des peuples entiers ; car l'enthoufiafme donne une vigueur indomptable. Brennus voit la faim & le froid détruire fon armée, lors de fon expédition dans la Grece ; il en raffemble les débris, & confeille à fes troupes de choifir pour chef *Cichorius*, qui commencera par tuer lui Brennus, & tous les malades & les bleffés, & qui remenera le refte dans leur patrie. On fuit fon confeil, & on égorge vingt mille foldats (2).

D'autres Gaulois vont livrer bataille à Anti-

---

(1) Hift. du Kamtchatka.
(2) Diod. de Sic. Pelloutier, hift. des Celtes, Juftin, Paufanias.

gone. Les arufpices les menacent d'une défaite :
les foldats tuent leurs femmes & leurs enfans,
& ils courent enfuite à cette mort, que les devins ont prédite (1).

Les peuples du nord avoient du plaifir à
mourir à la guerre, parce que c'étoit pour eux
la couronne du martyre. Un prifonnier, qu'on
alloit tuer, parla ainfi : » Frappe-moi au vifage ; je refterai immobile, & tu verras fi je donne quelques marques de frayeur. « Un roi Goth
mourut, en chantant, au milieu d'une bataille :
» Les heures de ma vie fe font envolées, je
mourrai en riant. « Enfin, un auteur Danois
dit, d'un champion qui fut tué dans un combat
fingulier ; il *tomba, rit & mourut.*

Mais fi la foif de l'or, le fanatifme & l'orgueil excitent la rage des guerriers, elle ne s'arrête plus qu'au moment où finit pour l'homme
la puiffance de détruire. Les déprédateurs de
l'Amérique en donnerent un exemple frappant.
Pizarre, Almagro & Luques, s'affocient pour
ravager le nouveau monde : le dernier confa-
cre publiquement une hoftie, & après l'avoir
mangé, ils jurent tous trois, par le fang de leur
Dieu, de ne pas épargner celui des Indiens.

(1) Juftin.

D'autres Espagnols firent vœu d'en maſſacrer douze tous les jours, en l'honneur des douze apôtres. Quatre cens quatre-vingts Allemands s'établirent en 1528 entre la riviere de la Mag-delaine & celle de l'Orenoque, &, ſi l'on en croit l'hiſtoire, ils firent périr un million d'A-méricains. Carvajal ſe vánte, en mourant, d'a-voir tué de ſa main quatorze cens Espagnols & vingt mille Indiens. Guatimozin eſt tiré demi-mort d'un gril ardent, & on le pend trois ans après, ſous prétexte qu'il a conſpiré contre ſes bourreaux. Enfin, les habitans de Saint - Do-mingue réſolvent unanimement de ne point avoir de commerce avec leurs femmes, pour que le brutal Caſtillan ne tourmente pas les en-fans qu'ils mettroient au monde.

L'homme a du goût pour les maſſacres, & les Espagnols ſuivirent ce penchant avec d'autant plus d'ardeur, que les théologiens du tems les débarraſſoient des remords. Sepulveda ſoutint qu'on pouvoit tuer les Américains, ſans com-mettre un péché véniel, & l'on imagine aiſé-ment quel heureux effet produiſit cette déciſion des caſuiſtes. Pour qu'il ne reſtât pas le moin-dre ſcrupule, on eut recours à la calomnie, on dit que les Mexicains ſacrifioient vingt mille victimes par année dans leur temple.

Des peuples guerriers, qui ne connoiffent ni freins ni lois, s'arment contre les élémens eux-mêmes ; ils fe battent contre la nature , & alors, comme il arrive toujours , le comble du délire devient puérile. Aulugelle & Hérédote parlent d'une nation de la Lybie , qui faifoit la guerre aux vents. Les Cimbres prenoient les armes contre les inondations de la mer : les Celtes feptentrionaux , fans craindre d'être engloutis, s'avançoient , armés de lances & d'épées, dans la vue d'épouvanter les flots (1). D'autres peuples affectent de pouffer des cris & de faire du bruit , au tems des éclipfes, pour chaffer , difent-ils , l'ennemi ou le dragon qui veut dévorer le foleil ou la lune. En 1663, le Canada éprouve un tremblement de terre , les fauvages s'arment , & déchargent leurs fufils & leurs arcs contre des montagnes , pour écarter les mauvais efprits qui vouloient fortir de deffous terre , & s'emparer de leur pays (2).

Les Negres de Monbaze attaquent jufqu'à la divinité ; fi la pluie ou le foleil les incommo-

---

(1) Strabon , l. 7.
(2) Traité de l'Opinion , t. 4.

dent, ils décochent leurs fleches contre le ciel, en vomiffant des imprécations (1).

CHAPITRE VI.

Trophées des Vainqueurs.

LA victoire enorgueillit tous les peuples, & ils ne manquent jamais de célébrer leurs triomphes. C'eft d'abord une jouiffance de l'amour-propre; les exploits infpirent d'ailleurs un nouveau courage, & le fouvenir de la gloire foutient la valeur.

Les nations barbares emportent la tête, la chevelure, les os, les bras & les jambes de leurs ennemis ; ils en font des magafins & des dépôts ; ils fe parent de ces trophées, & au milieu de ces horribles dépouilles, comment les guerriers ne feroient-ils pas féroces ?

Cet ufage prefque univerfel, n'eft pas obfervé partout de la même maniere, & il eft utile de rapporter les différences.

Les fauvages les plus paifibles ne font pas en ceci les moins cruels. Les Otahitiens arrachent

---

(1) Daviti. Dapper.

la mâchoire de leurs ennemis, & ils la fufpendent comme une parure à leurs vêtemens de
guerre (1).

La plupart des Indiens de l'Amérique Septentrionale enlevoient la chevelure en cernant
la peau autour de la tête, & ils étoient très-fiers
de porter un ornement fi dégoûtant & fi fale.
Il falloit qu'ils en changeaffent fouvent; car les
poils devoient fe détacher bientôt de la peau (2).

Les Floridiens, après la bataille, coupoient
les bras & les jambes aux vaincus, & ils les
traînoient foigneufement à leurs cabanes.

Les Bréfiliens entaffoient les têtes dans leur
village, & ils les montroient avec empreffement
aux étrangers. Ils gardoient les os des cuiffes &
des bras pour en faire des flûtes, & ils portoient
les dents à leur col en forme de colliers (3).

Les nobles de Cupang, royaume de l'île de
Timor, placent fur des pieux, au fommet de
leurs maifons, les têtes des ennemis qu'ils ont

---

(1) Voyage de Cook.

(2) Les Bréfiliens, pour mieux éternifer la mémoire
de leurs exploits, fe faifoient des incifions fur la poitrine,
les bras, les cuiffes & les gras de jambe, lorfqu'ils fe
fignaloient par le meurtre de plufieurs combattans.

(3) Voyage de Lery.

tués de leur propre main, & les simples soldats portent dans les magasins de l'état, celles qu'ils viennent à bout de couper (1).

Quelques Negres en font un usage encore plus affreux. Ceux d'Akim pavent leurs habitations de crânes (2). Le roi de Juda, dit Lamb, en avoit pavé deux palais dont chacun étoit aussi grand que le parc Saint James à Londres, qui a un mille & demi de tour.

D'autres se servent de ces matériaux pour la construction d'un monument. Snelgrave vit les soldats du roi de Dahomay apporter des milliers de têtes enfilées dans des cordes, & ils reçurent cinq schellings pour chacune ; on les amassoit avec soin, parce que le prince vouloit en former un arc de triomphe (3).

Les Caffres coupoient autrefois les parties génitales aux morts qui restoient sur le champ de bataille, & voici comment ils les offroient à leurs rois, après les avoir fait sécher. Ils mettoient chacun de ces membres dans leur bouche, & ils les crachoient ensuite aux pieds du prince, qui les ramassoit & les rendoit au vain-

----

(1) Voyage de Dampierre.
(2) Voyage d'Atkins.
(3) Voyage de Snelgrave.

queur. Celui-ci les reprenoit pour en former un collier qu'il donnoit à fa femme ou à quelque perfonne de fa famille (1). Linfchot nous apprend qu'ils imaginerent ces puérilités *, en haine de la génération de leurs ennemis.*

Les Negres du Monomotapa mutilent tous les captifs, & offrent les parties honteufes à leurs femmes, qui fe font gloire de les porter.

Ces ufages vont prendre une forme plus guerriere & plus militaire chez d'autres peuples barbares. Les Thraces victorieux coupoient autant de têtes, qu'ils avoient tué d'ennemis; & les élevant en l'air, ils chantoient autour de ces trophées (2).

Les Scythes écorchoient leurs ennemis, & après avoir préparé les peaux, ils en couvroient leur carquois, leurs chevaux & même leur propre corps (3).

Chaque Celte gardoit, dans fa maifon, les têtes des champions qu'il avoit vaincu en combat fingulier, & il ne manquoit pas de les montrer à tous les étrangers (4).

_____

(1) Coll. de Bry, petits Voyages, premiere partie.

(2) Hift. anc. des Peuples de l'Europe, par M. le Comte du Buat, t. 3.

(3) Hérod. l. 4.

(4) *Ibid.*

Les Gaulois pendoient ces têtes aux cols de leurs chevaux, & ils les attachoient aux portes des maisons, comme les petits seigneurs clouoient autrefois celles des bêtes féroces à l'entrée de leurs châteaux. Ils frottoient d'huile de cedre les têtes des grands capitaines, & ils les conservoient soigneusement dans des caisses (1). La loi des Saliens a même eu la précaution de défendre qu'on enlevât ces trophées (2).

Le roi des Huns tua dans un combat, celui des Yve-chi, & fit, du crâne de ce prince, un vase dont il se servoit toujours depuis, dans les grandes cérémonies (3).

Lorsque les Tartares gagnent une bataille, ils remplissent *neuf sacs* des oreilles qu'ils coupent aux morts: l'histoire atteste, à différentes époques, cette barbarie.

Enfin, chez les peuples d'Asie, on retrouve la brutalité du despotisme, & souvent la superstition se mêle encore du choix de ces trophées. L'empereur de la Chine défit, en 1696, quelques corps d'Eleuths & de Calmouks, on

_____

(1) Diod. de Sic. l. 5. ch. 20.
(2) Tit. 69. art. 3.
(3) Hist. anc. des Peuples de l'Europe, t. 3.

coupa

coupa leurs longs cheveux treſſés, & l'on en remplit auſſi *neuf ſacs* (1).

Le général Mongol, qui remporte une victoire, envoye à ſon maître une grande quantité d'oreilles & de boucles de cheveux, & l'*Hiſtoire des Turcs & des Mongols*, nous apprend, qu'on en a chargé quelquefois *neuf chameaux*.

Soliman Bacha attaqua les Portugais dans l'Inde en 1539 ; on coupa cent quarante - ſix têtes & un grand nombre de nez & d'oreilles, dont il fit préſent au grand ſeigneur (2).

On ſait avec quel zèle on porte aux ſultans les têtes de ceux qu'ils ordonnent de tuer, & l'on dit que Tamerlan ne livroit des combats que pour jouir du plaiſir d'élever des pyramides de têtes d'ennemis.

On retrouve le même eſprit dans les titres que prennent les vainqueurs & les généraux. Après une victoire, on leur donnoit anciennement le ſurnom glorieux de *bouchers*. Le ſultan Bajazet défait par Tamerlan, étoit appellé Bajazet *le foudre*. Pompée bâtit un temple à Minerve des dépouilles des peuples d'Aſie, & il y mit cette inſcription : *Pompée le grand, après*

_____

(1) Rcch. Phil. ſur les Egypt. t. I.
(2) Prevôt, t. I.

avoir défait , mis en fuite, tués ou faits prisonniers
deux millions cent quatre-vingt-trois mille hommes,
après avoir coulé à fond ou pris huit cent quarante-
six vaisseaux ; après avoir soumis quinze cens trente-
huit villes & forteresses, &c. s'acquitte justement de
ce vœu à Minerve (I).

CHAPITRE VII.

Captifs. Traitement des Vaincus.

LE fort des captifs dépend de la civilisation
des différens peuples. Les plus fauvages les tourmentent , les égorgent & les mangent ; les fauvages ordinaires les maffacrent , fans les tourmenter : les peuples à demi barbares , en font
des efclaves : ceux qui le font le moins , les
échangent ou les reftituent à la fin de la guerre :
& fi la fuperftition s'en mêle, elle réduit tous
les peuples fans diftinction au même degré d'a-
brutiffement.

On a développé fi fouvent ces idées , que ce
n'eft pas la peine d'y revenir.

Déclarer la guerre , c'étoit, chez les Cana-

(1) Pline,

diens, *aller manger une nation.* Les Floridiens coupoient les bras & les jambes de leurs ennemis, morts ou vifs, comme on l'a dit, & ils leur enfonçoient par *l'anus, une fleche jusqu'au haut des épaules* (1). — Ce raffinement de cruauté ne peut avoir d'autre origine que le plaisir de s'amuser.

Les peuples du Chaco fur la riviere de la Plata, scioient avec une mâchoire de poisson, le col de leurs prisonniers (2).

Les Bresiliens engraissoient les captifs pendant quelque tems : on leur donnoit une femme pour les soigner ; & s'ils en avoient un enfant, on le massacroit, au moment de sa naissance, ou quelques années après.

Les Zapothecas, peuple du Mexique, les lioient par les parties naturelles, & ils les traînoient ainsi à l'autel des dieux. Les Indiens de Terre-Ferme leur arrachoient une dent, par laquelle ils juroient dans les circonstances les plus intéressantes.

En général, tous les Indiens de l'Amérique septentrionale exercent sur eux une lâche & puérile vengeance ; & les supplices qu'ils inven-

---

(1) Rel. de Laudonniere & de Gourgues.
(2) Histoire du Paraguay.

D ij

tent, nous offrent une multitude de faits importans, qu'il ne faut pas omettre dans cette histoire. Les malheureux captifs, sans avoir l'air humilié ou souffrant, entonnent une chanson de guerre, & leur chant a, dit-on, quelque chose de lugubre & de fier. Le sens est à peu près toujours le même. » Je suis brave, je suis intrépide, je ne crains ni la mort ni les tortures ; & ceux qui les redoutent sont des lâches & moins que des femmes. La vie n'est rien pour un homme de courage. Que le désespoir & la rage étouffent mes ennemis. Que ne puis-je les dévorer, & boire leur sang jusqu'à la derniere goutte ! «

Cependant toute la bourgade s'attroupe & danse autour d'eux, & même on les fait danser. Ils obéissent volontiers, & racontent leurs exploits ; ils nomment ceux qu'ils ont tués ou brûlés de leurs mains, & dont on doit le plus regretter la perte. Ils cherchent, en quelque sorte, à exciter la fureur des Indiens qui les tourmentent, & on croiroit qu'ils prennent plaisir à souffrir. Les habitans d'un canton se rangent sur deux files, avec des bâtons & des massues, pour que chacun ait la consolation de les meurtrir. On les traîne d'une peuplade à l'autre, & tout le monde, pendant la marche, a droit de les arrêter, pour les outrager & les battre. Dès qu'ils font arrivés aux villages, on les conduit de cabane en cabane, & partout ils reçoivent quelque traitement cruel. Ici, on leur arrache un ongle; là, on leur coupe un doigt avec les dents, ou avec un mauvais couteau, qu'on employe comme une fcie. Les hommes leur enlevent des lambeaux de chair, les enfans les piquent à coups d'alênes en mille endroits : les femmes les fouettent, jufqu'à ce qu'elles foient épuifées de fatigue. Mais les guerriers ne mettent pas la main fur eux : on ne peut les mutiler fans leur permiffion, & c'eft la feule vengeance qui foit exceptée (1). —Ces fauvages reffemblent à un enfant cruel, qui fe plaît à déchirer des animaux, pour jouir de leurs convulfions, & outre plufieurs autres motifs, ils prolongent ainfi les jouiffances de l'amour-propre qui s'applaudit de la victoire.

Bientôt ce ne fut plus au reffentiment qu'on immola les captifs, mais à la religion ; & on imagina que les dieux vouloient qu'on en fît fur les autels un facrifice éclatant.

Si l'on en croit les relations des Efpagnols, les Mexicains craignoient de verfer dans les

_____

(1) Voyez la plupart des Voyageurs, & Lafiteau.

guerres le fang de leurs ennemis : ils cherchoient à faire des prifonniers, afin de les immoler paifiblement à leurs dieux (1). On ajoute
que l'empereur fomentoit la difcorde entre
les peuples voifins, de peur de manquer de
victimes. On accompagnoit ces facrifices, des
cérémonies les plus capables d'entretenir la
fuperftition & l'efprit de férocité. Des prêtres,
au milieu d'un temple, ouvroient le fein de
ces malheureux, leur arrachoient le cœur, qu'ils
offroient enfuite au Soleil ; & pour confommer cette horrible fête, les peuples man-
geoient folemnellement le cadavre. Les facrificateurs inventerent par la fuite un raffinement qui
leur étoit utile : ils égorgeoient plufieurs captifs, & revêtoient de leurs peaux des miniftres
fubalternes, qui alloient danfer & chanter dans
tous les quartiers de la ville. Chacun devoit
leur faire un préfent, & celui qui n'offroit rien
recevoit au vifage un coup de cette peau en-
fanglantée.

Lorfqu'un captif fuccombe au milieu des
fouffrances, la fureur des barbares n'eft pas
encore fatisfaite : fouvent elle s'accroît, parce

_____

(1) On fe fouviendra cependant que les Caftillans ont
calomnié les Mexicains.

que le prifonnier vient d'échapper à la vengeance; on voudroit qu'il vécût toujours, pour
avoir le plaifir de le tourmenter fans ceffe;
& l'on s'acharne alors fur le cadavre. En effet,
plufieurs fauvages Américains, les Zélandois &
d'autres peuples, mangent les reftes de leurs
ennemis. Les Baftarnes les coupoient par morceaux (1), & quelques-uns les jettoient à leurs
chiens (2).

Quoique la civilifation des Negres foit plus
avancée que celle des peuples de l'Amérique,
la chaleur du climat leur donne des paffions
plus violentes, & avant qu'on eût établi le
commerce des Noirs, ils ne traitoient pas leurs
captifs avec moins de fureur. Les Imbis,
habitans du royaume de Monbaze, portent,
dans toutes leurs expéditions, un grand nombre
de fournaifes, pour annoncer que les prifonniers feront brûlés (3).

Lorfque les rois Negres étoient pris dans une
bataille, ils fe donnoient eux-mêmes la mort,
parce que rien ne pouvoit les garantir du dernier fupplice. On exerçoit envers les foldats,

(1) Hift. anc. des Peuples de l'Europe, t. 6.
(2) Aélien, chap. 27. l. 12.
(3) Purchaff, l. 7. Oforius, l. 1. Davity. Dapper.

des cruautés inouies. Après les avoir long-tems tenaillés, on leur arrachoit la mâchoire inférieure. Un Negre de Commendo dit à Barbot, qu'il traita ainsi trente-trois prisonniers dans une seule bataille; qu'il leur coupa d'abord le visage d'une oreille à l'autre; & qu'appuyant le genou contre l'estomac, il vint à bout d'arracher les trente-trois mâchoires qui lui servirent de trophées. D'autres ouvrent le ventre aux femmes enceintes, & ils en tirent l'enfant, pour l'écraser sous la tête de sa mere (1).

Depuis l'établissement des colonies, on fait mourir encore beaucoup de captifs, mais la cupidité étouffe la colere, & on aime mieux les vendre aux Européens.

Les insulaires de Bissao ne sont plus aussi barbares, & ils traitent déjà leurs captifs comme les traitoient jadis les Romains. Ils les traînent à leur suite, ils les accablent d'injures & de reproches, & ils les forcent à chanter les louanges des vainqueurs (2). — C'est que les habitans des îles restent plus long-tems barbares, ou se civilisent plutôt, suivant les circonstances.

_____

(1) Bosman, Desmarchais.
(2) Voyage de Brue.

Si l'on jette un coup-d'œil sur les peuples des tems gothiques, on reconnoîtra mieux encore la vérité de ce que l'on a dit au commencement du chapitre.

Les Hérules & les Germains sacrifioient tous les prisonniers qu'ils faisoient à la guerre (1).

Les Scythes en immoloient la dixieme partie (2).

Les peuples de la Germanie aimoient d'ailleurs à voir autour d'eux de vastes solitudes ; ils ravageoient entierement la contrée, & ils n'y laissoient pas même les femmes & les enfans des nations vaincues (3).

Les Vandales arrivent en Afrique, ils releguent les Chrétiens dans le désert : on y chasse à force de coups, les vieillards, les enfans & les malades : on attache par les pieds, ceux qui ne peuvent marcher, & on les traîne au milieu des rochers, des cailloux & des épines, jusqu'à ce que leurs corps soient mis en pieces (4).

Les Rhetes & les Vindéliciens s'emparerent d'une ville & d'une bourgade 88 ans avant

---

(1) Procop, de *Bella gothico*, l. 6. ch. 14.

(2) Hérod.

(3) Tacite.

(4) Procope, Jornandès, Hist. univ. des Angl. t. 24.

Jéfus-Chrift : ils pafferent au fil de l'épée tous les habitans, fans excepter les enfans au berceau ; ils avoient même des devins qui prononçoient fur le fexe de ceux qui n'étoient pas encore nés : fi ces prêtres difoient qu'une femme groffe accoucheroit d'un mâle, la mere devoit périr avec fon fruit (1).

Les anciens Tartares égorgoient tous les captifs ; mais comme leur nombre étoit fouvent trop grand, on chargeoit chacun des efclaves d'en tuer huit ou dix avec des haches ; ils clouoient le millieme à un arbre la tête en bas, & on l'y laiffoit expirer de douleur & de faim (2).

Les nations polies fe vengent des captifs par des outrages & par des injures. Cyrus, ayant vaincu les Lydiens, fit une loi, pour qu'ils ne puffent exercer que des profeffions viles, ou des profeffions infâmes (3).

Sapor, roi de Perfe, appuyoit fon pied fur la tête de l'empereur Valérien, fon prifonnier, lorfqu'il vouloit monter à cheval.

---

(1) Hift. anc. des Peuples de l'Europe, t. 4. Strabon, l. 4.

(2) Boëmus, *Mores Gentium.*

(3) Efprit des Lois, l. 10. ch. 13.

Scipion l'Afriquain monte triomphant au Capitole ; les rois & les généraux , qu'il a vaincus, marchent enchaînés devant son char. On leur a coupé les cheveux , afin qu'ils ressemblent mieux à des esclaves. Deux ou trois bouffons, chargés de chaînes & vêtus de robes magnifiques, contrefont par leurs mines & leurs gestes, ces princes captifs , pour divertir la populace.

Il parut au sixieme siecle un prophete législateur en Arabie : les nations étoient alors très-policées, & ce prophete ordonne dans l'alcoran de mettre à mort tous les prisonniers qui ne voudront pas embrasser le Mahométisme.

Des idées absurdes amenent toujours quelque étrange folie. Après avoir imploré si souvent les dieux des combats , le vainqueur voulut punir les dieux de ses ennemis, & l'on trouve des peuples qui les réduisent aussi en captivité. Mindez Pinto (1) vit , à la Cochinchine , soixante-quatre statues de bronze & dix-neuf d'argent, enchaînées par le col. Il apprit que

_____

(1) On ne citeroit pas ce Voyageur, qui est d'ailleurs peu digne de foi, si le fait qu'il rapporte n'étoit pas très-naturel, & si on n'en retrouvoit pas ailleurs d'autres qui confirment celui-ci.

c'étoient les quatre-vingt-trois dieux des Ti mocochos que le roi avoit enlevés dans la der niere guerre , & qui devoient honorer son triomphe, lorsqu'il retourneroit à sa capitale. Le même Voyageur a vu , dans un autre royaume de l'Inde , un bâtiment nommé *prison des dieux*, qui renfermoit quatre-vingt idoles & plusieurs petites divinités prosternées devant les grandes. Celles-ci étoient debout , & enchaînées par le col ; & quelques-unes avoient des me nottes. Les petites, étendues par terre, étoient attachées six à six par la ceinture. Deux cens quarante-quatre figures de bronze, rangées sur trois files , & armées de hallebardes & de mas sues , servoient de gardes à ces dieux captifs.

CHAPITRE VIII.

Singularités relatives à la guerre.

La guerre doit produire des lois & des ufages révoltans ; & comme, d'ailleurs, elle échauffe l'enthoufiafme, on y trouve ce qu'il y a de plus héroïque & de plus noble, & en même tems ce qu'il y a de plus bifarre.

On rapportera des faits, & le lecteur y mettra des liaifons.

On condamnoit fouvent à mort les généraux Carthaginois, après une campagne malheureufe, quoiqu'on ne leur reprochât aucune faute (1). La loi déclare coupable le capitaine Mantcheou qui livre une bataille, fans remporter une victoire complette, & on le punit (2). — Avec cette perfpective à la fin d'un combat, il faut que des généraux foient intrépides ; & c'eft tout ce que l'on demande.

Lorfque les fauvages de la nouvelle France prennent la fuite, ils entaffent les bleffés dans des paniers, où ils font liés & garrottés comme

---

(1) Diod. Sil. Ital.
(2) Duhalde.

dans un maillot (1). — S'ils tomboient entre les mains des vainqueurs , ils expireroient au milieu des tourmens; il vaut donc mieux que les vaincus les emportent , & l'on eſt obligé de les réduire à cet état.

Il étoit défendu aux Spartiates de combattre ſouvent le même ennemi (2). — On ne vouloit point l'aguerrir ; & s'il ſe révoltoit toujours, on prenoit le parti de l'exterminer.

Les gouverneurs des provinces Scythes donnoient annuellement un feſtin aux braves , qui avoient tué, de leurs mains, des ennemis. Les crânes des vaincus ſervoient de coupes ; & la quantité de vin qu'on pouvoit boire , étoit proportionnée au nombre de ces crânes. Le jeune homme qui ne citoit pas encore de pareils exploits , regardoit le feſtin de loin , ſans y être admis (3). — Cette inſtitution formoit de courageux guerriers.

Ce n'eſt pas ici le lieu de rechercher comment la guerre a corrompu la morale des peuples , & quelles horribles idées on ſe fit de la vertu. Les Portugais attaquerent Madrid , ſous

(1) Champlain.
(2) Plut. Ariſtoph. Platon , Xénoph.
(3) Hérodote.

Philippe V: les courtifanes de cette ville voulurent marquer du zèle à leur patrie : celles qui
étoient les plus fûres de leur mauvaife fanté,
fe parfumoient & alloient la nuit au camp ennemi ; & en moins de trois femaines, il y eut plus
de fix mille Portugais attaqués de maladies véné-
riennes, & la plûpart en moururent.

On eft tombé dans des contradictions impar-
donnables, pour avoir voulu rapprocher des
principes & des lois qui ne peuvent être d'accord.
Les Juifs fe laiffoient battre le jour du fabbat, &
les Romains profiterent de ces fcrupules. Le
concile de Trente fit exhumer le corps du con-
nétable de Bourbon qui avoit combattu contre
le pape, comme fi le chef de l'Eglife n'étoit pas
foumis à la guerre, comme les autres (1), puifqu'il eft prince temporel.

Le pape Nicolas premier ; dans fa réponfe
aux Bulgares, défend de faire la guerre en tems
de carême, à moins qu'il n'y ait une néceffité
urgente.

_____

(1) Brantôme, Vie des Hommes Illuftres.

CHAPITRE IX.

Duel. Guerres particulieres.

ON n'a pas deſſein de montrer que le duel eſt une inſtitution ſauvage : l'éloquence & la raiſon ont prouvé mille fois cette vérité. On n'en parle ici que pour faire voir combien il eſt naturel ; comment il eſt adopté par les ſociétés policées ou barbares, & combien de formes diverſes il a priſes.

Indépendamment de l'orgueil & de la fierté qui porte un ſauvage à ſe venger, l'amour de ſoi l'excite à repouſſer les outrages qu'il reçoit. Ces ſentimens groſſiers ſe développent & ſe raffinent dans les grandes ſociétés : mille paſ-ſions factices enveniment ces germes de diviſion ; & comme la nature des aſſociations ne permet pas des haines auſſi invétérées, on a imaginé un moyen de terminer ſubitement les diſputes.

Voici comment des combats à coups de maſ-ſue, on a paſſé aux cartels & aux combats de l'épée & du piſtolet. Les premiers hommes ne mettent point de délicateſſe dans la maniere de ſe ven-ger : un offenſé attaque par ſurpriſe & à l'impro-viſte ſon aggreſſeur ; celui-ci ſe défend ou ſuc-
combe,

combe, & le triomphe eſt toujours du côté du plus fort. Les nations barbares qui inonderent l'Europe, imaginerent le cartel ; & cette forme de combat alloit mieux à des hommes raſſemblés en grandes troupes.

A cette époque de la civiliſation, la naiſſance la fortune & l'autorité, donnoient à l'homme puiſſant & riche, toutes ſortes de moyens d'inſulter impunément le foible. L'invention du cartel rétablit l'égalité. Il y avoit mille outrages, dont on ne pouvoit obtenir réparation, & beaucoup d'autres dont on ne l'obtenoit qu'après un long tems ; & on ſubſtitua une juſtice plus rapide & plus promte. Enfin, des peuples guerriers dédaignent d'implorer le ſecours d'un vengeur ; & ils croient qu'un homme n'eſt pas digne d'en porter le nom, s'il ne peut lui-même repouſſer une injure.

Le ſauvage ſe venge par inſtinct, lorſqu'on lui enleve ſa femme ou ſes proviſions ; & c'eſt le même inſtinct qui arme, en combat ſingulier, l'homme policé, qu'on outrage dans ſon honneur. Cet honneur, inconnu des premieres peuplades, ſoutient les ſociétés ; & c'eſt pour l'habitant des grandes nations, le plus précieux de tous les biens.

La vengeance des ſauvages eſt une paſſion

terrible, qui ne s'appaife que par des meurtres : elle paffe de race en race, & les vieillards mourans ne ceffent de la recommander à leur fils. L'homme eft fi foible, que le châtiment de fes fautes doit avoir un terme ; & ce qui diminue la durée du reffentiment eft toujours un bien. Dans les pays où l'on ne connoît point le duel, les haines font plus invétérées, & les difputes plus fréquentes.

La maniere de fe venger des fauvages, eft eft d'ailleurs bien plus meurtriere que le cartel. Les Bréfiliens ne féparoient point ceux qui vouloient fe battre ; mais fi l'un des deux étoit bleffé, fes parens faifoient à l'autre la même bleffure, ou ils le tuoient, s'il avoit tué fon adverfaire (1).

Les habitans de l'ifle Saint Jean, découverte par le Maire, ont des fabres qu'ils n'employent que contre leurs ennemis : ils fe mordent comme des chiens, lorfqu'ils font mécontens les uns des autres. Suivant M. de Saint-Foix, cette façon de fe battre eft la feule permife, & *l'intention du légiflateur a, fans doute, été de corriger les querelleurs & les hargneux, en les affujéttiffant à ne pouvoir affouvir leur colere que comme des animaux.*

---

(1) Voyage de Léry.

Le voyageur qu'on a cité, ne dit pas que cette coutume soit fondée sur une loi ; & il est difficile que des insulaires barbares en établissent une pareille. Ils ont probablement imaginé qu'il faut se battre sans autres armes que ses propres membres ; & il n'est pas étonnant que des sauvages alors se mordent avec les dents.

Il seroit à souhaiter qu'on fît l'histoire du point d'honneur chez les peuples barbares : on verroit toute la délicatesse de l'amour-propre ; combien il étoit aisé de le blesser ; & enfin, par quelles gradations insensibles, les passions perdent la franchise & la simplicité, qu'elles ont dans leur origine. On ne détachera d'un plan si vaste, que les traits qui peuvent convenir à cet ouvrage.

Lorsqu'un Scythe recevoit une injure, sans pouvoir se venger, il sacrifioit un bœuf, & le faisoit cuire. Après en avoir étendu la peau à terre, il s'asséyoit dessus les mains liées derriere le dos, & les bras rapprochés l'un de l'autre par-devant, au moyen d'une corde. Cette posture suppliante devenoit sacrée : quiconque avoit la moindre liaison avec l'offensé, épousoit sa querelle ; il s'approchoit pour couper un morceau de la viande placée près de lui ; & mettant le pied droit sur la peau, il promettoit d'amener gratuitement des cavaliers & des fantassins, pour fa défenfe ; & jamais il ne violoit un pareil ferment (1).

Le refus d'un combat fingulier, étoit, aux yeux des Goths, le plus grand déshonneur. Les monarques eux-mêmes obéiffoient à cette loi, s'ils ne vouloient pas fe couvrir d'infamie. Un feftin précédoit le duel : on affocioit aux plus grands hommes de la nation, le vainqueur dans un duel éclatant. S'il n'étoit pas marié, on lui donnoit pour époufe une belle femme riche & noble ; & pour que le courage du vaincu ne fût pas fans récompenfe, on l'enterroit honorablemenr.

On a parlé, dans le livre des épreuves, du duel chez nos ancêtres : on dira feulement ici, que fous Henri III, on n'étoit reçu dans quelques compagnies de gendarmes, qu'après s'être battu au moins une fois, ou lorfqu'on juroit de fe battre dans l'année. — Il y avoit, à cette époque, des champions qui fe battoient pour les autres, dans les affaires d'honneur & dans les affaires criminelles ; & on les trouvoit toujours prêts à fe faire tuer, pour défendre un homme qu'ils ne connoiffoient point (2).

Un Sage de la Grece s'indigna de ce que les

_____

(1) Hift. anc. des peuples de l'Europe, t. 5. Lucien, t. 2.
(2) Mém. fur les Epreuves, par Duclos.

ſouverains entreprennent la guerre ſi légerement,
& de ce que les peuples ſe dévouent à la mort,
ſans ſavoir le ſujet de leurs querelles. Il fit un
livre ſur les gouvernemens, & il ſe livra à tous
les projets chimériques que lui dicta le zèle de
l'humanité. Il vouloit que les rois terminaſſent
par un combat ſingulier, les diſputes qui ſur-
viendroient entr'eux, & qu'ils en prononçaſſent
le ſerment à leur inauguration : il diſoit même
que cet uſage, introduit dans une ſeule nation,
ſuffiroit pour contenir toutes les autres, & que
la crainte du déshonneur & de cartel, arrêteroit
les princes qui voudroient l'attaquer. — L'auteur
s'applaudiſſoit d'une ſi belle découverte, & il
avoit grand tort : elle produiroit ſeulement le
meurtre de quelques rois, & les peuples ne com-
battroient qu'avec plus de fureur. Lorſque l'un
d'eux auroit perdu ſon prince, il ſe mettroit en
campagne, pour le venger ; il faudroit bien que
la nation ennemie ſe défendît, & la guerre re-
commenceroit de nouveau.

Les ſouverains ſe ſont donné quelquefois des
cartels. L'empereur Héraclius propoſa à Choſroès
de terminer la guerre par un combat ſingulier :
le roi de Perſe ſembla l'accepter (1) ; mais il

_____

(1) Fredeg. ch. 63.

E iij

mit lâchement à fa place un de fes officiers, re-
vêtu de fes armes.

Louis le Gros propofe à Henri, roi d'Angleterre, frere de Guillaume le Conquérant, de
terminer la guerre par un combat fingulier. Le
cartel ne fut point accepté.

Edouard, roi d'Angleterre, fit propofer un
pareil cartel à Philippe de Valois, mais il ne fut
point accepté.

François premier en propofa un autre à Char-
les-Quint, mais il n'eut pas lieu.

Le Traité de l'opinion rapporte plufieurs autres cartels offerts par des fouverains à des princes; & fi l'on en excepte les rois Goths qui fe
battoient contre de fimples particuliers, jamais
on n'en a vu fe battre entr'eux.

Les uns répondoient, comme Chriftian IV,
roi de Dannemarck, à Charles IX, qu'*à l'égard
de fon défi, c'étoit une preuve du befoin qu'il avoit
d'ellebore, pour fe purger le cerveau;* & foit par l'in-
tervention des fujets, foit de quelque autre maniere, on empêchoit le combat.

CHAPITRE X.

Fêtes guerrieres.

L'HOMME a tant de goût pour la guerre, qu'il prend plaisir à tous les spectacles guerriers; il donne souvent des combats simulés qui, en s'échauffant, deviennent véritables (1). Des princes barbares s'amusent d'autre fois à voir le massacre de leurs sujets. On établit des fêtes guerrieres, remarquables par des meutres, & même il arrive qu'on couvre ces assassinats du voile de la religion.

Les Indiens de l'île Hispaniola, donnerent à Colomb des combats simulés à la maniere du pays; mais l'action devint si vive, qu'il y eut quatre hommes de tués. Le nombre des blessés fut plus grand; & les prieres des Castillans arrêterent avec peine cet exercice, qui sembloit animé par la joie, sans aucune attention pour les blessés ou les morts.

Montanus fit présent d'une bouteille d'eau-de-vie, à un prince Alfourien de l'île d'Amboine. Le

_____

(1) Les enfans, qui s'amusent à de pareils combats, finissent ordinairement par se battre.

barbare ne fachant comment lui témoigner sa reconnoissance, voulut qu'il acceptât du moins le spectacle d'un combat de ses sujets. Les objections & les excuses du voyageur ne purent changer son dessein. Le combat commence. La terre fut bientôt jonchée de cadavres. Le sang ruisseloit & les membres voloient de toute part, tandis que le prince animoit les combattans par ses promesses & ses menaces; & cette scene tragique continua, malgré les instances de Montanus. » Ce sont mes sujets, répondoit-il, *ce ne sont que des chiens morts*, dont la perte n'est d'aucune importance, & je suis bien aise d'en sacrifier mille, pour vous marquer mon estime (1). «

Chacun sait avec quelle fureur les Romains, si vantés, couroient au cirque, pour y voir les combats des gladiateurs.

Tous les trois ans, les habitans des deux bords de la riviere de Pise, se disputent le pont. Sept cent vingt combattans divisés en douze compagnies de soixante hommes, revêtus d'une armure militaire, s'avancent au signal annoncé par une boëte: les troupes fondent les unes sur les autres au son des instrumens. Ce spectacle

_____

(1) Rel. de Valentyn.

dure trois quarts-d'heure , & ne fe termine jamais fans un grand nombre de bleffés , & quelquefois de morts (1).

Dans une fête qui fe célebre chaque année au Japon, des cavaliers armés fe rendent fur une efplanade ; ils portent fur le dos la figure du dieu dont ils fuivent la fecte. Ils forment d'abord diverfes évolutions pour préluder à un combat qui commence à coups de pierre , mais dans lequel on employe bientôt les fleches , la lance & le fabre. Comme c'eft le rendez-vous de ceux qui ont des querelles à vuider , on fe traite avec toute la fureur de la haine , & on fe venge fous le mafque de la religion & les aufpices des dieux. Le champ de bataille fe couvre de morts & de bleffés, & la Juftice n'a pas droit de punir ces meurtres. On dit qu'on inftitua cette fête, afin de décider , par les armes, la préféance entre les dieux du premier ordre (2).

(1) Voyage d'Italie, de M. de la Lande , t. 2.
(2) Charlevoix.

Fin du Livre fixieme.

LIVRE SEPTIEME.

Diftinction des rangs , nobleffe , infociabilité des Peuples.

CHAPITRE PREMIER.

Diftinctions d'état obfervées avec quel fcrupule.

A TRAVERS les inftitutions fociales , qui pourroit reconnoître l'égalité primitive de tous les hommes? On la chercheroit en vain , elle ne fubfifte pas même parmi les fauvages , & l'on peut dire que c'eft une chimere. La nature a voulu que la force opprimât la foibleffe : on va retracer les défordres qu'a produits cette loi, & expofer des maux dont il eft inutile de fe plaindre. Mais il eft intéreffant d'examiner juf-

qu'où la diftinction des rangs a porté la démence, & avec quel dédain fe traitent les mortels.

Chacun fait comment l'inégalité des conditions s'établit dans les fociétés, à mefure qu'elles fe policent, & l'arrangement feul des faits,
formera une théorie qui n'a pas befoin d'être
développée.

Les fauvages des îles Marianes font fi jaloux
de leur liberté, qu'ils ne permettent pas aux
Noirs d'une autre montagne de mettre les pieds
fur leur terrein : on trouve cependant parmi eux
des nobles très-fiers. Lorfque ces nobles parlent
à leurs inférieurs, ils s'expliquent de loin en très-
peu de mots & d'un ton élevé ; fi l'un d'eux
s'allioit à une famille du peuple, les autres lave-
roient ce déshonneur dans le fang du coupable (1). C'eft un crime pour les infulaires de
naiffance commune, d'approcher de leurs maifons.

Des peuples qui ne connoiffent ni les arts ni
les métaux, ont fait là-deffus des progrès bien
étonnans : la nation des Otahitiens eft partagée
en différentes claffes ; & chacune a des prêtres
particuliers. Celui d'une tribu inférieure n'eft
jamais appellé par des infulaires d'un rang plus

_____

(1) Rel. des Ifles Philippines. Gémelli Carréry.

distingué , & les prêtres d'une claffe fupérieure n'exercent jamais leurs fonctions pour des hommes d'un rang plus bas (1). Comme il y a dans cette île une forte de gouvernement féodal , les fils des barons & des rois fuccedent dès le moment de la naiffance , à la dignité de leur pere. Un baron , qu'on n'approchoit qu'en ôtant une partie de fes vêtemens , eft réduit à l'état de fimple particulier , fi fa femme accouche d'un fils ; & tous les hommages qu'on lui rendoit , paffent à cet enfant (2). — Les gradations dans la nobleffe & la rôture font trop avancées , relativement à la civilifation , & il faut examiner d'où vient cette exception à la regle commune. La douceur du climat , la fécondité de la terre, infpirent aux Otahitiens de la moleffe , & lorf-que les hommes n'ont pas une certaine rudeffe de caractere , ils ont bientôt perdu tous leurs droits.

Les peuples eux-mêmes , qui fentent le mieux les charmes de la liberté , établiffent les diftinc-

---

(1) Voyage de Cook.

(2) *Ibid.* Ces chefs ne doivent pas être fort empreffés d'avoir des enfans , & on a peut-être imaginé cette politique groffiere pour ne pas trop multiplier la race des fouverains. Voyez le Livre cinquieme des chefs & fouverains.

tions les plus humiliantes, & ce qu'on verra dans le cours de ce traité n'a pas droit de nous étonner, puifqu'à Sparte, il y avoit deux familles où la royauté fe tranfmettoit comme un héritage, & que les enfans des Ilotes naiffoient tous de vils efclaves.

Avant que la diftinction s'établiffe parmi les races, elle s'introduit parmi les membres d'une même famille, & dès les premiers âges du monde, les aînés traitent leurs freres comme des inférieurs : à Juida, les cadets des deux fexes ne parlent jamais qu'à genoux à leurs aînés, fous peine d'une amende que ceux-ci reglent à leur gré (1). Au royaume de Benin, l'aîné ne donne à fes freres & à fes fœurs, que ce qu'il lui plaît (2).

Otton de Frifingen nous apprend que dans prefque toutes les provinces de France, le frere aîné & les enfans de l'un & l'autre fexe, confervoient autrefois fur leurs cadets l'autorité paternelle, & même l'autorité d'un *feigneur* (3).

Les gouvernemens ne tarderent pas à diftri-

---

(1) Voyage de Defmarchais, t. 2.

(2) Rel. de Nyendal.

(3) Lib. 2. de Geft. Frederici. C'étoit en quoi confiftoit le *droit de parage*.

buer leurs fujets en caftes féparées , & depuis
cette époque , les préjugés fur la diftinction des
rangs ne cefferent point de fe multiplier. Un
Égyptien qui avoit pris une profeffion ne pouvoit plus la quitter, ou en exercer une autre,
fans être griévement puni (1).

On ne permettoit pas autrefois à un Indien
de fe marier dans une cafte différente de la
fienne : il étoit défendu à un foldat de labourer
les champs , & à un homme de la cafte des lettres de fe faire ouvrier (2). On compte aujour-
d'hui quatre-vingt-quatre tribus d'Indiens. Chacun d'eux périroit plutôt que de manger d'un
met apprêté par fon inférieur , & il y en a qui
fe croiroient deshonorés de manger avec leur
roi. Les Bramines portent même la délicateffe
jufqu'à ne point manger ce qu'a touché un homme
qui n'eft pas Bramine.

Parmi les habitans d'Amboine , ceux qui
n'ont point d'efclaves en louent un , pour porter
à cent pas , deux pintes de riz (3).

Enfin , cette fupériorité paroît fi naturelle,
lorfqu'on y eft accoutumé , qu'un Negre des

---

(1) Diod. de Sicile, l. 1. fect. 2.
(2) *Ibid.* l. 2. ch. 26.
(3) Voyage de Dampierre , t. 5.

Colonies ne daigne pas admettre fa femme à fa table (1). Le trait que voici eft /encore plus curieux.

Le capitaine Cook & Meffieurs Bauks & Solander, en paffant à Savu, virent le roi de l'île, qui commande à plus de foixante mille fujets. Ce prince Negre, n'ofant pas s'affeoir devant eux, dit : » Je ne croyois pas que des Blancs me permiffent de m'affeoir en leur compagnie (2). «

On contraignit les inférieurs à rendre toute forte d'hommages aviliffans à ceux qui font d'un rang plus diftingué. Sur la Côte des Efclaves, ils ne paroiffent jamais devant eux qu'à genoux & profternés : ils ne fe retirent qu'en rampant, & ils feroient coupables d'un grand crime, s'ils ofoient paroître debout ou s'affeoir fur un banc : ils fe couvrent la bouche de leurs mains, pour ne pas les *incommoder de leur haleine*. Si un noble éternue, tous les affiftans tombent à genoux, baifent la terre, & après avoir frappé des mains, ils lui fouhaitent un éternel bonheur (3).

Si un Negre de Juida entre chez un noble,

(1) Voyez ce qu'on dit dans le Livre des femmes du Negre de Labat.

(2) Voyage de Cook.

(3) Bofman, Barbot.

il doit, fous peine de la baftonade, crier *ago*;
ce qui avertit les femmes de fe retirer.

Aux Maldives, les rôturiers ne s'affeyent pas
avec un noble; ils doivent s'arrêter dès qu'ils le
voient paroître, & le laiffer paffer; s'ils portent
quelque fardeau, on les oblige à le mettre
bas (1).

Lorfqu'un feigneur de Java fort, il eft précédé par un domeftique qui tient à fa main plufieurs javelines & une épée: à ce fignal, le peuple fe retire, après s'être profterné.

Quand il paffe un officier de la cour dans les
provinces de la Chine, le gouverneur & les
mandarins vont lui demander à genoux des nouvelles de la fanté de l'empereur. Les premiers
officiers de l'état ont feuls le droit de faire cette
queftion (2).

Les chefs, pour rehauffer leur dignité, ne
crurent pas devoir parler à leurs fujets, & ce
qui eft affez fingulier, les fauvages eux-mêmes
prennent ces airs de hauteur. Drake eut une
entrevue avec le roi des Indiens de la nouvelle
Albion; mais ce prince ne parloit pas immédiatement au Voyageur; il difoit quelque chofe

---

(1) Voyage de Pyrard.
(2) Voyage de Bouvet.

d'une

d'une voix baſſe à un de ſes officiers, qui répé-
toit enſuite fort haut ce que lui ordonnoit le
roi (1).

Les particuliers affectent à leur tour de pareils
droits, & leurs prétentions en ce genre ſont
très-inſolentes. L'affranchi Pallas ne parloit à ſes
eſclaves que par geſte (2).

Un baron d'Allemagne ordonna qu'après ſa
mort, on mît ſon cadavre debout dans une co-
lonne qu'il avoit fait creuſer à deſſein & placer
contre un des piliers de l'égliſe, afin, diſoit-il,
que quelque bourgeois ou villain ne marchât pas
deſſus ſon corps.

On n'eut pas honte de traiter les animaux
comme des hommes : Alexandre fit bâtir une
ville à l'honneur de ſon chien Peritus, mort dans
les Indes, & une autre à l'honneur de ſon cheval (3).

Caligula ordonnoit qu'on offrît de l'avoine &
du vin dans des coupes d'or à ſon cheval In-
citatus; & nous dirons ailleurs avec quel ſoin on
ſert les éléphans de quelques princes d'Aſie.

Enfin, on ſe perſuada ſi bien que l'ancienneté

---

(1) Prévôt, t. 11.
(2) Tacite.
(3) *Plut. in Alex.*

eſt un mérite, qu'on eut les mêmes idées à l'é-
gard des animaux. Le chevalier d'Arvieux vit
en Arabie une jument de la premiere race des
chevaux du pays, dont la filiation prouvée par
des actes publics, remontoit juſqu'à cinq cens
ans.

Dès que la puiſſance civile autoriſoit ces préjugés, bientôt les particuliers ne furent plus les
maîtres de s'en débarraſſer, & on porta des
peines contre ceux qui ne s'y conformoient pas.
» Un gentilhomme qui ſe rabaiſſe par mariage,
& épouſe une rôturiere, dit René roi de Sicile
& d'Anjou, doit ſubir cette punition : *En plein
tournois, tous les autres ſeigneurs, écuyers, chevaliers, s'arrêteront ſur lui, & tant le batteront,
qu'ils lui feront dire qu'il donne cheval & qu'il ſe
rend.* «

Il ne faut pas oublier les diſputes ſur les pré-
ſéances dans cette partie de l'hiſtoire de l'homme ; mais comme les prétentions de la vanité
ſont inépuiſables, on ne citera qu'un trait. Autrefois, en Turquie, les gens de guerre & les
gens de loi, ſe diſputoient ſouvent le pas dans
les aſſemblées, le grand-ſeigneur déclara, pour
les mettre d'accord, que la main gauche ſeroit
déſormais plus honorable parmi les gens de
guerre, & la main droite parmi les gens de loi :

ainsi, quand ces deux corps marchent ensemble, chacun croit être à la place d'honneur.

Après avoir vu tant de dépravation parmi les peuples qu'on vient de parcourir, on arrive à Genêve & à Bâle, & on goûte un moment de repos. Aucun gentilhomme ne peut parvenir aux charges de cette derniere république, à moins qu'il ne renonce à ses prérogatives de gentilhomme.

CHAPITRE II.

Avilissement des classes inférieures, & supériorité des autres.

LES outrages, dont on vient de parler, ne font pas les plus grands qu'essuie la nature humaine. Rien de si naturel à l'homme que d'être dédaigneux & méprisant; & chaque siecle nous montre des castes ou tribus qu'on abhorre & qu'on tient dans le dernier degré de l'avilissement. On ne soumet pas ces races malheureuses à une proscription passagere : leurs descendans font souillés avant que de naître, & l'infamie, plus cruelle que la mort, les attend au moment de leur naissance.

Avilisse-ment.

Tels furent les Egyptiens de la cafte qui gardoit les cochons ; ils ne pouvoient s'allier qu'entre eux, & leur tribu ifolée étoit couverte d'opprobres.

Mais depuis la deftruction du temple de Jé-rufalem, on a eu pour les Juifs un mépris encore plus infultant, & l'on frémit en lifant l'hiftoire des perfécutions qu'on leur a fufci-tées (1). Sous les premiers empereurs Romains, on les contraignoit à payer une capitation arbitraire, & on deshabilloit publiquement dans les rues ceux qu'on foupçonnoit d'être circoncis. Ces malheureux tâchoient de faire recroître leur prépuce, & ils inventerent un inftrument particulier pour forcer la peau à recouvrir le gland.

Abdalak, célebre général Arabe, les marquoit à la main avec un fer chaud (2).

Charlemagne, après avoir fait périr les chefs de la fynagogue, ordonna qu'à l'avenir tous les Juifs, habitans de Touloufe, recevroient un foufflet, trois fois par an, à la porte de la ca-thédrale.

Charles VI, en les chaffant, défendit à leurs

---

(1) Voyez dans l'Hift. univ. des Anglois, l'hiftoire des Juifs depuis la deftruction du temple de Jérufalem.

(2) Theophanes Sub. A. C. 759.

débiteurs *de rien payer.* Une déclaration ordonna ensuite au prevôt de Paris de déchirer & brûler toutes les obligations en leur faveur.

Une autre fois, on lés accusa d'avoir crucifié un petit enfant le Vendredi Saint, & dans quelques villes de Languedoc & de Provence, on établit une loi qui permettoit de les battre depuis le vendredi-saint jusqu'à Pâques, quand on les trouveroit au milieu des rues.

On les a même regardés comme *des chiens.* Le crime de bestialité est puni par le feu. On a long-tems fait brûler les filles dont un Juif abusoit, & les hommes qui avoient eu les faveurs d'une Juive ; parce que, dit le jurisconsulte Gallus, *c'est la même chose de coucher avec un Juif, que de coucher avec un chien.*

C'est en Orient surtout, que le despotisme a mis le comble à la corruption, & qu'elle est consacrée par la superstition & la politique. On ne s'amusera point à rechercher l'origine de ces castes déshonorées, dont les contrées asiatiques sont remplies : l'orgueil de l'homme a besoin d'avilir des êtres de son espece, & c'est pour lui une douce jouissance de les traiter en tyran.

Les *gueux* de l'île de Ceylan sont réduits au dernier degré de l'abjection & du mépris. On les oblige à donner à tous les insulaires les titres

que ceux-ci donnent au roi & aux princes, &
à les traiter avec le même refpect. On ne leur
permet pas même de puifer de l'eau dans les
puits ; ils ne peuvent boire que celles des mares
ou des rivieres. Lorfque le roi condamne à la
mort un de fes grands officiers, on laiffe quelquefois à fa femme & à fes fils le choix d'être
mis au rang des gueux ou de fe précipiter dans
la riviere, & ils ne balancent pas à prendre ce
dernier parti (1).

La tribu des Parias chez les Indous eft fi
avilie & fi méprifée, que les autres ne veulent
avoir aucune efpece de communication avec
elle, & on lui défend de mettre le pied dans
les villages des tribus ordinaires. Croiroit-on
que ces miférables fe difputent entre eux pour
le rang ? Ils forment deux claffes particulieres ;
celle des Perréas croit être la plus diftinguée, &
ne veut point manger avec celle des Serriperes.

Les *Piriaves* du royaume de Golconde n'ont
pas le droit de demeurer dans les villes. Un vil
artifan d'une tribu fupérieure, qui touche par
hafard un Piriave, eft obligé de fe purifier auffi-
tôt (2).

---

(1) Rel. de Knox.
(2) Rel. de Methold. Les Barbiers à Ceylan n'ont jamais le droit de s'affeoir fur des chaifes. Rel. de Knox.

Le récit qu'on va faire eft de la plus exacte vérité , & on ne changera pas les termes du Voyageur Dellon. » Les Pouliats font regardés au Malabar comme la plus méprifable partie de l'humanité , & comme indignes du jour. Ils vont errans dans les campagnes, ils fe retirent fous des arbres, dans des cavernes ou fous des huttes de feuilles de palmier. Leur unique fonction eft de garder les beftiaux & les terres. On devient infâme en les fréquentant, & fouillé pour s'être approché d'eux de vingt pas. Les purifications font indifpenfables, lorfqu'on leur parle de plus près. Si quelqu'un des quatre premieres tribus rencontre ces miférables objets de l'exécration publique, il jette un cri d'auffi loin qu'il peut les voir, & c'eft un fignal qui les oblige de fe retirer à l'écart : au moindre retardement, on a droit de les tuer d'un coup de fleche ou de moufquet, pourvu que le terroir ne foit pas privilégié, c'eft-à-dire, confacré à quelque pagode. La vie de ces malheureux paroît fi méprifable, qu'un Noir qui veut effayer fes armes tire indifféremment fur le premier Pouliat qu'il rencontre, fans diftinction d'âge ni de fexe. Jamais le meurtre n'eft recherché ni puni. Cette liberté de les outrager & de les tuer impunément, en a fort diminué le nombre, & peut-

être seroient-ils tous exterminés depuis long-
tems, si le besoin qu'on a d'eux pour la garde
des biens de la campagne, n'obligeoit d'en
conserver quelques-uns. Il leur est défendu de
se vêtir d'étoffes ou de toiles ; ils se couvrent
de l'écorce des arbres ou de feuilles entre-
lassées : ils sont d'ailleurs fort sales, on leur
voit manger toute sorte d'immondices & de
charognes. Il ne leur est pas plus permis d'approcher des temples, que des grands & de leurs
palais. Les prêtres ne reçoivent de leur part
aucune autre offrande que de l'or & de l'argent; encore faut-il qu'ils le posent fort loin à
terre, où l'on ne va le prendre que lorsqu'ils
ont disparu : on le lave pour le présenter aux
dieux, & celui qui le touche, est obligé de se
purifier après l'avoir apporté. S'ils ont quelque faveur à demander aux grands, il faut que
leur requête soit présentée d'assez loin, & la réponse se fait à la même distance. Souvent, sans
avoir commis la moindre faute, ils sont condamnés, sous peine de la vie, à payer de grosses
amendes ; & pour éviter la mort, ils apportent
fidellement la taxe qu'on leur impose. Il semble
que des malheureux, qui sont bannis du commerce des hommes, qui ne possedent rien, &
qui n'exercent aucune profession lucrative, ne

doivent pas être en état d'acquitter ces impofitions. Mais c'eft une paffion commune aux Malabares, d'enterrer tout l'or & l'argent qu'ils amaffent, & d'ajouter chaque jour quelque chofe à leur tréfor, dont ils n'ôtent jamais rien. Ils meurent ordinairement fans en donner connoiffance à leurs héritiers, dans l'efpoir de retrouver ces richeffes & de s'en fervir, lorfque, fuivant leurs principes, ils reviendront animer un autre corps ; les Pouliats, qui vivent dans l'oifiveté, employent la meilleure partie de leur tems à la recherche de ces tréfors cachés, & le bonheur qu'ils ont fouvent d'y réuffir, les fait accufer de fortilége. Ils fatisfont avec cet argent, l'infatiable avidité des princes qui menacent continuellement leur vie (1). «

Enfin, voici d'autres effets de la diftinction des rangs : dans cette même contrée du Malabar, » fi un Indien reçoit les faveurs d'une femme d'une tribu fupérieure à la fienne, on le fait mourir ; & pour expier un crime fi noir, ceux de la tribu de la femme peuvent tuer pendant trois jours, fans diftinction d'âge ni de fexe, toutes les perfonnes qu'ils rencontrent de la tribu du féducteur. Mais au

_____

(1) Voyage de Dellon.

lieu d'abroger la loi dont on fent l'abfurdité; on employe cet expédient : comme ce maffacre ne commence qu'à l'inftant où l'on mene le coupable au fupplice, on le garde en prifon affez long-tems pour que les hommes & les femmes de fa tribu aient le tems de fe cacher (1). «

Tous ces malheureux font beaucoup plus à plaindre que les efclaves & les Negres : ceux-ci font vils & non pas infâmes : on ne fe purifie point, lorfqu'on les a touchés. On fent que le hafard & la force les réduifent à cette condition, & on eft touché quelquefois de leur fort; mais l'infamie, dont on couvre les Pouliats, étouffe la commifération (2).

Difons maintenant jufqu'où l'on a porté le refpect & la vénération à l'égard de certains hommes.

Les Argyppéens étoient regardés par les autres Scythes comme facrés. Dès qu'on avoit com-

---

(1) *Ibid.* C'eft un exemple frappant de l'immutabilité des lois & des abus en Orient : plutôt que de les détruire, on employe des palliatifs auffi ridicules que celui dont on vient de parler.

(2) En terminant ce chapitre, on fe fouviendra de la bulle de ce pape, qui déclara qu'il plaifoit à lui & au Saint-Efprit de reconnoître les Américains *pour des hommes véritables.*

mis un crime énorme, on se réfugioit vers eux & on étoit en sureté : on les nommoit arbitres de tous les différends (1).

Les Tartares de Kardan, qui n'ont point d'idoles, rendent un culte au plus âgé de chaque famille, comme à l'être qui les a créés, & à qui ils doivent ce qu'ils possédent (2).

CHAPITRE III.

Injustice & bisarrerie des priviléges établis par la distinction des rangs.

LA plupart des priviléges qu'introduit parmi les hommes la distinction des rangs sont injustes ou bizarres.

A Madagascar, il n'y a que les filonbeis ou nobles qui puissent égorger les animaux dont on se nourrit ; & si une fille du roi épouse un homme qui ne soit pas de la famille royale, ses enfans n'ont pas le privilége de tuer des bœufs (3).

Priviléges bisarres.

---

(1) Hérodote & Strabon.
(2) Voyage de Marcopolo.
(3) Drury's History. Flacourt.

Les Negres de la Côte d'Or achetent la noblesse à prix d'argent ; & quand ils sont installés, ils ont droit de souffler à leur gré dans un cornet ; ce qui n'est permis qu'à eux seuls (1).

Le roi de Benin donne , pour marque de faveur & de distinction , un cordon de corail qui équivaut à nos ordres de chevalerie. Dès qu'on l'a reçu, on est obligé de le porter sans cesse à son col , & la mort est le châtiment de ceux qui le quittent un instant , ou qui le perdent, lors même qu'il n'y a pas de leur faute (2).

Les Siamois d'un rang distingué placent sur leurs maisons, différens toîts plus bas les uns que les autres ; & cette inégalité de toîts, est la mesure des degrés de puissance. Le palais de Siam en a sept qui s'élevent par gradation. Les officiers de la cour en ont trois ou quatre, & les simples nobles à proportion (3).

Lorsqu'un gouverneur Chinois passe d'une province à l'autre , après avoir satisfait le public dans l'exercice de sa charge, on dresse un grand nombre de tables sur un espace de deux ou trois lieues : on les couvre de tapis de soie,

---

(1) Bosman , Desc. de la Guinée.
(2) Barbot , & Rel. de Nyendal.
(3) Rel. de la Loubere.

de candelabres, de bougies, de viandes, de liqueurs, de fruits, de vins & de thé : dès que le mandarin paroît, chacun fe jette à genoux, & baiffe la tête jufqu'à terre ; on pleure, on le preffe de defcendre, pour recevoir du peuple les derniers témoignages de fa reconnoiffance : on lui tire fes bottes de diftance en diftance, & on lui en donne de nouvelles : on conferve comme des précieufes reliques celles qui ont touché fes jambes, & on en met quelques-unes dans des cages bien décorées, fur les portes des villes (1).

Quand les adigars, officiers principaux de l'île de Ceylan, fortent à pied, ils s'appuient fur le bras d'un écuyer. Devant eux, marche un homme avec un grand fouet qu'il fait claquer, pour avertir le peuple de fe tenir à l'écart (2).

Il feroit impoffible de parler ici de tous les privileges injuftes. Parmi ceux qui ont directement rapport à la matiere que l'on traite, on ne choifira que les plus finguliers.

Priviléges injuftes.

Les Romains condamnoient à une amende

---

(1) Duhalde, le Comte.
(2) Voyage de Knox.

confidérable quiconque ne donnoit pas à un patrice le titre d'illuftre (1).

Autrefois il étoit défendu d'affifter aux duels à cheval, fous peine pour un noble, de perdre fa monture, & pour un bourgeois, *de perdre une oreille.*

Si un évêque ou un prince plaidoient contre un particulier, une loi des Goths craignit qu'ils ne dérogeaffent à leur dignité; elle leur permit de nommer une perfonne qui fe chargoit de cette affaire, comme fi elle lui étoit perfonnelle (2).

Les feigneurs d'Achem obtiennent du roi un poignard orné de pierreries, qui n'a ni garde ni pommeau. La loi condamne à mort ceux qui ofent le porter, fans l'avoir reçu du prince; mais ceux qu'il honore de ce préfent, ont droit de prendre toute forte de vivres & de provifions, & de traiter tout le monde en efclaves (3).

Un vice-roi de la Chine, qui fe montre dans la ville, a un cortége de plus de cent hommes: il eft précédé par des officiers qui portent des chaînes, des coutelats & des gaules, pour bâ-

---

(1) *Lex ultima de offic. diverf.*
(2) *Legis Vifigothorum*, *lib.* 3.
(3) Prevoft, t. 1.

tonner fur le champ le premier que défigne le
mandarin (1).

La diftinction des rangs eft néceffaire dans un
état ; & lorfque la fortune, le hafard ou la naiffance, donnent une place, celui qui en eft re-
vêtu doit avoir des marques d'honneur que n'a
pas un fimple particulier. Mais fi les fociétés
étoient bien ordonnées, on ne les accorderoit
qu'aux talens, à l'induftrie & à la force. Prefque
tous les gouvernemens fe font écartés de cette
regle, & il n'y a guères que la Chine qui récompenfe ainfi le mérite. Un homme integre &
éclairé acquiert toujours de la nobleffe & des
honneurs ; le droit aux hommages du peuple ne
s'y tranfmet point comme un héritage, & le
fils d'un premier miniftre rampe quelquefois avec
le peuple, & embraffe la profeffion la plus vile.
Il refte trop d'abus dans le gouvernement de
cette nation, pour en parler avec enthoufiafme ;
mais cette partie de fon inftitution, mérite des
éloges (2).

Les lettrés Chinois fe trouvent plus heureux
que s'ils vivoient dans les républiques de la

---

(1) Duhalde.
(2) Comme le defpotifme déprave tout, on a foû-
mis les lettrés à des réglemens trop fervils.

Grece & de Rome , & jamais souverain abfolu n'employa un moyen aussi sûr de faire oublier à ses peuples la servitude. Voici comment ils font parvenus à se former ces idées.

Il est aisé de se familiariser avec le despotisme , & si l'on veut se soumettre à toutes les lois sans blesser en rien les caprices & l'autorité du maître , on peut mener une vie paisible fous le joug de la tyrannie. Lorsque les nations font trop nombreuses , il faut avouer que le peuple ne doit être qu'esclave : il ne sent pas le poids de sa chaîne , & ce n'est pas l'autorité arbitraire d'un empereur de Peking qui rend malheureux le paysan, le manouvrier ou l'artisan. Quant à ceux qui ne peuvent souffrir le pouvoir sans bornes, ils font ordinairement éclairés , & on leur offre des moyens de sortir de la foule. S'ils n'obtiennent jamais toute l'indépendance dont ils jouiroient dans les républiques , on leur accorde de la considération & des honneurs pour les en dédommager , & si on les force de se prosterner aux pieds du maître, on leur donne de l'autorité sur un grand nombre d'esclaves.

Chacun ne goute pas de pareils raisonnemens; il y a des hommes qui dédaignent fierement ces misérables sophismes.

CHAPITRE

CHAPITRE IV.

Distinctions dans les propriétés.

DE toutes les distinctions établies parmi les hommes, les plus révoltantes sont celles qui affectent les propriétés. On a défendu d'acquérir des biens : on a créé des propriétés *nobles* & des propriétés *rôturieres*, & on a tâché d'imprimer à la terre l'aviliffement de celui qui la possede.

On ne parlera pas ici des efclaves qui ne possedent rien. Au royaume de Champa, voifin de la Cochinchine, un homme du peuple ne peut avoir de l'argent chez lui; s'il contrevient à la loi, il eft condamné à l'amende & à la baftonade (1).

Les biens ne fe divifent jamais chez les Hottentots, l'héritage entier paffe à l'aîné des enfans ou au plus proche parent mâle : les femmes ne font point appellées à la fucceffion, & les fils cadets vivent dans l'indigence, fi le pere ne leur fait pas un établiffement pendant fa vie (2).

(1) D'après Neptune Oriental.
(2) Kolben.
Tome II. G

Sous le gouvernement féodal, plusieurs pays ne connoissoient point les propriétés *rôturieres*, & l'on n'a permis que cette année 1775 aux étrangers de la classe de la bourgeoisie, d'acquérir en Pologne des terres, des villages & des fermes.

Enfin, il falloit consacrer par la superstition l'autorité & la fortune des hommes d'un rang distingué & des gens riches. Les Siamois croient que ce qui arrive dans ce monde est l'effet des bonnes ou des mauvaises actions, & que le malheur ne se trouve jamais avec l'innocence : les richesses, les honneurs & la santé, sont toujours la récompense d'une conduite vertueuse (1). L'infamie, la pauvreté & les maladies, sont toujours des punitions : qu'on renaisse sous la figure d'homme ou d'animal, les avantages ou les défauts naturels proviennent des vertus ou des vices antérieurs à cette naissance (2).

---

(1) Lorsqu'on n'a rien fait d'honnête dans cette vie, ils répondent qu'ils parlent de la vie qu'on a mené avant la derniere métamorphose.

(1) Rel. de la Loubere.

CHAPITRE V.

Ordres & marques de diftinction.

QUELS moyens n'a-t-on pas inventé pour féparer les hommes d'un rang diftingué de ceux d'une claffe inférieure? La forme des habits, la parure, le privilége de porter certains inftrumens, des trophées, &c. on a tout mis en ufage.

Des fauvages ornent leurs cafques de crânes, & leurs portes des mâchoires des ennemis qu'ils tuent : ceux qui en ont le plus, forment une claffe particuliere que les autres refpectent.

Les Sueves nobles tordoient leurs cheveux, & en faifoient un nœud (1).

Dans plufieurs contrées de l'Afie, la couleur ou le mélange des couleurs des habits, annonce l'état, la condition, la profeffion ou le métier de chacun.

Comme c'eft ici une affaire de convention, les marques d'honneur blefferont fouvent les idées reçues. Les jeunes nobles des îles Maldi-

(1) Tacite, de Morib. German.

G ij

ves apprennent & se divertissent *à raser*, comme nos petits maîtres à mener un cabriolet.

Les femmes des plus basses tribus du Malabar portent les étoffes les plus précieuses, & celles que la naissance ou les richesses mettent au-dessus du commun, ne se couvrent jamais que d'une belle toile de coton (1).

Ces distinctions cependant n'empêchoient pas assez la confusion des races. On institua des ordres particuliers , & on donna des cordons. L'histoire de ces cordons & de ces ordres ne seroit pas fort amusante : il y en a de toutes les especes , dans les différens états & chez les différens peuples.

Les Banians ont un ordre de la *queue de vache*, lorsqu'on reçoit un chevalier, on lui dit , en l'embrassant, *aimez les vaches, aimez les moines*.

L'ordre de *l'urine*, chez les Hottentots , est encore plus singulier. » Pour y être admis, il faut avoir tué un lion , un tigre, un léopard , un éléphant , un rhinoceros ou un élan. L'installation du héros se fait avec beaucoup de cérémonies. « Les habitans du village députent un vieillard pour l'inviter à se rendre au centre du

_____

(1) Voyage de Dellon.

kraal; l'assemblée le reçoit avec des acclamations, & on lui rend les honneurs dûs à sa victoire. Il s'accroupit au milieu d'une place, & les habitans se rangent autour de lui dans la même posture. Le vieux député s'approche & pisse sur lui. Tandis qu'on arrose tout son corps d'urine, le champion sillone avec ses ongles la graisse dont il est enduit, pour recevoir plus immédiatement cette aspersion; toute l'assemblée fume ensuite à la même pipe, & lorsque le tabac est réduit en cendres, on en parseme le nouveau chevalier, qui va se reposer trois jours. Pendant cet intervalle, il est défendu à sa propre femme de l'approcher: enfin, il reparoît pour jouir de sa gloire: il est décoré de la vessie de l'animal qu'il a tué, il la porte suspendue à sa chevelure; elle lui tient lieu de cordon (1). «

Les cérémonies qui accompagnent les installations sont très-différentes & analogues au caractere du peuple qui les pratique. Installations.

Un Mexicain, qui aspiroit à la dignité de chevalier du grand ordre, venoit aux pieds des

_____

(1) Kolben a cru devoir donner à cette institution le nom de l'ordre de *l'urine*, parce qu'elle n'en porte aucun dans la nation.

autels ; » le prêtre lui perçoit le nez avec un os
pointu de tigre, ou un ongle d'aigle, & mettoit
des pétites pieces d'ambre noir dans les trous.
Le novice devoit souffrir cette opération sans
impatience. Le pontife lui adressoit ensuite un
long discours rempli d'injures, & après différens outrages, on le dépouilloit de ses habits.
Il passoit le reste du jour à prier nud au milieu
du temple, & pendant cet intervalle, l'assemblée faisoit un grand festin. Tout le monde se
retiroit à l'entrée de la nuit, sans le regarder
& sans lui adresser une seule parole. Cependant on
apportoit au novice un manteau fort grossier, de
la paille & un tronc de bois pour lui servir d'o-
reiller ; on y ajoutoit de la teinture pour se frotter le corps, des poinçons pour se percer les
oreilles, les bras & les jambes : trois vieux soldats endurcis aux fatigues de la guerre étoient
chargés de le garder & de troubler continuellement son sommeil, & pendant quatre jours,
on ne le laissoit dormir que quelques heures as-
sis. Dès qu'il commençoit à s'assoupir, on le ré-
veilloit en le piquant avec des pointes de fer.
A minuit, il encensoit les idoles, & leur offroit des gouttes de son sang : il parcouroit ensuite l'enclos du temple, & creusoit la terre en
quatre endroits ; il l'arrosoit du sang de ses

oreilles, de fes pieds, de fes mains & de fa langue. On ne lui donnoit à fon repas que quatre
épis de maïs & un verre d'eau, & même ceux
qui vouloient fe diftinguer, ne prenoient aucune nourriture. Après cette premiere épreuve,
le chevalier continuoit fon noviciat dans les
autres temples l'efpace d'une année; les exercices étoient moins rigoureux, mais il ne pouvoit
aller à fa maifon, ni s'approcher de fa femme (1). « — Chez les Mexicains, les honneurs
étoient la récompenfe de l'intrépidité & du courage, & il falloit prouver qu'on méritoit de les
obtenir. On verra d'autres détails dans le Livre
fur les chefs & les fouverains.

Quand un Negre de la Côte d'Or eft promu
au rang des nobles, on égorge un bœuf, qui
eft fur le champ diftribué à la populace. On
croit que le nouveau noble & fa femme mour-
roient avant la fin de l'année, s'ils goûtoient de
cette chair. On lui apporte la tête, après huit
jours de réjouiffances ; on la peint de diverfes
couleurs, on la farcit de paille fétiche, & on la
fufpend dans fa maifon comme un monument
de fa dignité. Il commence à jouir de fes priviléges, & il faut compter pour un des princi-

---

(1) Gomara.

paux, celui d'acheter des efclaves & de faire
le commerce avec les Blancs. Rien n'approche
de la fierté de ces nobles, quoique les frais de
réception les réduifent fouvent à la mifere, &
que, pour vivre, ils foient contraints de re-
prendre le métier de la pêche, ou une autre oc-
cupation fervile (1).

Un noble de la côte de Guinée eft porté, lors
de fon inftallation, fur un brancard, par quatre
efclaves, il appuie fes pieds fur deux autres qui
dans cette pofture incommode & aviliffante, ont
beaucoup de peine à fuivre les pas des porteurs (2).

Quand le roi d'Iffiny reçoit au nombre des
nobles, un Negre qui, par fon induftrie, a
gagné des richeffes, il le mene au bord de la
mer. » Je défends aux flots, dit-il, de nuire à
ce nouveau Kabashir, ni de renverfer fes ca-
nots. « Il verfe au milieu des vagues une bouteille d'eau-de-vie, pour gagner leurs bonnes
grâces. Le prince prend enfuite les mains du
nouveau noble, les ferre l'une contre l'autre,
& fouffle dedans, en prononçant ces mots :
Allez en paix (3).

(1) Prevoft, t. 1.
(2) Coll. de Bry, fixieme partie des petits Voyages.
(3) Voyage de Loyer.

CHAPITRE VI.

Prétentions des Peuples fur leur antiquité & fur leur origine.

LES peuples en corps eurent fur la diftinction des rangs, les mêmes préjugés que les fimples particuliers; & en recherchant une origine illuftre, ils devinrent extravagans. Il ne faut pas examiner comment des hommes & des nations entieres peuvent croire qu'ils defcendent de quelques animaux, ni quelles idées ils adoptent fur ces transformations. Il eft clair que c'eft une folie, & l'on ne rend pas raifon d'une folie.

En voici des exemples tirés des peuples fauvages; d'un peuple favant & libre, & d'un grand peuple réuni fous un maître fouverain.

Les trois familles principales des Iroquois s'appellent la famille de *l'ours*, celle de la *tortue*, & celle du *loup* (1). Ce n'eft peut-être qu'un furnom pour les diftinguer des autres (2). Mais

(1) Voyage de la Potherie.
(2) Voyez le Livre de la Naiffance des Enfans, où l'on parle des noms qu'on leur donne.

les fauvages du Canada ont auffi trois familles principales : l'une dit qu'elle defcend d'un grand *liévre ;* l'autre d'une femme belle & courageufe, qui eut pour mere une *carpe* dont l'œuf fut échauffé par le foleil ; & la troifieme, d'un *ours* (1).

Les Athéniens eux-mêmes croyoient defcendre des fourmis d'une forêt de l'Attique, & les maifons qui fe piquoient d'ancienneté portoient dans leurs cheveux des fourmis d'or, pour marque de leur origine.

Une des premieres caftes des Indiens du Maduré defcend d'un âne. Ils traitent les ânes comme leurs freres ; ils prennent leur défenfe, pourfuivent en Juftice, dit M. de Saint-Foix, & font condamner à l'amende quiconque les charge trop, ou les bat fans raifon ou par emportement.

La haine & la défiance mirent entre les peuples d'autres diftinctions dont on parlera dans le chapitre fuivant.

––––––––––––––––––––

(1) L'Efcarbot. Champlain.

CHAPITRE VII.

Insociabilité des Peuples.

L'HOMME est dans un état continuel d'agitation & d'inquiétude ; & comme il éprouve souvent la malice des autres hommes, il craint tout ce qu'il ne connoît pas. Les peuplades commencent d'abord à se redouter mutuellement ; & c'est sur-tout parmi les insulaires qu'on remarque cette frayeur. Les habitans d'une des grandes Cyclades ne prennent jamais avec leurs mains ce que leur offrent des étrangers ; ils le reçoivent entre deux feuilles vertes, & ils l'attachent ensuite au bout d'un bâton ; & lorsqu'un Anglois touchoit par hasard leur peau, ils se frottoient sur le champ, au même endroit, avec des plantes (1).

Ce sentiment de crainte dégénére bientôt en aversion ; & il n'y a pas dans la nature humaine de penchant plus général. On ne traite avec les Onetacas (2) que de cent pas, & toujours les armes à la main.

---

(1) Second Voyage de Cook.
(2) Tribu des Brésiliens.

La guerre accoutuma tellement les peuples au carnage, qu'ils se regardent souvent comme enne-mis, dès qu'ils n'habitent pas la même contrée. Les Africains de la côte de Zanguebar, victimes de la cruauté des Portugais, massacrent quicon-que s'avance dans leur pays (1). Les Thraces & les habitans de la Tauride pillerent & tuerent long-tems ceux qui abordoient dans le leur (2); & les Arabes dépouillent encore aujourd'hui & réduisent en esclavage ceux que la tempête jette sur leurs côtes.

On entreprit par la suite d'immenses travaux pour mettre des barrieres entre les peuples, & tout concourut à établir sur la terre des semen-ces éternelles de discorde. La surface de l'ancien continent est couverte de remparts, & plusieurs sont si étendus, qu'en les portant sur la même ligne, ils couperoient en deux notre hémis-phere (3). Si cette chaîne de murailles com-mençoit à l'île de Fer, elle aboutiroit presque à l'extrémité de l'Asie. La célebre muraille de la Chine a plus de cinq cent lieues; & on l'a con-

---

(1) Ramusio. Dapper.

(2) Ovide, Trist. l. 1. Hist. anc. des Peuples de l'Eu-rope, t. 3.

(3) Rech. phil. sur les Egypt. & les Chinois.

duite fur des montagnes fort hautes, où les chevaux des Tartares n'auroient jamais pu monter (1).

Bientôt les fociétés politiques fe dépraverent
tellement, que les légiflateurs fages défendirent
à leurs peuples de communiquer avec les autres
nations. L'Egypte fut inacceffible aux étrangers
jufqu'à Pfammetticus. Le gouvernement ordonnoit de tuer & de réduire en fervitude,
ceux qu'on furprenoit le long de la côte (2).
Un étranger, qui fe mêloit dans l'affemblée du
peuple d'Athenes, étoit puni de mort, & par la
Xénélafie, il ne pouvoit jamais entrer dans les
terres de Sparte (3).

La politique & le commerce détruifirent ces
réglemens ; mais on en retrouve encore d'anciens
veftiges ; car en Angleterre, au fiécle dernier, un
étranger n'étoit pas reçu pour témoin (4).

L'enthoufiafme républicain & la vengeance,
acheverent de pervertir en ce point le droit naturel. Les Grecs condamnoient à une peine capitale, celui qui parloit de faire la paix avec

---

(1) Mém. du P. Le Comte.
(2) Diod. de Sic. l. 1. fect. 2.
(3) Hérodote.
(4) *Sketches of the Hiftory of Man.*

les Perſes ; & les Scythes brûloient dans le
cours de leurs conquêtes , tous les Livres d'hiſtoire qui tomboient entre leurs mains : » Il faut
anéantir, diſoient-ils, ces ouvrages des Grecs &
des Romains qui parlent ſans ceſſe de leur grandeur , & qui traitent de barbares des peuples
célebres par leurs exploits & par leurs vertus. «

Les adminiſtrateurs inſpirerent d'ailleurs un
goût excluſif pour la patrie , & leurs lois forti-
fierent encore ces préjugés ; celles des Scythes
ne permettoient pas à un étranger qui avoit
vécu parmi eux, de s'en retourner dans ſa famille (1). Les Goths décernoient une peine de
mort contre l'homme qui quittoit ſon pays, *ou
même qui vouloit le quitter* , & ſi le ſouverain lui
faiſoit grâce de la vie , on crevoit les yeux du
coupable , on lui coupoit les cheveux , on le
fouettoit , & on le mettoit en priſon pour le
reſte de ſes jours (2).

Les gouvernemens s'approprierent enſuite
toute ſorte de droits ſur les étrangers ; & ces

---

(1) Hérodote. Strabon.

(2) *Legis Viſigothorum lib.* 2. On trouve au livre 3
du même code , une autre loi, qui, en abrogeant une ancienne ordonnance , permet aux Goths d'épouſer une Ro-
maine , ou à un Romain d'épouſer une Gothe.

uſurpations iſolerent davantage les peuples, en achevant d'étouffer la pitié. Carthage noyoit ceux qui trafiquoient en Sardaigne & vers les Colonnes d'Hercule (1).

Le roi d'Achem confiſque tous les navires qui font naufrage ſur ſes côtes. Pendant le ſéjour de Beaulieu, un bâtiment vint ſe briſer à l'entrée de la rade : la cargaiſon, les officiers & cent vingt hommes d'équipage, tomberent au pouvoir du roi, & chacun connoît chez les peuples modernes, les droits d'aubaine & de bris.

Cette inſociabilité corrompit entierement les caraƈteres, les lois & la morale des peuples, & les plus horribles crimes devinrent des vertus : le vol & le meurtre des étrangers furent des exploits recommandables.

Les Koriaques, voiſins du Kamtchatka, puniſſent ſévérement le meurtre ; mais ils ne châtient point l'aſſaſſin qui tue un étranger, & la plupart des ſauvages ont la même maxime, relativement au vol (2).

On voit alors parmi les hommes, un horrible mélange de vices & de vertus, ſuivant qu'ils

---

(1) Eratoſthénes dans Strabon, 1. 17.

(2) *Latrocinia nullam habent infamiam quæ extra fines cujuſque civitatis fiunt*, dit Cœſar, des Germains, 1. 6. ç. 23. *de Bello Gallico.*

ont à traiter avec leurs compatriotes ou avec des étrangers. Les infulaires de Lipari exerçoient tous le métier de pirate, & ils rapportoient fidelement en commun, tout ce qu'ils avoient pris (1).

La fuperftition mit le comble à tant de maux: les Cauniens couroient çà & là dans la campagne, une fois l'année : ils donnoient de tous côtés des coups de fabre, « pour chaffer, difoient-ils, les dieux *étrangers*. «

Chez les Maures, c'eft une œuvre méritoire de facrifier un Chrétien, & le Talmud défend aux Juifs de faluer un fectateur de la religion de Jéfus-Chrift, fi ce n'eft en le maudiffant, ou de lui fouhaiter un bon voyage, à moins qu'on n'ajoute tout bas: *Tel que celui de Pharaon dans la mer, ou d'Aman au gibet.* Nous avons dit ailleurs que les Chrétiens les ont encore plus maltraités.

On ne put pas fouffrir les étrangers, même après leur mort : les Negres de Loango ne permettent point qu'on les enterre dans leur pays. Si un Européen meurt, on eft obligé de porter fon corps à deux milles du rivage, & de le jetter dans la mer (2).

(1) Tite-Live, Décad. 2.
(2) Battel, dans Purchaff, t. 2.

Enfin ,

Enfin ; voici l'excès de la dépravation. On vit des hordes qui, abhorrant toutes les autres sociétés, ne vouloient plus avoir de commerce avec elles. Les Paulistes du Brésil font un amas de dix ou douze mille fugitifs, ou brigands. Aucun étranger ne peut entrer sur leurs terres, s'il ne s'associe à eux. On l'assujettit à de longues épreuves, pour savoir s'il n'est ni traître ni espion ; & il doit d'abord enlever deux hommes pour le travail des mines ou de l'agriculture. Dès qu'on est admis, on ne peut plus quitter la troupe, & ils égorgent sans miséricorde celui qu'ils soupçonnent de mauvaise intention (1).

(1) Voyage de Corréal.

LIVRE HUITIEME.
ESCLAVAGE, SERVITUDE.

CHAPITRE PREMIER.

Combien la servitude est naturelle.

Il n'est plus question de se récrier contre l'esclavage ; & c'est un mal si naturel, qu'on ne viendra point à bout de le détruire. L'homme veut être tyran ; & s'il avoit de la force, il feroit des esclaves de tout ce qui l'entoure. La domination flatte l'orgueil & la paresse, & il est difficile de renoncer à cette jouissance. On revient encore au Negre de Labat : l'esclave lui-même a besoin d'un autre esclave ; & comme il est nul par son état, il prend une autorité despotique sur sa femme & ses enfans.

Il y a des esclaves jusques chez les sauvages, & si la force ne peut établir la servitude, on trouve toute sorte de moyens d'y suppléer. » Le chef des Natchès de la Louisiane dispose des biens de ses sujets, & les fait travailler à sa fantaisie. Ils ne peuvent lui refuser leur tête, il est comme le grand-seigneur. Lorsque l'héritier présomptif vient à naître, on lui donne tous les enfans à la mammelle, pour le servir pendant sa vie; vous diriez que c'est le grand Sésostris. Ce chef est traité dans sa cabane comme l'empereur du Japon ou de la Chine dans son palais (1). « Voici l'origine de sa puissance. Les Natchès adorent le Soleil, & ce souverain a imaginé de dire qu'il est le frere du Soleil.

Les nations les plus enthousiastes de la liberté, celles qui massacroient leurs tyrans, ne pouvoient se passer d'esclaves; & l'histoire ancienne nous offre souvent l'étrange spectacle de tout un peuple qui sert un autre peuple, & qui dépend à la fois des caprices des particuliers & des caprices de l'état. Les Lacédémoniens ne furent pas les seuls qui établirent la servitude au milieu d'un pays libre. Les Corynophores à Sycione, les Penestes en Thessalie, les Clarotes

---

(1) Lettres édif. Rec. 20, Esp, des Lois.

en Crête, les Gymnites en différens endroits de
la Grèce, les Profpelates en Arcadie, les Lé-
leges en Carie, les Mariandins chez les Héra-
cléotes ; & les Juifs en Egypte reffembloient aux
Îlotes (1).

Les hommes ne tarderent pas à s'enlever mutuellement pour fe vendre ; & cet ufage eft aujourd'hui répandu dans la Tartarie, au nord de
l'Afie, dans la Sybérie, & dans plufieurs parties de la Chine, comme fur les côtes d'Afrique.

La fervitude eft quelquefois du goût de l'efclave, auffi-bien que du goût du maître ; &
rien ne prouve mieux que la plûpart des hommes font indignes de la liberté.

Lorfque les rois de France voulurent dépouil-
ler les barons de l'autorité qu'ils ufurpoient, les
ferfs accoutumés à l'efclavage ne s'emprefferent
pas de jouir de la liberté ; il fallut les y contraindre par des lois. Louis Hutin ordonna que
les villains qui ne voudroient pas être affranchis, payeroient de groffes amendes.

Enfin, la fervitude établie en Europe, com-
mençoit à s'abolir, ou plutôt à tomber en dé-
fuétude, lorfqu'on forma les colonies à fucre,
& les Européens la reporterent en Amérique.

_____

(1) Rech. phil. fur les Egypt. & les Chinois, t. 2.

CHAPITRE II.

Comment on devient esclave.

JE suis plus fort que toi ; je m'empare de ces provisions que tu as rassemblé pour ta subsistance, & de plus je t'ordonne de m'en chercher pour demain : sinon crains ma colere... Malheur à toi, si tu n'avois pas obéi. Je veux me reposer & je veux que tu travailles pour moi. Tu vois cette massue, elle châtie quiconque ne fait pas ce qu'il me plaît.

Dans la plupart des contrées, l'esclavage a commencé par les femmes. On peut se rappeller comment elles sont traitées par les sauvages. Que je l'achete, ou qu'on me la donne, elle m'appartient, disent-ils, & là-dessus ils en font des esclaves.

Le plaisir de tuer ce captif sera bientôt passé : Si je le laisse vivre, il me servira d'esclave, & d'ailleurs je serai toujours le maître d'assouvir ma vengeance.

La domesticité dégénere en servitude. Un misérable pour être nourri, offre ses bras à un maître ; celui-ci s'accoutume à le regarder

H iij

comme un bien qui eſt à lui. L'habitude de commander donne de la brutalité & des caprices ; la fantaiſie ordonne & punit ſans ceſſe, & le ſerviteur n'eſt plus qu'un eſclave.

Voilà l'hiſtoire de l'eſclavage dans l'enfance des ſociétés. Les inſtitutions ſociales ſe ſont développées ; les gouvernemens ont pris diverſes formes, & l'on a inventé mille autres moyens de faire des eſclaves. L'eſprit des hommes, en ſe perfectionnant, s'accoutume aux ſophiſmes, & l'on donne de la ſervitude beaucoup de raiſons qui ne valent pas même celles des ſauvages.

Si un Tartare rencontroit ſur ſon chemin un homme ou une femme qui n'avoit pas un paſſeport du roi, il s'en emparoit & *le faiſoit ſon bien* (1).

Autrefois, en Circaſſie, lorſque le mari & la femme ne s'accordoient pas, ils alloient ſe plaindre au ſeigneur du lieu ; ſi le mari arrivoit le premier, le ſeigneur faiſoit ſaiſir & vendre la femme, & il en donnoit une autre à l'époux : & il faiſoit au contraire ſaiſir & vendre le mari, ſi la femme arrivoit la premiere (2).

_____

(1) Boëmus, *Mores Gentium.*
(2) Voyage de Tavernier, t. 1.

La bienfaisance & la douceur d'obliger, qui le croiroit? font un titre pour ôter la liberté. Un insulaire de Mindanao, qui rachete son fils de l'esclavage, en fait son propre esclave; & les enfans exercent la même rigueur à l'égard de leur pere (1).

Le débiteur devint l'esclave du créancier; & lorsqu'on ne pouvoit rien prendre à celui qui avoit tout perdu, on lui prenoit sa liberté; on croit que la loi des douze tables permettoit aux Romains de couper en morceaux un débiteur insolvable.

La servitude fut bientôt un des châtimens établis par le fisc; & il y eut des pays où la police punissoit un malfaiteur en le vendant à l'étranger.

La découverte de l'Amérique fournit une belle occasion de faire des esclaves. L'Espagnol ignorant & fier, étoit alors, comme aujourd'hui, moins avancé de deux siecles que les autres nations: tout concourut à ôter la liberté aux Américains qu'on n'extermina pas; & l'on se justifia d'une maniere admirable. On trouva près de Sainte-Marthe, des paniers de cancres, de limaçons, de cigales, de sauterelles; Lopes

_____

(1) Gémelli Carrery.

de Vega avoue qu'on reprocha d'ailleurs aux Américains de fumer du tabac, & de ne pas faire leur barbe ; & que le droit, qui les rendit esclaves des Espagnols, fut fondé sur ces crimes : le zele de la religion vint se mêler à tant d'horreurs ; afin de la propager, on crut pouvoir réduire en servitude des hommes qui n'étoient pas Chrétiens (1).

Tous les Péruviens qu'on épargna, furent d'abord condamnés à une servitude de six mois. On leur permit ensuite en apparence de retourner dans leurs cabanes. Mais on les tenta par des avances, que le besoin les força d'accepter. Dès-lors ils ne pouvoient se racheter qu'après avoir payé ces dettes. Les créanciers les obligeoient de renoncer à leur liberté, ou on les mettoit en prison. Leurs femmes & leurs enfans se donnoient pour cautions, & ce furent autant de nouveaux esclaves.

C'est depuis l'établissement du commerce des Negres, qu'on a commis les plus grands crimes. Les Mulâtres de Loanda séduisent les jeunes filles par-tout où ils passent : ils retournent ensuite vers elles quelques années après ;

---

(1) Voyez l'Hist. de la Conquête du Mexique, & celle du Pérou, par Garcilasso de la Vega.

&, fous prétexte de leur donner une meilleure éducation, ils enlevent leurs enfans pour les vendre (1). Le même Voyageur reproche aux Portugais une pareille conduite.

Les femmes de Benguela, d'intelligence avec leurs maris, attirent d'autres hommes dans leurs bras. Le mari emprifonne auffi-tôt les galans, & les vend à la premiere occafion, & il n'eft pas puni de ces violences (2).

Ailleurs, les Negres vendent leurs enfans, leurs parens & leurs voifins : ils menent au comptoir ces victimes qui ne fe défient de rien, & ils les livrent au marchand. Lorfqu'on les charge de chaînes, ils pouffent en vain des cris. L'infâme vendeur dit que c'eft une rufe. Barbot en rapporte plufieurs exemples. Le Maire nous apprend qu'un vieux Negre réfolut de vendre fon fils ; mais le fils qui foupçonnoit fon deffein, fe hâta de tirer un facteur à l'écart, & de vendre lui-même fon pere.

Comme les enfans font occupés à chaffer les oifeaux, qui viennent manger le millet & les autres graines, on enleve ces enfans, lorfqu'ils

_____

(1) Voyage de Merolla.
(2) Ibid.

s'écartent dans les bois, fur les chemins ou dans les plantations (1).

Les infulaires des Biffagos aiment paffionnément les liqueurs fortes , & à l'arrivée d'un vaiffeau , les plus foibles, fans diftinction, deviennent la proie des plus forts (2).

Que dire de ces princes qui vendent leurs fujets, pour avoir de l'eau-de-vie, des fufils, des miroirs & des grelots ; qui puniffent par l'efclavage, les moindres délits, & qui prêtent des crimes aux Negres , afin de couvrir d'un prétexte, cet odieux commerce ?

Enfin les Portugais ont conquis quelques cantons dans le royaume d'Angola , & ils exigent un tribut d'efclaves (3).

Dès qu'une fois on eut des efclaves , leur nombre s'accrut très-rapidement. Les enfans qu'ils procréerent appartinrent à leur maître ; & la fervitude , au lieu d'être perfonnelle , paffa fur la tête des malheureux auxquels ils donnoient le jour.

_____

(1) Voyage de le Maire , & Barbot.
(2) Voyage de Brue.
(3) Dapper dans Ogilby.

CHAPITRE III.

Différentes fortes d'Efclaves.

CE chapitre fervira d'introduction au fuivant. On fe contentera de dire un mot des efclaves anciens, de ceux d'Afie & d'Afrique, des efclaves Chrétiens dans la Barbarie, des ferfs de Pologne, de Ruffie, d'Allemagne, & des mainmortables, des Américains afervis, & des Negres des colonies.

Chacun fait quel étoit à Sparte le fort des Ilotes. La loi autorifoit la dureté des Grecs & des Romains; & l'on ne négligeoit rien, pour rendre la condition des efclaves plus miférable.

Anciens efclaves.

Le fénatufconfulte Claudien condamnoit à une fervitude auffi cruelle que la mort, la femme qui aimoit un de cès efclaves.

Les fils d'un affranchi ne pouvoient jamais fervir de témoins contre leur ancien maître, ni contre fes defcendans. Les nations barbares qui vinrent s'établir en Europe, adopterent les mêmes principes. On fit une loi qui défendoit à un affranchi de contracter de mariage avec les defcendans de fon ancien maître, & elle porte de très-grandes peines contre celui qui leur manquoit de refpect; cette loi commence d'une maniere très-touchante (1).

Il paroît qu'en Orient, & à Batavia en particulier, la vie d'un efclave dépend des caprices de fon maître : la plus légere faute lui attire des traitemens cruels ; on le lie à un poteau, on le fouette avec des cannes fendues ; le fang ruiffelle, & fon corps eft couvert de plaies : mais de peur qu'il ne meure, on met fur fes bleffures du fel & du poivre (2). On en fait fi peu de cas, aux Maldives, qu'il eft, pour ainfi dire, à la merci du public. Ceux qui le maltraitent ne reçoivent que la moitié du châtiment que les lois impofent à quiconque maltraite une perfonne libre (3). La plus légere des punitions qu'on lui inflige à Java, eft de porter au col une piece de bois avec une chaîne, qu'il traîne pendant toute fa vie (4).

Les efclaves du royaume d'Angola & de plufieurs autres pays de l'Afrique, ne parlent jamais à

Efclaves d'Orient.

---

(1) *Interdum vidimus*, dit le légiflateur, *exceffum licentiamque fervorum, & dolere coacti fumus ignominiam dominorum.* Legis Vifigothorum, lib. 2.

(2) Voyage de Graaf.

(3) Voyage de Pirard.

(4) Rel. d'Houtman.

leur maître qu'à genoux (1). On ne leur accorde pas les honneurs de la fépulture. On jette à la voirie leurs cadavres, qui fervent de pâture aux bêtes fauvages.

Si ceux de la Côte d'Or s'échappent, & qu'ils foiènt repris, ils perdent une oreille la premiere fois; la feconde fois, ils perdent l'autre; la troifieme fois, leur maître eft libre de les vendre aux Européens, ou de leur couper la tête (2). Dans le pays d'Iffini, on les punit de mort à la moindre tentative qu'ils font pour s'échapper (3).

Le fanatifme de religion accroît la barbarie des pirates d'Afrique. Les Maures & les Européens fe haïffent; & depuis qu'on rachete les captifs, les Mahométans font devenus impitoyables, afin d'exciter les religieux de la Merci à leur en apporter la rançon. Il ne faut pas croire tout ce que racontent les hiftoriens: mais l'on peut affurer que la police ne punit point le maître qui tue fes efclaves; que les préjugés religieux achevent d'étouffer la commifération, & que les zélés Mufulmans

---

(1) Voyage d'Angelo.

(2) Barbot & Bofman.

(3) Voyage de Loyer. Voyez au livre des fupplices comment on les punit dans une des Philippines.

tourmentent ces malheureux, pour qu'ils abjurent leur religion.

Les Espagnols & les chevaliers de Malthe mettent par représailles à la chaîne des forçats tous les barbares qu'ils prennent en course, & ainsi le fort des esclaves Chrétiens sur les côtes septentrionales d'Afrique, est la suite d'une guerre qui ne peut jamais finir.

Serfs. Le gouvernement féodal introduisit une servitude qu'on ne connoissoit pas, & qu'on appella servitude de la glebe. Les serfs ne vivoient point dans la maison de leur maître ; mais ils étoient soumis à ses caprices, & on les vendoit comme des animaux, avec le champ auquel ils étoient attachés.

On n'imagine pas avec quelle insolence les petits seigneurs de ce tems-là se jouoient de leurs serfs. C'est par cupidité qu'un maître accable de travail son esclave, mais rien n'est si insupportable que la fantaisie & le caprice qui outragent sans aucune raison d'intérêt.

En Ecosse, ils avoient un droit de prémices sur toutes les filles ; & Malcome III n'abolit ce droit honteux, qu'en ordonnant qu'il seroit racheté par un cens (1). Ailleurs, pour conserver

––––––––––––––––––––––

(1) Polyd. Virg. *de Invent. rerum. l.* 1. *cap.* 4.

&e privilége, dont ils ne pouvoient pas jouir dans toute fon étendue, ils mettoient une jambe bottée dans le lit des nouvelles mariées.

D'autres prefcrivoient à leurs fujets de paffer la premiere nuit au haut d'un arbre, & d'y *confommer* leur mariage; de le *confommer* dans la riviere; de s'attacher nuds à une charrue, & d'y tracer quelques fillons; de fauter à pieds joints par-deffus des cornes de cerfs (1).

Quelquefois ils ordonnoient aux nouveaux mariés de fe rendre en caleçon au château, & de fe jetter dans un foffé rempli de boue : de battre les eaux des étangs pour empêcher les grenouilles d'interrompre *le feigneur*.

Il fut un tems où les feigneurs Allemands comptoient parmi leurs droits, celui de voler fur les grands chemins de leur territoire.

Sous le regne d'Edouard le Confeffeur, Geoffroy, feigneur de Coventry, priva cette ville de fes priviléges ; fa femme tenta de le reconcilier avec fes fujets; il fe rendit à condition qu'elle fe *mettroit nue* fur une haquenée blanche, & qu'elle fe promeneroit par les rues de la ville. Son époufe balança long tems; mais elle y confentit, après avoir ordonné, fous

_____

(1) Effais hift. fur Paris.

peine de mort, qu'à tel jour & à telle heure chacun se retirât, & qu'on ne laissât ni portes ni fenêtres ouvertes dans le tems qu'elle passeroit.

Quand l'abbé de Figeac fait son entrée dans cette ville, le seigneur de Montbrun, habillé en *arlequin* & *une jambe nue*, est obligé de le conduire à la porte de son abbaye, en tenant sa jument par la bride.

Voici ce qu'on lit dans les registres de la chambre des comptes: *Item in & super filiâ communi sexus videlicet virilis quoscunque cognoscente, de novo in villa Montislucii eveniente quatuor denarios semel, aut unum bombum sive vulgariter, un pet super pontem de castro Montislucii solvendum* (1).

Un seigneur revendiquoit par tout ses serfs, même lorsqu'ils embrassoient l'état ecclésiastique. Les co-seigneurs se partageoient les enfans, & on tiroit au sort ceux qui étoient les mieux constitués, ou qui avoient le plus d'esprit (2).

_____

(1) Dans l'aveu de la terre du Breuil, rendu par Marguerite de Montluçon, le 27 Septembre 1498. Le Gendre, t. 6.

(2) Voyez *Camillus Borellus, Bibliotheca German. tom.* I.

On les vendoit enfuite dans les marchés comme du bétail (1).

Je voulois fouiller toutes les coutumes des divers états de l'Europe, pour en tirer d'autres faits encore plus finguliers ; mais le fruit d'un pareil travail ne vaudroit pas la peine qu'il auroit coûté, & l'on croit en avoir affez dit.

Cette fervitude féodale n'eft pas entierement abolie en Pologne, en Allemagne & en Ruffie. Les ferfs y dépendent abfolument des caprices de leurs maîtres. Les payfans de Hongrie & de Bohême fe révoltent pour fe fouftraire à la tyrannie féodale ; & l'on efpere qu'on adoucira leur fervitude.

Un feigneur ou prince dés pays du Nord, traverfant, il n'y a pas quinze ans, un de fes villages, vit une centaine de payfans & de payfanes qui s'amufoient à danfer. Il commande à fes domeftiques d'éloigner les hommes des femmes, & de les enfermer dans des maifons ; il veut qu'on releve les jupes des femmes fur leur tête, & qu'on les y attache avec des jarretieres ; il fait enfuite fortir les

_____

(1) Art. 6 du troifieme capitulaire de Charlemagne, année 808.

Tome II.   I

hommes, & bâtonner tous ceux qui ne reconnoiſſoient pas leurs femmes dans cet état.

La domination abſolue donne de la dureté, & des nobles accoutumés à commander à des ſerfs, traitent les domeſtiques comme des eſclaves. Ceux de la Sybérie puniſſent les leurs par le châtiment des Batogues. L'abbé Chappe vit deux eſclaves Ruſſes deshabiller une femme-de-chambre, qui venoit de manquer à ſon devoir. Après l'avoir mis nue juſqu'à la ceinture, l'un prit ſa tête entre ſes genoux; l'autre la tint par les pieds, & tous les deux armés de groſſes baguettes, la frapperent ſur le dos juſqu'à ce que les maîtres de la maiſon criaſſent : *C'eſt aſſez* (1).

Mainmortables. La mainmorte eſt une dépendance ſervile qui approche de l'eſclavage. Un ſeigneur poſſede des terres en friche, il forme des villages; il y appelle des habitans, & il leur impoſe des conditions très-dures. Dès-lors ils s'aſſujettiſſent à des hommages humilians; ils ne peuvent plus quitter leurs habitations, ſans payer un affranchiſſement, ils doivent de groſſes redevances, & lorſqu'ils meurent ſans enfans, le ſeigneur hérite de leurs biens.

Américains aſſervis. Les maſſacres n'aſſouvirent pas la fureur des

(1) Voyage de l'Abbé Chappe.

Espagnols, qui découvrirent le nouveau monde. On accouploit au travail, comme des bêtes, les infulaires de Saint-Domingue ; ces malheureux s'empoifonnoient ou fe laiffoient mourir de faim ; quelques-uns fe pendirent aux arbres, après y avoir pendu leurs femmes & leurs enfans. Colomb en amena plufieurs en Europe ; mais ils voulurent tous fe détruire pendant le trajet, & comme on les garrota pour les conferver, ils entrerent dans une efpèce de rage qui dura jufqu'à la mort. Quand on les conduifit à Barcelone, ils épouvanterent les fpectateurs, par leurs hurlemens & leurs cris (1).

Parmi les naturels qu'on trouve encore en Amérique, les uns forment des peuplades libres, & les autres font efclaves des Européens. Ceux du Pérou appartiennent au domaine, ou aux particuliers. On les force à exploiter les mines de vif-argent, & on les entaffe nuds dans ces abîmes froids, où ils périffent par milliers ; on a recours à ce raffinement de cruauté, pour qu'ils ne cachent rien, comme fi l'avarice ne pouvoit pas les fouiller au fortir de ce gouffre. La loi défend de contraindre malgré lui un Péruvien à travailler aux mines fouteraines ; il n'y a per-

_____

(1) Dapper. Befc. van America *in-folio*.

fonne qui, avec du crédit & de l'argent, ne
vienne à bout de l'éluder. Un propriétaire,
qui fait périr un Indien en l'excédant de travail, ou en le laiffant manquer du néceffaire,
en perd un autre de fon privilége : cette punition ne s'exécute pas ; & quand on l'infligeroit,
comment arrêteroit-elle un crime qui fe renou-
velle tous les jours ? Chacun des voyageurs
s'empare de ce qu'il trouve dans les cabanes.
Enfin, les miniftres eux-mêmes de la religion,
conduifent les Indiens avec le bâton.

Lorfque les Negres des Colonies dépendent d'un maître brutal, qui pourroit peindre
l'horreur de leur fort ? Sans rappeller tout ce
qu'ils fouffrent en Afrique, avant d'être ven-
dus & pendant la traverfée ; la plupart croient
qu'après leur débarquement en Amérique, on
les maffacre d'une façon cruelle, pour brûler
& calciner leurs os, & en faire de la poudre à
canon ; & ils imaginent d'ailleurs que les Européens fabriquent une huile avec leur graiffe &
leur moëlle (1).

S'ils n'achevent pas leur tâche, on les bat de
verges, & on les met en fang. On laiffe quelquefois couler fur leurs bleffures une livre de

_____

(1) Voyages de Labat.

poix, & on y répand du poivre (1). On fo-
mente l'averfion naturelle des Negres & des
naturels de l'Amérique : il leur eft défendu d'a-
voir enfemble un commerce d'amour, fous peine aux hommes d'être mutilés, & aux femmes
d'être rigoureufement punies. On s'étendra davantage dans le chapitre fuivant.

L'habitude de fouffrir leur donne une patience admirable. »» On les entend rarement
crier ou fe plaindre. Ce n'eft pas infenfibilité ;
car ils ont la chair très-délicate, & le fentiment
fort vif. C'eft un fond de grandeur d'âme &
d'intrépidité , qui leur fait méprifer la douleur,
les dangers & la mort même. J'en ai vu rompre
vifs & tourmenter plufieurs, fans leur entendre
jetter le moindre cri , dit le P. Labat ; on en
brûla un , qui, loin de paroître ému, demanda
un bout de tabac allumé, lorfqu'il fut au bû-
cher, & fumoit encore, tandis que fes jambes
étoient crevées par la violence du feu. Deux
Negres furent condamnés, l'un , au gibet, l'autre, à recevoir le fouet de la main du bourreau ; le confeffeur fe méprit, & confeffa celui
qui ne devoit pas mourir. On ne reconnut l'er-

(1) Rel. de Benzoni. Coll. de Bry, grands Voyages,
t. 2.

reur, qu'au moment où l'exécuteur alloit le jetter au vent ; on le fit defcendre , l'autre fut
confeffé ; & quoiqu'il ne s'attendît qu'au fouet ,
il monta l'échelle avec autant d'indifférence que
le premier étoit defcendu , comme fi l'un ou
l'autre fort ne l'eût pas touché (1). «

Quelle doit être l'infortune de ces Negres ;
lorfqu'ils ont l'âme grande & généreufe? Atkins
examinant des efclaves , en vit un d'une haute
taille , qui lui parut fier & vigoureux : il regardoit avec dédain fes compagnons qui fe laiffoient vifiter fans humeur ; il ne tournoit point les
yeux vers les marchands ; & fi on lui comman-
doit de fe lever ou d'étendre la jambe, il n'o-
béiffoit pas fur le champ. Son maître indigné ;
appliquoit de grands coups de fouet fur fon
corps nud ; & il alloit le tuer dans fa fureur, fi
on ne lui eût fait remarquer qu'il valoit mieux
le vendre: le Negre fupportoit tout avec fermeté,
il ne lui échappoit pas un cri ; une larme ou
deux couloient feulement le long de fes joues ;
& même il s'efforçoit de les cacher, comme s'il
eût rougi de fa foibleffe. » J'appris , dit Atkins,
que c'étoit un chef de quelques villages qui ve-
noient de s'oppofer au commerce des An-

---

(1) Voyage de Labat.

glois (1). « Enfin , parmi ces dix millions de Negres , tranfplautés d'Afrique en Amérique ; depuis deux cens cinquante ans , combien de fois a-t-on vu le même fpectacle ?

Plufieurs nations d'Europe abandonnent les Negres aux caprices des maîtres & au jugement particulier des magiftrats ; les François ont fait des réglemens qu'on appelle *le Code noir ;* & l'on peut juger par ce Code, de l'état des Negres en Amérique. En voici quelques articles.

» Ils ne pourront avoir de gros bâtons , à moins qu'ils ne foient porteurs de billets ou marques connues de leurs maîtres. «

» Défendu de s'attrouper le jour ou la nuit ; fous prétexte de noces ou autrement , en quelqu'endroit que ce foit , fous peine de punition corporelle , qui ne pourra être moindre que du fouet & de la fleur de lys ; & en cas de récidive , fous peine de mort. «

» Permis à tous les Blancs , habitans dés îles ; de fe faifir de toutes les chofes dont ils trouveront les efclaves chargés , lorfqu'ils n'auront point de billets de leurs maîtres, quand même ces chofes feroient le fruit de leur induftrie. «

» L'efclave, qui a frappé fon maître ou fa

_____

(1) Voyage d'Atkins.

I iv

maîtreſſe, ou ſes enfans, avec effuſion de ſang, ou au viſage, ſera puni de mort. «

» Si un eſclave s'enfuit pour la ſeconde fois, il aura la jambe coupée & ſera marqué d'une fleur de lys, & la troiſieme fois puni de mort. «

» Un maître ne pourra affranchir ſon eſclave, ſans en avoir obtenu la permiſſion par écrit des gouverneurs ou intendans des colonies. «

On ſe plaint dans les colonies que les maîtres tuent impunément leurs eſclaves ; le ſeul article du Code, qui les regarde, dit : » Enjoignons de pourſuivre criminellement le maître qui aura tué ſon eſclave, & de le punir ſelon l'atrocité des circonſtances ; & en cas qu'il y ait lieu d'abſolution, permettons à nos officiers de les renvoyer abſous, ſans qu'ils ayent beſoin de nos grâces. «

CHAPITRE IV.

Comment on s'est joué de la vie & du bon-heur des esclaves.

ON a réduit les esclaves au sort de la brute ; & même on les a traités bien plus rudement. Quoi que fasse un maître, il ne peut leur ôter la figure & la parole humaine : & il est blessé de leur trouver encore cet air de ressemblance.

Les lois de Platon (1) & de la plupart des peuples, ne laissent pas aux esclaves la défense naturelle ; les anciens légiflateurs & les philosophes étoient fi accoutumés à la servitude, qu'ils la regardoient comme un mal de la nature ; & quand on respecte fi fort toutes les institutions, les malheureux font toujours comptés pour rien. A Lacédémone, ils n'obtenoient jamais de réparation contre les insultes ni contre les injures ; & à Rome, dans le tort fait à un esclave, on ne confidéroit que l'intérêt du maître : les peuples fortis de la Germanie, n'avoient pas

---

(1) L. 9. Si un esclave, dit-il, fe défend & tue un homme libre, il doit être traité comme un parricide.

plus de juftice, comme le prouvent leurs Co-
des.

On crut même qu'ils étoient indignes de dépofer en Juftice ; & la loi qui ne demande qu'un
témoignage, qui devroit admettre celui des êtres
infenfibles, s'ils pouvoient attefter ce qu'ils ont
vu, récufa celui des efclaves. Telle eft la difpo-
fition du code des Vifigoths : il défend à un
efclave de fervir de témoin, & ne veut pas qu'on
ajoute foi aux accufations qu'il forme. Il excepte
feulement ceux du roi, » parce que le fervice
qu'ils font auprès du monarque, les rend habiles (1). «

Athènes accoutumoit les efclaves à toutes fortes d'outrages. Lorfque l'un d'eux montroit une
âme noble ou de grands fentimens, on tâchoit
d'étouffer ces difpofitions généreufes. En les
élevant, on avoit foin de leur donner fouvent,
fans aucun prétexte, des coups & des foufflets,
pour qu'ils priffent un caractere plus fervile. S'ils
s'avifoient d'imiter un homme libre, dans les démarches, les manieres, les habits ou la coëffure,
&c. ils étoient impitoyablement punis (2). On
ne pouvoit leur accorder le nom d'un homme libre.

_____

(1) *Codex Legis Vifigothorum*, lib. 3.
(2) *Potteri Achaeologia Graeca*, lib. 1, cap. 10.

Domitien fit châtier Pompofianus, parce qu'il avoit appellé deux de fes efclaves, Annibal & Magon. Il ne leur étoit pas permis d'affifter au culte de certains dieux : on croyoit que leur préfence excitoit la colere des immortels, & fouilloit les facrifices (1). Solon permit aux hommes libres l'amour des petits garçons; mais il le défendit aux efclaves, comme indignes de jouir de ce plaifir (2). Il leur défendit auffi de s'oindre & de porter des odeurs.

L'action la plus innocente devenoit un crime; & rien n'approche de la févérité des peines qu'on leur infligeoit. Si un efclave étoit trop babillard, on lui coupoit la langue (3).

La queftion, par elle-même, eft une invention barbare; mais comment ofa-t-on y mettre les efclaves pour les fautes de leurs maîtres. Lorfque, fur le même fait, on pouvoit produire comme témoins, des hommes libres ou des efclaves, les juges préféroient la torture des efclaves, comme une preuve plus certaine & plus infaillible (4).

_____

(1) *Ibid.*

(2) *Plut. In Vitâ Solonis.*

(3) Galien, liv. 6.

(4) Voyez Démofthène & Cicéron. Voici le vingt-deuxieme article de la loi Julia; *De fervis ancillifve, de*

Dès qu'un mari foupçonnoit fa femme d'infidélité, on appliquoit les efclaves à la queftion, pour découvrir s'ils ne favoient pas quelque chofe. Le fang bouillonne dans les veines, lorfqu'on en voit des exemples à chaque page de Tacite. Le fifc, par la fuite, acheta ces efclaves, lorfqu'ils ne pouvoient rien dépofer contre leur maître, & alors on les tourmentoit.

Les peuples du Nord, qui vinrent s'établir au midi de l'Europe, avoient des lois auffi atroces, ou du moins ils adopterent celles des Romains (1); & le code des Vifigoths, renouvellant les anciens réglemens fur cette matiere, ajoute, » qu'on pourra les mettre à la queftion, s'il a été dit ou fait quelque chofe contre le roi, la nation ou la patrie, en cas d'homicide & de fauffe monnoie (2). «Enfin, lorfqu'après avoir recouvré la liberté, ils fe fouvenoient encore de ces outrages, & que, fans fe venger, ils fuivoient le penchant naturel qui éloigne de tout ce

---

quo vel de quâ quæretur, parentifve utriufque eorum, qui eis ad ufum à parentibus dati funt, fi accufator poftulet, quæftionem habeto.

(1) Voyez le chap. 100 *Edicti Theodorici, in codice legum antiquarum*, & le liv. 3 de la loi des Vifigoths.

(2) Voyez le liv. 6.

qui nous a tyrannifé, ils retomboient dans l'efclavage (1).

Les Romains abuferent tellement des efclaves,
que chaque feigneur en avoit un enchaîné à fa
porte. Ils firent une multitude de lois, dont il
faut citer des exemples. Les efclaves abandonnés
dans l'île du Tibre, ne recouvroient pas même
leur liberté ; ils retomboient au pouvoir de celui
qui en prenoit foin (2). Il y avoit des droits à
payer, lorfqu'on les affranchiffoit ; & cet impôt
rapportoit beaucoup (3). On mit dans la fuite,
des bornes aux affranchiffemens ; & l'on n'exé-
cutoit pas la derniere vólonté de ceux qui, en
mourant, donnoient la liberté à un plus grand
nombre d'efclaves que ne le permettoient les ordonnances. On trouve ces réglemens dans les
inftitutions de Caïus : celui qui n'avoit que deux
efclaves, pouvoit les affranchir tous deux ; s'il
en avoit trois ou quatre, il ne pouvoit en affranchir que deux ; trois, s'il en avoit fix ; quatre,
s'il en avoit huit ; cinq, s'il en avoit dix-fept ;
& fix, s'il en avoit dix-huit : lorfque le nombre
alloit de dix-huit à trente, on pouvoit en affran-

(1) Heineccius, Ant. Rom. l. 9.
(2) Voyez une loi d'Honorius, dans Tillemont, t. 5.
(3) Tite-Live, l. 7. Arrien & Tertullien.

chir le tiers ; le quart depuis trente jufqu'à cent ;
& la cinquieme partie , fi l'on en avoit davantage ; mais jamais il n'étoit permis de donner ,
par fon teftament , la liberté à plus de cent
efclaves (1).

On les forçoit à fe marier, pour qu'ils pro-
créaffent des efclaves ; mais s'ils époufoient
une femme libre , la loi des Vifigoths déclare
que cette union eft infâme , & que les enfans
feront exclus de *l'honneur des armes* (2).

Une loi d'Egiga défend au maître d'un efclave
de lui couper la main , le nez, les lévres, la langue, le pied, & de lui arracher l'œil, fans la
préfence du Juge (3). Jufqu'à cette époque, un
maître le faifoit impunément.

On vient de dire qu'on prifoit les efclaves ,
moins que des animaux ; & cette vérité n'a pas
befoin de démonftration. Un évêque de Soiffons
cherchoit, en 1155, un beau cheval pour faire
fon entrée dans cette ville ; il en trouva un , pour
lequel il livra cinq ferfs de fes terres , deux femmes & trois hommes.

---

(1) Voyez le Mémoire de M. de Burigny , dans le t. 37,
in-4°. des Mémoires de l'Acad. des Infcriptions.

(2) *Legis Vifigothorum*, *lib.* 4. *cap.* 7.

(3) *Codex legis Vifigothorum*, *lib.* 8.

Comme les Negres d'Angola aiment la chair de chien, Pigafetta (1) dit qu'un grand chien d'Europe fut vendu vingt efclaves ; & Battel en a vu donner deux pour un chien ordinaire.

Les Azanaghis qui habitent les environs de la côte d'Arguim, échangent douze ou quatorze efclaves contre un cheval (2) ; mais depuis l'établiffement du commerce des Noirs, ces évaluations font fi communes, qu'on ne doit pas s'y arrêter.

Enfin, on fe joua tellement des efclaves, qu'il n'y eut plus de pudeur pour eux ; & le maître, non content de les foumettre à fes paffions, les contraignit à fe proftituer (3).

Si l'on jette enfuite un coup-d'œil fur les cruautés de chaque particulier, on verra Albucius châtiant les fiens avant qu'ils commiffent des fautes, pour les rendre plus attentifs (4) ; & cette femme qui ordonne que fur le champ on faffe mourir fes efclaves, & qui répond, *Eft-ce qu'un efclave eft un homme ?* lorfque fon mari lui

---

(1) Rel. de Pigafetta.

(2) Voyage de Cadamofto.

(3) Le chapitre 24 de l'Alcoran défend aux Mahométans de contraindre leurs filles efclaves de fe proftituer.

(4) Horace, Satyre 3. l. 2.

dit qu'il ne faut pas être fi prompte à difpofer de la vie d'un homme.

Comment on s'eft joué de la vie des efclaves. Voilà comment on s'eft joué du bonheur des efclaves, voici comment on s'eft joué de leur vie. Le droit de les tuer eft confacré depuis long-tems. Moyfe déclare innocent celùi qui maltraite le fien, au point qu'il en meure deux jours après, parce que *c'eft fon argent.*

Quand le nombre des Ilotes devenoit affez grand pour être dangereux, on armoit de poignards les plus hardis des jeunes Spartiates, & ils alloient les égorger. Ils les maffacroient fouvent en plein jour, pendant qu'ils étoient à leurs ouvrages (1).

Le fénatufconfulte Sillanien & d'autres lois (2) condamnoient, fans diftinction, à la mort, tous les efclaves qui étoient dans la maifon d'un maître affaffiné, ou dans un lieu d'où ils pouvoient entendre la voix d'un homme. Un noble Romain qui avoit quatre cens efclaves, fut affaffiné; ils périrent tous par la main du bourreau (3). Ceux qui donnoient alors un afile à l'efclave,

(1) Plutarque & Platon ont donné à ce maffacre, qui revenoit fouvent, le nom de *cryptie* ou d'*embufcade.*

(2) Voyez tout le tit. *de Senatufconf. Sillan.*

(3) Tacite, Arrien, l. 14. c. 43.

étoient

étoient punis comme meurtriers (1). L'esclave
à qui son maître ordonnoit de le tuer , & qui lui
obéissoit, étoit coupable ; & d'un autre côté, son
maître avoit droit de le tuer , lorsqu'il ne lui
obéissoit pas (2). Celui qui ne l'empêchoit pas
de se tuer , étoit aussi puni (3). Si on tuoit le
maître dans un voyage , on faisoit mourir ceux
qui étoient restés avec lui & ceux qui avoient pris
la fuite (4). » Ces loix , dit M. de Montesquieu ,
punissoient ceux mêmes dont l'innocence étoit
prouvée : elles étoient proprement fondées sur le
droit de la guerre , à cela près que c'étoit dans
le sein de l'état que se trouvoient les ennemis (5).«

Quand ces esclaves étoient vieux , inutiles ou
malades, on les exposoit dans une île du Tibre
pour y mourir de faim , ou même on les laissoit
expirer sous ses yeux sans leur donner des ali-
mens. C'est ainsi que Caton traitoit les siens (6).
Enfin , Vedius Pollis , citoyen Romain , ne

---

(1) *Leg. Si quis*, §. 12 , au ff. *de Senatûsconf. Sillan.*

(2) Ainsi Etos se trouva dans un grand embarras, lorsqu'Antoine lui dit : *Je t'ordonne de me tuer.*

(3) *Leg.* 1. §. 22. ff. *de Senatusconf. Sillan.*

(4) *Ibid.* § 31.

(5) Esprit des Loix , l. 15. ch. 17.

(6) *Plut. in Catone.*

Tome II.   K

nourriſſoit-il pas de leur chair les poiſſons de ſon vivier (1)?

Quelques peuples qui les conduiſoient à la guerre, s'embarraſſoient peu de les ſauver: le mépris qu'on avoit pour eux , faiſoit oublier ſes propres intérêts; & par une étrange contra·diction , on les menoit au combat , & l'on pre·noit des précautions pour qu'ils fuſſent tués plus aiſément. Chez les Romains & les Barbares, ils alloient *nuds* à l'armée , comme ceux que la péni·tence publique dépouilloit de leur honneur,

Les eſclaves des Francs n'avoient pour arme qu'une demie-pique & une épée (2). Vers le tems d'Hugues Capet , les ſerfs ſervoient de remparts , plutôt que de combattans; on les expoſoit ſans aucune défenſe , tandis qu'on bar·doit les chevaux de fer, comme on l'a dit.

Les nobles du Danemarck pouvoient tuer un payſan ou un bourgeois , en mettant un écu ſur le cadavre. Frédéric III, pour abolir ce privi·lége contre lequel il faiſoit en vain des efforts, ordonna qu'un payſan qui tueroit un noble, n'en mettroit que deux.

Il ſurvint enſuite une époque où l'on échap·

_____

(1) *Donat. ad Terentii Phorm. act. 2. ſcen. 1.*

(2) Orig. & ant. de la France & de l'Italie , &c, t. I.

poit au supplice, après avoir tué une piéce de gibier, en protestant qu'on vouloit tuer un serf.

Puisqu'ils étoient les victimes de la politique & de la cruauté de leurs maîtres, ils devoient être aussi les victimes de la superstition. On nourrissoit dans le temple du Mexique un esclave; on l'adoroit un an, & on le sacrifioit (1).

Les Negres de Sierra Léona croient que *le sang humain* est trop précieux pour être répandu; mais ils étranglent une foule d'esclaves sur le tombeau des personnes de distinction (2).

On n'ajoutera plus qu'un trait. Les Européens sacrifierent si aisément les Américains qu'ils vouloient d'asservir, que, dans l'espace d'un an il en périt plus de deux cent mille, en transportant les bagages des Espagnols (3).

_____

(1) Acosta.
(2) Dapper.
(3) Rech. phil. sur les Américains, t. 1.

CHAPITRE V.

Vengeance des esclaves, & ce que les maîtres doivent craindre.

LES esclaves se révoltent quelquefois, & parmi ces rébellions, il y en a qui respirent la fureur de la vengeance. Si on les opprime jusqu'à rendre leur sort insupportable, il faut bien qu'ils lèvent une main armée contre leurs maîtres; car enfin, c'est une loi de la nature, & quand la vie est trop dure, que leur importe de mourir dans les tourmens ou dans les combats?

Les affranchis Volsiniens montrerent aux peuples de la Toscane, que la force ne connoissant point de frein, ils pouvoient, comme les autres, se livrer à tous les excès. Ils s'emparerent du gouvernement, ils réduisirent leurs anciens maîtres à une espèce de servitude, & ils établirent une loi qui leur donnoit le droit de coucher les premiers avec les filles qui se marioient à des ingénus (1).

Les guerres serviles des Romains furent plus

_____

(1) Suppl. de Freinshemius, décad. 2, l. 5. Hist. anc. des peuples de l'Europe, t. 2,

fanglantes que les guerres puniques, & les traits de vengeance des foldats de Spartacus, & des Mamelus, infpirent encore de l'horreur.

Les ferfs des provinces feptentrionales de la France s'attrouperent en 1358, & réfolurent de maffacrer tous les feigneurs. Ils forcerent le château de l'un d'eux; ils le pendirent après avoir violé en fa préfence fa femme & fa fille. Ils contraignirent la femme & les enfans à manger de fa chair. Ils égorgerent enfuite toute la famille, & mirent le feu au bâtiment (**1**).

Les Naturels Péruviens proclamerent roi en 1742, l'un d'eux qui fe difoit du fang des Incas. Les Efpagnols battirent & difperferent aifément ces miférables; mais les prifonniers convinrent qu'on avoit employé trente ans à former ce complot.

Les Negres qui brifent leurs chaînes fur les vaiffeaux negriers ou dans les colonies, maffacrent ordinairement les Blancs avec acharnement, & rien n'égale l'emportement de ces efclaves, lorfqu'ils font armés par le défefpoir. Ainfi, les Negres rébelles de la colonie de Surinam, vivent dans les bois, & ils égorgent tous les Hollandois qu'ils rencontrent.

---

(1) Froiffard.

K iij

Cependant l'hiftoire nous offre peu de révol-
tes, & l'on ne revient pas de la fécurité des maîtres, qui groffiffent le nombre de ces efclaves
au-delà de celui des fujets de l'état. A Athenes,
les efclaves étoient à l'égard des citoyens libres,
à-peu-près dans la proportion de vingt à un (1).
Les particuliers ne craignirent point d'en raffem-
bler une multitude fous leur toît. Titus Minu-
cius, chevalier Romain, en avoit quatre
cent (2), & Pline parle d'un certain Cæci-
lius, qui, par fon teftament, en légua quatre
mille (3). L'orgueil maltraitoit ces anciens efclaves ; mais ils travailloient moins que les Negres des colonies, & l'homme fouffre encore
plus aifément le mépris qu'un travail exceffif.

L'avidité des Européens n'eft pas moins auda-
cieufe, ils tranfplantent en Amérique plus de

_____

(1) Si l'on adopte le dénombrement fait par Démétrius
de Phalere, il y avoit à Athènes vingt-un mille citoyens,
dix mille étrangers & quatre cent mille efclaves. Voyez Athénée, liv. 6. ch. 20. Chacun avoue qu'il y avoit plus d'efclaves que d'hommes libres, mais cette difproportion n'a
pas été admife par tous les auteurs. Voyez les obfervations
très-judicieufes de M. Hume, dans l'Effai fur la population
des Anciens.

(2) Séneque, *de Tranquill. animi*, cap. 8.

(3) Pline, l. 33, c. 10.

Negres que de Blancs, & même la difproportion eft très-confidérable : fi l'on en excepte de petits foulevemens paffagers, qu'on a bientôt réprimé par les fupplices, les propriétaires ne redoutent aucune confpiration.

Leur affurance ne manque pas de fondement. Les divers établiffemens ont des forts munis d'artillerie., & que peuvent des efclaves défarmés, contre des canons ? Ces Negres, qu'on amene d'Afrique, ne viennent pas des mêmes pays ; la plupart ont une langue différente ; & ils ne s'entendent point. Les Noirs d'une nation haïffent ceux d'une autre ; & leur animofité va fi loin, que, pour ne pas devoir la liberté à un efclave étranger, ils aiment mieux mourir de la main des Européens. Les maîtres mélangent ces races, & d'une plantation à l'autre, ils ne leur permettent point de communication. Si l'un d'entr'eux touche une arme, fans recevoir un ordre exprès de la bouche de fon maître, il eft puni fur le champ de la maniere la plus rigoureufe. Enfin, ils ofent à peine lever les yeux. & lorfqu'ils voient faire l'exercice à nos troupes, ils font dans une terreur qu'on ne peut exprimer (1).

_____

(1) Voyage de Labat.

K iv

Mais tout annonce des révolutions en Amérique. Les autres Colonies viennent de demander (1) à la Caroline quel nombre de soldats elle est en état de fournir : elle a répondu qu'il y a dans la province dix Negres contre un Blanc, & qu'elle ne peut gueres donner que mille hommes, sans exposer aux plus grands dangers la vie & les biens des habitans. On a formé ensuite le projet d'armer les esclaves contre les troupes du roi ; mais il a fallu bientôt les désarmer, parce qu'ils vouloient recouvrer leurs droits plutôt que défendre leurs maîtres ; & ces esclaves refusent de servir, comme autrefois, dans les armées.

On a si peu redouté les esclaves, qu'on remettoit le destin d'une bataille entre leurs mains ; & ces malheureux combattoient avec courage. Il ne faut pas croire que le maître oublioit leur servitude, pour ne voir en eux que des soldats : on ne les traitoit pas moins durement, & l'on a déjà dit qu'on les obligeoit à combattre nuds. Les Goths, après la conquête d'Espagne, se trouverent très-foibles ; ils ordonnerent que chaque Goth meneroit à la guerre la dixieme partie de ses esclaves (2) ; & s'ils se fussent muti-

(1) En 1775.
(2) Lois des Visigoths, l. 3. tit. 1. §. 1. l. 8. l. 9.

nés, les soldats libres suffisoient à peine pour les contenir.

» Les hommes s'accoutument à tout, dit M. de Montesquieu, & à la servitude même, lorsque le maître n'est pas plus dur que la servitude. Les esclaves n'ont pas communément de la haine pour leur maître, & ils oublient si bien leurs droits, que l'arrangement de ce monde leur paroît fort naturel. Le vieillard qui a passé soixante ans dans l'esclavage, écouteroit à peine un philosophe qui lui peindroit les horreurs de la servitude & les droits des esclaves.

L'éloquence a parlé mille fois en faveur des Negres, & malheur à qui ne trouve pas dans son cœur une raison plus puissante que tous les discours ! Mais qu'importent tous ces nobles sentimens des âmes généreuses, & à quoi servent les vaines déclamations que nous faisons en Europe ? ces reclamations impuissantes arrivent à peine dans un autre monde, & au-delà des mers, on n'entend que la voix de l'intérêt.

Pour ne pas perdre son tems, que dire sur cette matiere ? Montrer au maître les dangers qu'il court avec son esclave, & combien la vengeance est douce pour les âmes ulcérées. Un Negre de la Jamaïque, ne pouvant plus supporter la vie, forma le projet de se tuer ; il va trou-

ver l'Anglois qui l'avoit acheté, & qui le maltraitoit : il lui tint ce difcours.

» L'inégalité eft une loi de la nature, & quand
le fort nous condamne à l'efclavage, il faut s'y
foumettre ; mais en m'afferviffant à la volonté
d'un maître, il eft un fentiment qu'on ne peut
étouffer. Si ma chaîne devient infupportable, je
terminerai mes jours ou ceux de mon tyran.
Lorfqu'un maître infolent & brutal nous avilit &
nous maltraite, fent-il bien toute la haine qu'on
lui doit, & fait-il que la crainte des tourmens
ne l'emporte pas fur la douceur de fe venger?
La mort ne fut jamais un mal pour des efclaves,
& fouvenez-vous qu'elle eft fouvent un bien.
Vous avez pour vous la force des lois & la force
des préjugés ; mais les efclaves confervent au
moins la force de leurs bras. Jouiffez de vos
droits ; la domination eft fi douce, l'autorité a
tant de charmes. Je ne vous parle point d'humanité : j'ai droit de penfer qu'il n'y en a point fur
la terre. On dit qu'en abrutiffant fes efclaves,
on devient plus fier, & qu'on donne à fon âme
plus d'énergie ; profitez fans rien craindre d'un
pareil avantage ; nous ne pouvons pas nous réunir ; mais chacun de nous peut dire à fon maître : Quoi que tu faffes, tu ne feras jamais qu'un
homme, & il faudra toujours te défendre contre
moi. «

Le Negre ajouta d'autres propos relatifs à fon maître en particulier, & il s'ouvrit la poitrine fous fes yeux.

L'Amérique fera bientôt civilifée ; elle jouira des arts qui brillent dans notre hémifphere, & parmi les guerres civiles, je la vois difcuter les droits des gouvernemens, & les ufurpations des hommes : on fongera peut-être alors à abolir l'ef-clavage des Noirs ; mais jufqu'à cette époque, les propriétaires feront fourds aux plaintes des philofophes.

CHAPITRE VI.

Apologie de l'efclavage. Défavantages poli-
tiques de la fervitude.

IL ne paroît pas que les anciens fe foient ja-mais récriés contre la fervitude ; & les écrivains & les gouvernemens en font de fi bonne foi l'apo-logie, qu'il faut du moins leur favoir gré de leur franchife. Ariftote veut prouver qu'il y a des efclaves par nature (1) ; & quand on embraffe un pareil fyftême, on peut être rhéteur ou grand

(1) Polit. liv. 1. ch. 1.

naturalifte, mais on n'eft pas philofophe. Les raifons de Spartacus haranguant fes efclaves, ne faifoient pas beaucoup d'impreffion ; & l'on traitoit de fophifte & de rebelle, le défenfeur de l'humanité.

Que n'a-t-on pas dit, dans la fuite des tems, en faveur de la fervitude ? & qui pourroit lire tous ces ouvrages ? M. Melon & d'autres auteurs regrettent l'abolition de l'efclavage en Europe, & ils foutiennent que les états feroient plus riches, & les nations plus opulentes, fi l'on n'avoit pas fait cette faute. Enfin, n'a-t-on pas prétendu que c'eft la pitié qui établit l'efclavage ? Le droit des gens, dit-on, a voulu que les prifonniers fuffent efclaves, pour qu'on ne les tuât pas : le droit civil des Romains permit à des débiteurs que leurs créanciers pouvoient maltraiter, de fe vendre eux-mêmes, & le droit naturel a voulu que des enfans qu'un pere efclave ne pourroit plus nourrir, fuffent dans l'efclavage comme leurs peres (1).

Alexandre III entreprit au douzieme fiecle, d'abolir la fervitude ; il la défendit dans le troifieme concile de Latran ; on blâma bientôt fes excommunications & fon décret ; & il y eut

_____

(1) Voyez l'Efprit des Lois.

autant d'efclaves & autant de ferfs que jamais.

Après la découverte de l'Amérique, on dif-
cuta férieufement la queftion de l'efclavage, &
malgré la barbarie des tems, l'Europe commençoit à prendre fur le droit des hommes, des no-
tions plus juftes que n'en avoient jadis les Grecs
& les Romains. On traitoit (1) fi durement les
Indiens de S. Domingue, que les miffionnaires
prêcherent contre cette cruauté. Le P. de Mon-
tefino fe diftingua par fon courage. Les officiers d'Efpagne l'accuferent de manquer de refpect aux ordres du prince. Le roi nomma un
confeil extraordinaire, pour examiner cette affaire. Jamais caufe fi belle n'avoit paru au tribunal des nations; & les juges ne furent jamais
revêtus d'une fonction plus augufte.

Ceux qui parloient en faveur des Indiens,
repréfenterent que tous les hommes naiffent libres, & qu'on ne peut attenter à la liberté d'une
nation contre laquelle on ne forme aucune
plainte. Les autres répondirent que les Indiens
devoient être regardés comme des enfans, qui
à cinquante ans, avoient l'efprit moins avancé
que les Européens ne l'ont ordinairement à dix;

_____

(1) En 1511.

qu'ils ne pouvoient ni ſe conduire, ni concevoir
les vérités les plus ſimples. On leur reprochoit
d'être *ſi peu ſenſibles à la miſere naturelle de leur*
condition, que, malgré le ſoin qu'on prenoit de les
vêtir, ils déchiroient leurs habits, pour courir nuds
dans les montagnes, où ils s'abandonnoient, ſans
honte, à toute ſorte d'infamie; que l'oiſiveté
paroiſſoit leur bien ſuprême, & que la ſeule
néceſſité du travail pouvoit les tenir dans la
ſoumiſſion; enfin qu'ils étoient d'autant moins
capables de faire un bon uſage de la liberté,
qu'aux défauts & à l'incapacité des enfans, ils
joignoient les vices des hommes corrompus (1). «

Monteſino réfuta ces objections; mais ſes ad-
verſaires épuiſerent toutes les raiſons en faveur
de l'eſclavage; ils s'étendirent avec ſoin ſur ſon
utilité politique, & l'on dit que les adminiſtrateurs ne doivent jamais écouter les déclamations
des politiques, qui travaillent au fond de leur
cabinet. Monteſino voulut bien répondre à tout;
mais il étoit difficile qu'il obtînt une victoire
complette. Le jugement parut; & il fut tel que
l'auroient prévu des philoſophes. Le roi reconnut la vérité de ce qu'avançoit Monteſino. Il dit
que les Indiens ſeroient réputés libres, & que le

_____

(1) Voyage de Colomb.

gouvernement fubfifteroit dans la même forme.
C'étoit, fuivant la remarque d'un hiftorien, reconnoître le droit de ces peuples à la liberté, &
les retenir en même tems dans un dur efclavage.

En 1683, Rome voulut imiter le zele d'A-
lexandre III. Le collège des cardinaux adreffa
aux miffionnaires d'Angola des plaintes très-
ameres fur ce qu'on continuoit à vendre des efclaves, & il les excitoit à faire ceffer cet
odieux ufage (1). Mais ce ne font pas les pré-
dications des capucins, qui peuvent opérer cette
réforme.

Comme les hommes ne s'intéreffent particu-
lierement qu'à ce qu'ils ont fous les yeux, on
ne s'eft gueres occupé que de l'efclavage des
Negres. D'un autre côté, la cupidité, l'intérêt
& le goût du paradoxe, ont tout mis en ufage
pour juftifier ce commerce. Puifque la fervitude
domeftique paroiffoit favorable à la profpérité
des anciens gouvernemens, on n'a pas manqué
de relever les avantages de l'efclavage des Noirs.

On a foutenu effrontément qu'il eft impoffible d'incorporer les Negres libres dans un état,
& que la ftupidité & la dépravation de leur ca-

---

(1) Voyage de Merolla.

ractere , font des obſtacles à leur affranchiſſement. Cependant les Quakers ont affranchi les
Negres de la Penſylvanie : ils en ont fait des ſujets de la colonie , & ils y vivent auſſi paiſiblement que les Anglois.

On a dit qu'ils peuvent ſeuls cultiver les colonies , & que les productions de l'Amérique ſeroient beaucoup plus cheres , ſi on ne ſe ſervoit
pas de leurs mains : mais on prouve que les
Blancs peuvent cultiver les colonies ; que le
travail des Negres coûte plus que celui des
hommes libres (1) ; qu'il eſt aiſé d'imaginer des
expédiens pour abréger & faciliter les travaux
les plus pénibles, comme on en trouve dans les
pays où eſt établie la liberté. Enfin , après les
expériences qu'on a faites dans quelques-unes des
îles d'Amérique, on employeroit les bœufs, avec
ſuccès , à la culture du ſucre.

Déſavan-
tages poli-
tiques de la
ſervitude.

L'eſclavage eſt tout-à-la-fois funeſte à la ſociété & aux gouvernemens : il étouffe l'induſ-
trie (2) ; il diminue les ſubſiſtances & la popula-

(1) On a démontré que les ouvriers ſerfs employés
aux mines de ſel & de charbon de terre en Ecoſſe, coû-
tent plus au propriétaire, que des journaliers libres. Voyez
l'Ouvrage de M. Millar, intitulé: *Diſtinction des rangs
dans la ſociété.*

(2) En pluſieurs colonies d'Amérique , on manque
tion,

tion, & par conséquent la force & la sûreté
d'un état. Si l'on examine ensuite son influence
sur les mœurs d'une nation, on verra qu'il endurcit & corrompt le maître ; & la servitude
domestique est la cause principale de la barbarie
des anciens tems (1). Le maître, accoutumé à

---

d'instrumens propres à différentes especes d'ouvrages. A la
Jamaïque, il faut employer deux hommes pendant toute
une journée à creuser une fosse pour enterrer un mort,
parce que le défaut d'outils convenables les oblige à faire
un très-grand trou. » On m'assure, dit M. Millar, *Distinction des rangs*, qu'il n'y a peut-être pas dans toute l'île
une seule pioche, à moins qu'on n'y en ait porté depuis très-
peu de tems. L'usage de la scie y est peu connu: au lieu d'un
fléau, les Negres ne se servent que d'un bâton pour battre
le bled de Guinée, de sorte que pour cette opération &
celle de vanner, dix hommes ne font pas plus d'ouvrage
dans un jour, que deux hommes avec nos instrumens n'en
feroient en deux heures ; ils ne connoissent ni la faulx,
ni la faucille, & ils sont obligés, toutes les nuits, de
couper avec un couteau ou d'arracher avec les mains, les
herbes dont ils ont besoin pour leurs chevaux, leurs mulets
& leurs bestiaux. « Ces observations ont été faites en
1765.

« Le travail d'un Negre, à la Jamaïque, n'est estimé
que neuf livres sterling, monnoie courante de l'île. Le
Negre charpentier n'en gagne que trente-six, tandis qu'un
homme libre peut en gagner soixante-dix. *Distinction des
rangs dans la société.*

(1) Voyez les Discours politiques de M. Hume.

commander à des efclaves, tombe dans la mol-leffe; pourvu qu'il jouiffe, au milieu de fa famille, de fon autorité, que lui importe le bien de la république ?

La fervitude flétrit l'âme, & lui imprime un aviliffement éternel. Les efclaves des Scythes fe révolterent; ils foutinrent l'effort des armes de leurs maîtres : ceux-ci imaginerent de les attaquer avec des verges & des fouets, & ils les vainquirent fur le champ (1).

La fervitude déprave fur-tout l'efclave; car l'homme ne peut être vertueux, lorfqu'il a tant de raifons d'être méchant. On s'eft plaint fouvent de la corruption des efclaves; mais ils font bien dignes de pardon. Ceux des Romains étoient fi vicieux, dit-on, qu'il fallut mettre des bornes à leur affranchiffement, & ne pas accorder à des hommes fi vils, la dignité de citoyen de Rome (2). Cet expédient ne guérif-foit pas le mal; & les Romains, qui avoient perverti leurs efclaves, les puniffoient de leurs propres crimes.

(1) Hérodote, l. 2. c. 5.

(2) On peut voir dans Denys d'Halicarnaffe, la raifon qu'on eut d'établir ces lois.

CHAPITRE VII.

Esclavage politique.

Tous les états libres dans leur principe, finiſ-
fent par le deſpotiſme : l'anarchie eſt fort naturelle ; il ſurvient un maître qui s'empare de tout
& il n'y a plus que des eſclaves.

Le gouvernement populaire ne peut s'établir
qu'en certains pays : il faut que l'état ne ſoit pas
étendu ; il faut qu'il ſoit placé d'une maniere
convenable, relativement aux autres états ; mais
le deſpotiſme eſt de tous les lieux, de tous les
pays, de tous les tems & de toutes les circonſtances.

Dès qu'une longue habitude a familiariſé avec
ce gouvernement, comment rétablir, dans une
nation, des idées juſtes ſur l'ordre des ſociétés ?
On n'imagine pas même alors qu'il puiſſe y avoir
des hommes qui ne ſoient pas ſoumis à l'eſclavage. Quand le roi de Pegu apprit qu'il n'y a
point de roi à Veniſe, il fit un ſi grand éclat de
rire, qu'une toux le prit, & qu'il eut beaucoup
de peine à parler à ſes courtiſans (1).

_____

(1) Recueil de Voyages qui ont ſervi à l'établiſſement
de la compagnie Hollandoiſe, t. 3.

Les ambaſſadeurs Hollandois ne pouvoient, dans le ſiecle dernier, faire comprendre aux Chinois ce que ſignifient les termes d'états-généraux & de république de Hollande.

Souvent la liberté n'a point de charmes pour le peuple. Les diviſions qu'elles entraînent, le fatiguent : l'autorité des chefs qui conduiſent l'état, bleſſe plus ſon orgueil que l'autorité d'un ſeul ; & il réſigne quelquefois ſa puiſſance, pour obéir à un monarque abſolu. C'eſt ce qu'ont fait les Danois.

Quand une contrée eſt aſſervie, s'il en coûte au peuple d'obéir, il en coûte davantage pour changer la forme du gouvernement, & c'eſt la pareſſe & l'habitude qui doivent l'emporter. Les Cappadociens refuſerent jadis l'état républicain que Rome leur offroit ; & ſi on l'offroit aujourd'hui à bien des peuples eſclaves, ils le refuſeroient également. L'homme a beſoin d'être gouverné, & ſouvent c'eſt un plaiſir pour lui, quand on veut en prendre la peine.

Indépendamment de ce goût des ſujets pour la ſervitude, il y a dans le deſpotiſme lui même un principe qui le ſoutient : la Chine a éprouvé vingt-deux révolutions générales, ſans pouvoir l'anéantir.

Dans les petits états, & ſur-tout dans les îles,

on chaſſe quelquefois le monſtre ; mais dans les pays trop étendus, il n'y a plus d'eſpérance ; & ſi comme à la Chine, les ſujets parlent diverſes langues , & ne s'entendent pas , alors tout eſt perdu, & l'on gémit ſans reſſource ſous les ty-rans.

Il faut être juſte : on voit des états deſpotiques où l'on n'eſt pas plus malheureux que dans les républiques ; mais le gouvernement populaire eſt un état naturel , & le deſpotiſme un état contre nature , & en ſuppoſant de part & d'autre une égalité de maux, on devroit préférer le gouvernement républicain. A moins qu'une république ne perde ſa liberté , on ne redoute pas de plus grands maux : mais lorſque Marc-Aurele eſt ſur un trône deſpotique, on tremble toujours , en attendant Commode ſon fils.

Le deſpotiſme a autant de formes diverſes que les ſultans ont de caprices ; & pour ne pas s'é-garer en raiſonnant ſur cette matiere , il ne faut jamais rien dire qui ne s'applique à l'état deſpo-tique le plus modéré.

On ſera plus ſûr encore de ne point commet-tre d'erreurs, ſi l'on choiſit des faits qui peignent chacun de ces deſpotiſmes ; & ſi l'on diſtingue ce qui vient du tyran de ce qui vient de la né-ceſſité des circonſtances.

L iij

Les républiques adoptent souvent les lois du despotisme, sans perdre leur liberté; mais c'est alors une tyrannie républicaine. La superstition qui domine d'une maniere absolue, entre aussi dans les gouvernemens populaires, & fait des lois qui ressemblent à celles d'un état despotique. Les Druides défendirent aux Gaulois de discuter les matieres de religion & de politique, à moins qu'ils ne fussent chargés d'une partie de l'administration.

Le gouvernement despotique outre les lois; & lors même qu'elles font sages, ils les porte à un excès qui leur donne le caractere de la tyrannie. Ces lois font souvent insolentes & cruelles sans nécessité, elles cherchent d'ailleurs à avilir les esclaves, & elles ont toujours ce motif, lorsqu'on ne leur en connoît point d'autres.

Une loi d'Egypte défendoit de faire aucune innovation & de rien changer ni dans le chant, ni dans les instrumens, ni dans la forme des bâtimens, ni dans les desseins, ni dans la peinture (1). Elle dut anéantir les arts, & répandre l'ennui.

Anastase, & d'autres empereurs Romains, déclarerent que l'air de l'empire leur appartenoit, & que, pour le respirer, chaque

_____

(1) Platon, Traité des Lois, liv. 3.

homme, felon fes facultés, payeroit un impôt (1).

Un ftathouder de Hollande ne s'avifa-t-il pas d'établir un pareil impôt, & de faire à une république le plus grand outrage que puiffe faire un defpote?

Mais le defpotifme ne s'eft jamais joué de la vie des hommes avec autant d'impertinence, que fous les empereurs Romains.

Octave fit égorger trois cens nobles de Péroufe; on les conduifit à l'autel dreffé en l'honneur de Jules Céfar, & on les immola tous, pour célébrer l'anniverfaire de fon affaffinat.

Un maître fut condamné à la mort comme un facrilége maudit; il avoit châtié un efclave qui portoit une médaille où étoit l'image de Tibere.

C'étoit un crime capital de fe plaindre alors du malheur des tems. La plupart des fautes devinrent des attentats de leze-majefté; les parens, les amis, les orateurs, abandonnoient l'accufé, de peur d'être auffi coupables que lui.

Drufus demanda aux difeurs de bonne aventure, s'il ne poff+éderoit pas un jour de grandes

_____

(1) Pline, l. 12. c. 1. On appelloit cet impôt *Aëris centifio.*

L iv

richeſſes ; Lutorius Priſcus compoſa , pendant la maladie de Druſus , une élégie ſur ſa mort : Torquatus Silanus , homme de qualité du premier rang , vivoit avec ſplendeur : un autre conſervoit le portrait de Caſſius parmi ceux de ſes ancêtres , & ils furent tous condamnés.

On déclara Silanus coupable de lèze-majeſté , parce que Meſſaline , femme de l'empereur , & Narciſſe l'affranchi , firent un ſonge qui regardoit Silanus.

Falanius admit un comédien parmi les prêtres qu'il y avoit dans chaque famille à l'honneur d'Auguſte , & il vendit un jardin qui renfermoit la ſtatue de cet empereur ; on le déclara coupable de lèze-majeſté.

La mere de Fuſius Geminus expira dans les tortures , parce qu'elle pleura la mort de ſon fils , que le tyran , offenſé d'une raillerie , fit mettre à mort (1).

Les eſpions de Conſtance s'inſinuoient dans toutes les compagnies , pour découvrir ceux qui faiſoient des ſonges ſur l'empereur , & les malheureux ſongeurs étoient mis à mort.

_____

(1) Voyez les Diſcours politiques de Gordon , ſur Tacite , t. 2. diſc. 5. ſect. 4.

On peindra le defpotifme ottoman par deux traits. En 1747, il y eut une révolte à Conftantinople, & on jetta dans le Bofphore deux mille Janiffaires. Lorfque les Pachas voyagent, ils font défrayés par le peuple, & ils exigent encore *l'argent de dent*, pour les dédommager de ce qu'ils ufent leurs dents dans les repas (1).

Muley Ifmaël, empereur de Maroc, avoit tué dix mille hommes de fa propre main (2); & l'on croit dans cet empire, qu'il fuffit d'être égorgé par le fouverain, pour aller en paradis (3).

Un officier Siamois eft puni des fautes de tous ceux qui font à fes ordres, parce qu'ayant droit de les corriger, il doit répondre de leur

---

(1) *Letters of Miladi Montaigu*, t. 2.

(2) Et fuivant quelques-uns cinquante mille.

(3) Du tems de Scaliger, on imprima à Rome les Œuvres d'Avicenes en arabe, un Commentaire fur Euclide, & une Géographie, traduite depuis fous le nom de *Geographia Nubienfis*. On comptoit faire au Levant un grand commerce de ces livres; mais ce projet ne réuffit point, & les Mahométans ne voulurent pas recevoir les exemplaires qu'on leur porta. Ils craignoient que, dans la fuite, on n'imprimât l'Alcoran, & qu'ainfi on ne profanât ce livre divin. Préface de la Bibliotheque Orientale.

conduite ; & un pere partageoit toujours la punition d'un fils coupable (1).

Le defpotifme de la Chine eft un des plus modérés ; mais un prêtre Chinois reçoit la baftonade , pour avoir fait fes prieres avec négligence,
& l'un d'eux fut menacé du dernier fupplice,
s'il ne tomboit pas de pluie dans cinq ou fix
jours (2). Un miniftre difgracié eft ordinairement condamné à balayer tous les matins la
falle d'audience de fon fucceffeur , & les cours
du palais de l'empereur (3).

Quant aux caprices des tyrans , voici leur portrait. Un pirate de Calicut , croifant le long des
côtes , rencontra pendant la nuit un brigantin,
monté par dix-huit Portugais profondément en-
dormis ; il ordonne de les enchaîner ; on les
réveille ; il leur fait donner la mort, & il leur dit
que c'eft pour avoir ofé dormir , tandis qu'il eft
en courfe.

Enfin les maux que produit le defpotifme font

---

(1) Chaque Siamois eft affujetti à un fervice perfonnel;
& afin que perfonne ne puiffe s'y fouftraire, on a imaginé
la finguliere divifion de *gens de main droite* , & de *gens de
main gauche*.

(2) Voyage de Montanus.

(3) Lettres édif. t. 24.

fans nombre : il replonge quelquefois dans la vie
fauvage ; & c'eft ce qui eft arrivé aux habitans
de la Colchide (1).

CHAPITRE VIII.

Liberté. Goût de la liberté.

LA fociété & la tyrannie font perdre ce goût ;
& il ne faut le chercher que dans les républiques & chez les peuples dont la civilifation n'eft
pas fort avancée.

Les infulaires des Philippines ne permettent
pas aux habitans d'un autre canton de mettre
le pied fur leur terrein ; & cette indépendance
mutuelle fait naître entr'eux de fanglantes
guerres (2).

Plufieurs Indiens de l'Amérique feptentrionale ne châtient jamais leurs enfans : » Ils n'ont
point encore de raifon , difent-ils ; & dans un
âge plus avancé , ils font les maîtres abfolus de
leurs actions. « Ils fe laiffent auffi maltraiter par
des ivrognes , parce que les ivrognes ne favent

---

(1) Rech. phil. fur les Egyptiens & les Chinois , t. 2.
(2) Voyage de Gémelli Carréry.

ce qu'ils font. Ils font convaincus que nulle puiffance ne peut attenter à la liberté de l'homme ; & pour ne pas fe défendre contre une femme ou contre un enfant, ils prennent la fuite, s'il y a trop de danger (1).

Des Arabes qui croient que la propriété mene à l'efclavage, mettent quelques pierres au milieu d'un champ, pour annoncer qu'on poignardera le premier qui ofera le labourer.

Les Boyens, dans les fertiles plaines de l'Italie, rendirent leur fortune portative, afin de ne pas tomber fous le joug, pour la conferver. Ils ne vouloient point qu'un champ fût cultivé deux années de fuite par le même homme ; ils s'accoutumoient ainfi à l'indépendance, & à quitter fans regret leur pays (2).

Les infulaires des Baléares prévoient que l'introduction des métaux détruira leur liberté ; & ils ne fouffrent pas l'ufage de la monnoie. Ils fe mettent à la folde des Carthaginois, & ils ne veulent point rapporter leur paye dans leur patrie ; ils achetent des femmes & du vin (3).

---

(1) Voyage de l'Efcarbot & Champlain.

(2) Polybe. Cœfar, *de Bello Gallico*, *lib.* 6, *cap.* 22. Hift. anc. des peuples de l'Europe, t. 5.

(3) Diod. de Sic. l. 5. ch. 12.

Les Scythes abhorroient l'esclavage : leur roi ne souffroit pas à son service un homme acheté à prix d'argent (1) ; & les Alains, descendans des Scythes, ne permettoient pas qu'il y eût un esclave parmi eux.

On retrouve la même loi chez les Indiens de l'antiquité (2). Cette contrée étoit déjà gouvernée par un maître souverain, mais elle abhorroit la servitude personnelle.

Lorsque les peuples ont gémi sous des tyrans & qu'ils recouvrent leur liberté, ils prennent des précautions qui semblent devoir épouvanter à jamais les despotes, mais dès que ces premiers momens de ferveur sont passés, on retombe dans la négligence.

Après l'expulsion des Tarquins, la loi de Valérius permit de tuer quiconque aspireroit à l'autorité souveraine, pourvu qu'on prouvât ses pernicieux desséins (3).

Les Grecs ne mirent point de bornes aux vengeances qu'ils prirent des tyrans ou de ceux qu'ils soupçonnoient de l'être. Ils firent mou-

---

(1) Hérodote, liv. 4. ch. 72. liv. 11. ch. 167.
(2) Diod. de Sic. l. 2. ch. 25.
(3) Tite-Live, l. 2.

rir leurs enfans (1), & quelquefois cinq des plus proches parens (2).

Par un décret du fénat d'Athènes, on renverfe les ftatues de Philippe, on déchire fes portraits, on efface fon nom & ceux de tous fes ancêtres, on déclare que les fêtes établies en fon honneur feront des jours profanes, & que les lieux où l'on a placé des monumens à fa gloire, feront des lieux exécrables; que les prêtres dans toutes les prieres publiques, feront des malédictions contre Philippe & fa famille. Le peuple d'A-thènes promet dans la fuite d'adopter tout ce qu'on pourra imaginer pour flétrir la gloire de ce prince, & de traiter en ennemi de l'état ce-lui qui oferoit s'y oppofer (3).

Timogoras fut condamné à mort pour s'être profterné devant le monarque de Perfe (4).

Les Suiffes ne favoient plus qu'inventer con-tre les ducs d'Autriche; ils détruifirent tous les paons, parce que les armes de l'un de ces prin-ces avoient une queue de paon pour cimier (5).

---

(1) Denis d'Halicarnaffe. Ant. Rom. l. 8.
(2) Cic. de Invent. lib. 2.
(3) Tite-Live, l. 1. c. 44.
(4) Valere Maxime, l. 6.
(5) Hift. nat. des Oifeaux, t. 4. in-12.

Les Crétois, pour tenir les premiers magis-
trats dans la dépendance des lois, recouroient à
l'infurrection. Une partie des citoyens fe foule-
voit, mettoit en fuite les magiftrats, & les obligeoit de rentrer dans la condition privée. Cette
inftitution, qui établiffoit la fédition afin d'empêcher l'abus du pouvoir, fembloit devoir renverfer quelque république que ce fût : elle ne
détruifit pas celle de Crète ; on peut en voir là
raifon dans M. de Montefquieu (1).

On a rempli ce chapitre de faits, & non pas
de réflexions. Le defpotifme fourit, & brave les
raifonneurs : mais ce qu'on dit en faveur de la
liberté eft encore utile ; & dans les pays éclairés, il n'y a pas un prince qui osât fuivre les
traces de Caligula ou de Néron.

_____

(1) Efprit des Lois, l. 8. ch. 11.

LIVRE NEUVIEME.

Beauté, Parure. Manieres de se défigurer,
& de se mutiler.

CHAPITRE PREMIER.

Idées diverses sur la beauté & la parure (1).

ON a dit souvent que les idées sur la beauté ne sont pas les mêmes chez les différens peuples; & le but de ce chapitre est d'en mieux rapprocher le contraste. Quoique les hommes

---

(1) On n'envisage pas ici *le beau*, sous le même point de vue, que tant d'écrivains, qui en ont parlé : & quoiqu'il soit question seulement de la beauté du corps ou de la beauté dans la parure, les faits qu'on rassemble serviront peut-être à dissiper les doutes des Métaphisiciens sur cette matiere.

soient

foient organifés d'une maniere uniforme, ils devoient fe former divers fentimens; & comme on
ne trouve nulle part le prototype de la beauté,
on ne peut être guidé par des principes généraux, & chaque individu eft abandonné à lui-
même. Cicéron définit le beau, *fplendor boni:*
fa définition jettera beaucoup de jour fur cette
matiere.

Ce qui eft bon pour un homme ne l'eft pas
pour un autre; & fi mon imagination embellit
cette chofe, elle fera belle à mes yeux, tandis
qu'aux vôtres, elle n'aura pas la même qualité.
L'utilité phifique ou morale dépend du climat,
des humeurs, du fang, du caractere & de mille
autres circonftances, & fi j'ai du goût pour une
chofe, on dira qu'elle eft belle, par rapport à
moi, ce qui fignifie qu'elle m'eft avantageufe
de quelque maniere. Les objets perdent leur
beauté, lorfqu'ils ne nous font plus utiles.
Ainfi, une belle pomme n'eft plus belle pour
un malade qui ne peut la manger; & fouvent
un homme foible ne s'apperçoit plus de la
beauté d'une femme.

Le beau fait une impreffion agréable, le laid
en fait une qui eft pénible, & chacun fait que
la même chofe doit produire une fenfation très-
différente aux yeux d'un Blanc, d'un Noir, d'un

Albinos, d'un Lapon, d'un Samoïede , d'un fauvage , d'un homme civilifé , d'un caractere vif
& ardent, d'un homme pareffeux & froid; enfin , d'un homme mélancolique, d'un homme
gai, &c. &c. & de-là les idées diverfes qu'ils
ont tous de la beauté. Il n'eft pas furprenant
que les Blancs imaginent le diable noir , & que
les Noirs à leur tour imaginent qu'il eft blanc,
tandis que les hommes jaunes ou bronzés lui
donnent une couleur diamétralement oppofée à
la leur; & on n'eft pas non plus étonné que les
Negres de Benin , malgré leur jaloufie, permettent aux Européens toute forte de liberté auprès de leurs femmes : *Il eft impoffible , difent-
ils , qu'elles foient d'affez mauvais goût pour aimer
un Blanc* (1).

Des Africains, qui n'ont jamais vu que des Noires, éprouvent à la vue d'une Blanche , un fentiment d'averfion; & les Négreffes font la même
impreffion fur nous. En général, avant d'être attiré
vers une chofe qui frappe les fens pour la premiere
fois, il faut que l'âme y foit bien accoutumée;
or , comment des peuples qui n'ont jamais con-
templé que les beautés de leurs pays, pour-
roient-ils goûter celles des autres contrées ? en

_____

(1) Rel. de Nyendal.

se familiarisant avec ces objets, on quitte peu-à-peu l'aversion qu'ils inspirent d'abord ; & si l'on parvient à modifier ses goûts & son caractere, de maniere à y trouver aussi de l'utilité, on sent bientôt de l'attrait. Les Négresses aiment enfin les Blancs.

- Les idées de beauté correspondent aux idées d'ordre & de proportion, dont on a rempli son esprit. Le beau dans les arts, ne peut être senti que par ceux qui sont éclairés, & on le sent plus ou moins, lorsqu'on s'est plus ou moins exercé. Les sauvages ne le connoissent en aucune maniere, & en suivant les progrès des peuples dans la civilisation, on peut imaginer une échelle de développement sur les idées qu'ils se formeront de la beauté. Enfin, le goût d'un homme, qui, dès l'enfance, vivroit seul dans une île, deviendroit désordonné, & des animaux auroient à ses yeux un caractere de beauté qu'ils n'ont pas aux nôtres.

Telle est la constitution de l'homme, qu'il ne juge presque jamais les objets en eux-mêmes, mais par des rapports qui leur sont étrangers : la rareté donne du prix à plusieurs, & cette observation peut s'appliquer aux jugemens que nous portons de la beauté. Parmi les fleurs qui naissent dans les champs, il en est qui paroîtront

M ij

plus belles à des yeux non prévenus, que beaucoup d'autres dont on parseme nos parterres ; & cependant un amateur de jardins ne manquera pas de donner la préférence à ces dernieres. Il n'eſt pas beſoin de ſuivre davantage ce principe : ſi, au lieu de naître avec une figure que nous appellons *laide* ou *ordinaire*, la plupart des hommes recevoient de la nature ces traits auxquels on donne le nom *de très-belle figure*, nos idées varieroient beaucoup avec ce changement; & l'on ne ſait pas quelle impreſſion produiroient alors les laids qui formeroient le petit nombre.

Quelques idées qu'on ait de la beauté, on reſſent de l'averſion ou de l'éloignement pour ce qui paroît laid, & cette averſion prend des degrés de force plus ou moins grands. Ainſi, des peuples abhorroient les créatures mal conformées ; & Euſebe met au nombre des belles actions de Conſtantin, l'ordre qu'il donna d'égorger ſans miſéricorde tous les hermaphrodites d'Alexandrie (1).

Enfin, pluſieurs de ces idées dépendent uniquement du caprice de l'imagination, & comment les fantaiſies ſeroient-elles uniformes?

Ces principes expliqueront toutes les ſingula-

---

(1) Euſebe, *in vitâ Conſtant.* l. 4.

rités : on parcourera les différentes parties du corps, & après les avoir examinées en détail, on examinera l'impreſſion que fait leur aſſemblage ſur les différens peuples. On s'étendra encore davantage ſur chacun de ces articles, dans le chapitre IV.

Les anciens Péruviens s'arrachoient la barbe avec le plus grand ſoin (1). Les Otahitiens des deux ſexes s'épilent les poils ſous les aiſſelles ; ils accuſoient de malpropreté les Anglois qui n'imitent pas leur exemple : & les inſulaires de Savu & des Philippines portent pour cela des pincettes d'argent ſuſpendues à leur col (2). Les Huns recouroient à un autre expédient; ils brûloient ou ils coupoient la peau du viſage de leurs enfans, afin qu'en la cicatriſant, il n'y crût point de barbe (3). — Dans les pays chauds & ailleurs, la barbe & les poils engendrent des puſtules & de la vermine, & on les arrache afin de prévenir cet inconvénient. La tranſpiration & la ſueur ſe raſſemblent dans ces poils, & y forment un dépôt infecte; & lorſque

Cheveux, barbes, &c.

----

(1) Ulloa.

(2) Voyages de Cook & de Gemelli Carréri.

(3) Ammien Marcellin. Hiſt. anc. des Peuples de l'Europe, t. 6.

M iij

d'ailleurs on ne connoît point l'ufage du linge, cette malpropreté eſt encore plus dangereuſe. Les maladies & les démangeaiſons de la peau doivent paroître ſurtout fort incommodes à des peuples guerriers, & les Huns imaginerent de découper les joues.

Cependant les nations qui eſtiment la barbe & les cheveux ſont en plus grand nombre. C'eſt ſouvent un deshonneur de les couper ; & Au-lugelle (1) parle d'un peuple chez qui les hommes accuſés de quelques crimes , ne pou-voient ſe raſer qu'après s'être juſtifiés. On ſait de quelle importance étoit la chevelure dans les premiers ſiecles de la monarchie, & comment on déshonoroit un homme en le raſant , pour le reléguer enſuite parmi des moines. Aujour-d'hui même à Baſra , quiconque s'eſt raſé par mé-garde, ou autrement , eſt flétri , & on le punit de trois cens coups de bâton (2). Les Arabes Bedouins ont tant de reſpect pour la barbe , que les femmes & les enfans baiſent toujours celle de leurs maris ou de leurs peres, lorſqu'ils viennent les ſaluer, & les hommes qui ſe ren-contrent , ſe la baiſent mutuellement des deux

_____

(1) L. 3. chap. 4.
(2) Voyage de Niehbur,

tôtés. La plus cruelle injure qu'on puisse faire aux Indiens de Quito, c'est de leur couper les cheveux (1) ; & à moins que les Groënlandoises ne soient en deuil, ou qu'elles ne veuillent renoncer au mariage ; c'est aussi un déshonneur pour elles de se raser la tête (2). — Le poil & la barbe sont naturels à l'homme, & il est simple qu'on ne les coupe point. Des cheveux touffus & une grande barbe, donnent à la figure un air effrayant, & la plupart des peuples recherchent cet avantage. — Les cheveux & la barbe annoncent de la force & de la gravité ; en les perdant, on perd de cette force, & on prend un air efféminé. — Lorsqu'on a contracté l'habitude de porter sa barbe & ses cheveux ; qui pourroit heurter des préjugés accrédités pendant plusieurs générations ? & le czar Pierre, qui l'entreprit, n'excita-t-il pas une révolte ?

La barbe échauffant beaucoup, il seroit naturel qu'on la coupât dans les pays de l'Orient & qu'on ne la rasât pas en Europe. Mais les usages en Asie sont aussi immuables que les gou-

---

(1) Ulloa. Aussi cette peine n'est-elle en usage que pour de grands crimes.

(2) Rel. de M. Crantz.

M iij

vernemens , & les mœurs de cette partie du monde n'ont pas changé depuis deux mille ans. Les hommes des tems anciens portoient leur barbe , & on a continué de la porter ; tandis que les nations de l'Europe , plus indépendantes des préjugés & de l'habitude , ont repris & quitté plusieurs fois cette mode.

Malgré le respect qu'avoient pour les cheveux les Indiens de Terre-Ferme , celui qui tuoit un ennemi de sa main , pouvoit les couper: on lui permettoit aussi de se peindre le corps en noir , & il passoit alors pour un héros : mais cet état de gloire ne duroit que jusqu'a la premiere lune , & le vainqueur étoit déshonoré , si , à cette époque , il ne faisoit pas disparoître sa noirceur , & s'il ne laissoit pas croître ses cheveux (I).

En examinant les couleurs artificielles que les peuples donnent à leurs cheveux , il faut raisonner sur les mêmes principes. Des hommes guerriers veulent paroître terribles & épouvanter leurs ennemis. Les anciens Gaulois aimoient une grande criniere rouge , & i's la rougissoient avec une pommade. Dans les jours de cérémonie , leur parure étoit analogue à leur caractere , ils pou-

_____

(1) Voyage au Pérou.

droient alors leurs cheveux & leur barbe avec de la limaille d'or (1).

D'autres cherchent la couleur qui va le mieux au teint de leur visage, & si la nature n'a pas fait cet assortiment, ils tâchent d'y suppléer. Les Germains rendoient blonds leurs cheveux, avec un savon composé de suif de chevre & de cendres de hêtres (2). On a imaginé de la poudre blanche, de la poudre rousse & de la poudre noire, &c. Les femmes des îles Marianes blanchissent leurs cheveux avec des eaux préparées (3) ; & Joseph dit que les Juives les jaunissoient avec de la poussiere d'or. Les Maldivois les rasent tous les huit jours jusqu'à ce qu'ils soient parfaitement noirs (4).

La couleur des cheveux annonce le tempéramment : ainsi, les roux suent davantage ; leur sueur est plus infecte, & même elle peut être un venin. On a de l'aversion pour eux, & on les proscrit. La superstition s'en mêle encore, & on les regarde comme des hommes maudits de Dieu. Les Egyptiens faisoient mourir tous

---

(1) Diod. de Sic. l. 5 & 20.

(2) Pline.

(3) Hist. des Isles Marianes du P. Gobien.

(4) Voyage de Pyrard.

ceux qui tomboient entre leurs mains (1). Les Tripolitaines préferent cependant cette couleur ; car elles répandent du vermillon fur les cheveux de leurs enfans (2).

On ne peut entretenir fa barbe, fans en prendre foin ; & afin de la mieux parer, on l'arrange de mille façons différentes. Loyer vit un roi d'Iffiny, qui portoit la fienne treffée en vingt petites boucles mêlées de foixante morceaux d'aygris ; c'eft-à-dire, de foixante pierres précieufes (3). D'autres Negres y attachent de petits grelots (4) ; & l'on dit avec raifon, qu'il y a fouvent bien de l'orgueil dans la barbe d'un capucin.

Quand les femmes n'ont jamais vu que des hommes qui portent leur barbe, elles éprouvent à la vue d'un menton rafé ce premier fentiment d'averfion & de répugnance, dont on a parlé plus haut, & la diverfité de leurs goûts, fuivant le fiecle où elles vivent, eft fort naturelle. Louis VII fit raccourcir fes cheveux & rafer fa barbe pour obéir aux mandemens des

(1) Efprit des Lois, liv. 15. ch. 5.
(2) Etat des royaumes de Barbarie.
(3) Voyage de Loyer.
(4) Prevoft, t. 1.

évêques, Léonore d'Aquitaine, fa femme, le trouva ridicule & devint galante; le roi obtint un divorce; Léonore époufa le comte d'Anjou, qui monta enfuite fur le trône d'Angleterre; elle lui donna pour dot le Poitou & la Guyenne : ce fut là l'origine des guerres qui ont ravagé la France plus de trois cens ans, & qui coûterent la vie à trois millions de François (1).

Il eft impoffible d'imaginer toutes les formes diverfes qu'on a donné aux cheveux : on peut voir là-deffus un grand nombre d'eftampes qui fe trouvent dans la Collection de Bry (2). Les uns font des treffes ou des petites cordelettes, qui pendent fur les oreilles ou de tous les côtés; d'autres, une vingtaine de petites queues dreffées fur la tête; ceux-ci les rafent & n'y laiffent qu'une bande qui va d'une oreille à l'autre, ou trois floccons fur les oreilles & par derriere. Ailleurs, on les réunit en un feul bouton élevé comme une pyramide, ou on en forme une grande pyramide entourée d'autres plus petites; ici, on les rafe, & on les difpofe en

---

(1) Mezeray ne dit pas que Léonore n'auroit pas été galante, fi Louis VII n'avoit pas fait couper fa barbe; mais une fi petite caufe peut-être produit d'auffi grands effets.

(2) Partie 6 des petits Voyages.

branche de laurier, qui vient tomber au milieu du front; là, on les coupe en bonnets d'Arméniens, &c. &c. &c. &c. il eſt inutile de pouſſer plus loin cette énumération.

La coëffure des femmes n'eſt pas moins finguliere. Celles de la Chine, par exemple (1), » portent ſur la tête la figure d'un oiſeau appellé *Fong-hoang*. Cet oiſeau eſt de cuivre ou de vermeil doré, ſelon la qualité des perſonnes: les aîles déployées tombent ſur le devant de la coëffure, & cachent le haut des tempes; la queue longue & ouverte, forme une aigrette; le corps eſt au milieu du front; le col & le bec couvrent le deſſus du nez; mais le col eſt attaché au corps de l'animal avec une charniere qui ne paroît point, afin qu'il ait du jeu, & qu'il branle au moindre mouvement. Les femmes de qualité portent quelquefois pluſieurs de ces oiſeaux, entrelacés en forme de couronne; & le ſeul travail de cet ornement eſt d'un grand prix. «

Quoique une parure ſoit incommode, dès qu'on la croit belle, on ne la recherche pas avec moins d'empreſſement, & l'homme ſacrifie partout ſon bien être, à la puérile vanité d'avoir un petit agrément de plus. On ne devinera point

_____

(1) Voyez Duhalde, & le P. le Comte.

jufqu'où va l'extravagance des femmes Myant-
fés (1). » Elles ont fur la tête une planche légere de plus d'un pied de long, & large de
cinq ou fix pouces, qu'elles couvrent de leurs
cheveux, & qu'elles affermiffent avec de la
cire. Elles ne peuvent ni fe coucher ni s'ap-
puyer, fans tenir le col fort droit, & le
pays étant plein de bois & d'arbres, elles font
obligées de tourner la tête à chaque pas. Lorfqu'elles veulent peigner leur chevelure, elles
paffent une heure devant le feu à fondre la cire :
auffi ne prennent elles ce foin qu'une ou deux
fois l'année (2). « A cette parure, il faut join-
dre celle des habitans de la terre de Natal. Ils
portent des bonnets de fuif de bœuf de fix à
dix pouces de hauteur. On applique peu-à-peu
fur la tête, un fuif épuré, & il fe mêle fi
bien aux cheveux, qu'il y refte collé pour toujours (3).

Dans la plupart des pays, les hommes portent
les cheveux courts, & les femmes tirent vanité
de leur longueur. A Otahiti, au contraire, les
femmes les portent coupés autour des oreilles,

---

(1) Nation répandue parmi les Chinois.
(2) Chine du P. Duhalde.
(3) Voyage de Dampierre, t. 3.

& les hommes les laiſſent flotter en grandes boucles ſur leurs épaules, ou les relevent en touffe ſur la tête (1). — Ces inſulaires cherchent à paroître forts, parce qu'ils ſont à moitié ſauvages, & preſque toujours en guerre. Juſqu'à préſent la coquetterie n'a pas fait beaucoup de progrès parmi les femmes, ou bien elles ont découvert que les cheveux courts (2) conviennent à leur figure ingénue & touchante. Les ſauvages & les peuples barbares laiſſent croître leurs cheveux, par la même raiſon que les Otahitiens ; tandis que les payſans des pays policés les coupent autour de la tête : ces payſans ſont raſſemblés en grandes troupes, ils vivent paiſiblement ſous la ſauvegarde des lois & des ſoldats de l'état ; ils ſont très-occupés de leurs travaux, & ils donnent à leurs cheveux la forme qui exige le moins de ſoin & le moins de tems. Les femmes, qui veillent ſur le ménage, ont plus de coquetterie ; car la coquetterie naît ſurtout dans les grandes ſociétés : le goût des hommes ſe blaſe & ſe rafine ; & pour plaire au mi-

---

(1) Voyage de Cook.

(2) En Amérique, les femmes coupoient leurs cheveux, & les hommes les portoient fort longs. Les travaux, dont les maris les ſurchargeoient, ne leur laiſſoient pas le tems de penſer à leurs cheveux.

lieu de tant d'autres femmes, une épouse doit embellir sa figure.

Le soin de la parure poussé trop loin, ôte le goût des travaux essentiels; il rend efféminé & mol; & une religion, qui prêche la mortification, la solitude & l'humilité, devoit s'élever contre cet abus. Dans le huitieme siecle, on excommunia ceux qui frisoient & qui boucloient leurs cheveux (1). Lorsqu'on recommença sous Louis XIII à les boucler, le concile in-*Trullo*, ordonna aux prédicateurs de censurer cette nouveauté scandaleuse.

Une philosophie trop sévere a voulu proscrire tous ces atours, comme s'ils ne marchoient pas à la suite de la civilisation, & comme s'il étoit indigne de l'homme de rechercher ce qui peut être agréable aux autres & à soi-même. On a dit que c'est un animal qui ne peut être trop paré; & puisqu'on ne ramenera point les peuples à la simplicité, pourquoi ne pas se conformer à des usages aussi indifférens?

Rien ne rend la figure si hideuse, que de ne point avoir de front; & comme les sauvages cherchent plus à inspirer la terreur qu'à paroître beaux, ceux de l'isle Hispaniola le couvroient

Front.

_____

(1) Conc. Quini-sex. Canon.

prefque entierement avec des couleurs (1); L'auteur de l'hiftoire de S. Domingue dit que *c'étoit une beauté pour eux de ne point avoir de front;* mais leur premier but étoit probablement d'effrayer à la guerre, & en fe familiarifant avec ces vifages, ils y trouverent par là fuite de l'agrément : on reviendra tout à l'heure fur cette matiere ; & l'on développera cette idée.

Ailleurs, on voulut embellir le front & le rendre plus grand ou plus petit, l'applatir ou lui donner une autre forme, comme on peut le voir dans le chapitre intitulé: *Manieres de fe défigurer, relatives à la beauté & à la terreur.* On dira feulement ici que fur la côte de Malaguette le principal ornement des femmes eft une raye autour du front d'un vernis blanc, rouge ou jaune, & que cette raye, avant d'être feche, laiffe tomber dans fon contour des lignes & des rayons (2).

Yeux. Il y a des yeux qui font plus d'impreffion les uns que les autres ; & lorfqu'on eut imaginé de les peindre, on leur donna la couleur qu'on aimoit le mieux.

Il paroît que cet ufage eft fort ancien, puif-

---

(1) Hiftoire de S. Domingue.
(2) Voyage d'Atkins.

que

que les femmes de la Floride se frottoient l'intérieur & le tour des yeux avec de la mine de plomb ; & que les Grecques & les Romaines se les brunissoient déjà.

Il étoit autrefois très-commun en Orient, & il est encore répandu aujourd'hui parmi les personnes de la premiere qualité (1). Les femmes Turques y mettent de la tustie brûlée, pour les rendre plus noirs : à l'aide d'un poinçon d'or ou d'argent , mouillé de salive, elles font passer doucement cette poudre entre les paupieres & les prunelles (2).

A la Chine, on aime les petits yeux : les femmes font ce qu'elles peuvent pour empêcher qu'ils ne paroissent grands , & les jeunes filles se tirent continuellement les paupieres, afin de les avoir petits & longs (3).

Un visage sans sourcils nous paroît difforme; cependant les Negres de Sierra-Leona (4), les femmes de l'île Nicobas (5), celles de plusieurs

Sourcils.

---

(1) Rech. philosoph. sur les Egyptiens, t. 1.
(2) Nouvelle Relation du Levant.
(3) Voyage de Le Gentil.
(4) Voyage de Finch.
(5) Dampierre.

Tome II.   N

pays de l'Afie (1) , les Bréfiliennes (2), les
anciennes Mofcovites (3) & les Japonoifes de
la province de Fifen, lorfqu'elles font mariées,
fe les arrachent entierement (4). ⟶ Il eft difficile de favoir fi c'eft toujours par un principe de beauté , car chez les Bréfiliens, les
hommes les arrachoient, ainfi que les cils, pour
que leur regard fût plus farouche.

On ne varie pas moins fur la forme & la
couleur qu'on leur donne. Les femmes de la
Côte d'Or les peignent en rouge & blanc (5).
Celles d'Yeço les peignent en bleu ; les Arabes les noirciffent & les joignent fur le milieu
du front (6) ; & des femmes d'Afie ne les
abbattent que pour en faire d'autres avec de la
peinture noire ; mais elles tournent en haut la
pointe de l'arc ou du croiffant.

Tempes. Des Negres de Rio Gabon parent leurs tempes de deux touffes de plumes & de petites plaques de fer (7). ⟶ Les touffes de plumes font

(1) Voyage de Belon.
[(2) Voyage de Lery.
(3) Voyez la Relation curieufe de Mofcovie.
(4) Kæmpfer.
(5) Voyage d'Artus.
(6) Voyage fait par ordre du roi en Paleftine.
(7) Bofman.

un ornement, & reffemblent à nos boucles de cheveux ; & les plaques de fer peuvent être un préfervatif contre les coups & les maladies.

Un ornement au bout du nez nous paroît in- Nez. commode ; mais les Péruviennes y plaçoient un anneau maffif, dont la groffeur étoit propor- tionnée au rang de leur mari. Le nez s'abaiffoit infenfiblement fous ce poids , & , dans un âge avancé, il leur defcendoit jufqu'à la bou- che (1).

Les fauvages de l'île S. Salvador colloient au bout de leur nez des feuilles d'or. L'ufage de le percer comme les oreilles, & d'y fufpendre des ornemens, eft très-commun. Les infulaires de la Cayenne, y portent une petite piece d'ar- gent, ou un gros grain de criftal verd (2) ; & les Mexicains, des pierreries & de l'or (3). Les femmes Arabes , & quelques-unes de l'In- de, y placent un grand anneau d'or (4) ; & celles de la province de Guzerate, plufieurs ba- gues (5). On ne peut guères fe moucher com-

---

(1) Voyage au Pérou.
(2) Rel. de Froger.
(3) Gomara.
(4) Voyage de l'Arabie heureufe.
(5) Rel. de Mandeflo.

modément avec cette parure ; & en effet , Mandeflo nous apprend que les Indiennes ne fe
mouchent prefque jamais. D'autres peuples fe
percent le nez, pour y inférer des os , de gros
morceaux de bois , &c. & rendre leur figure plus
martiale (1).

On dit que les perfonnes qui vouloient jadis fe
donner un air de gravité , en Efpagne & en Portugal, ne paroiffoient en public , les jours de cérémonie , qu'avec des lunettes fur le nez (2).

Si l'on examine les idées qu'on fe forme fur
la beauté du nez , on trouve que dans la grande
Tartarie , on préfere ceux qui font extrêmement

---

(1) Voyez le chapitre fuivant.

(2) Mercure de France , Janvier & Février 1732. Lorfque les anciens ufages fe confervent trop long-tems , ils deviennent ridicules , quoique leur origine foit plus ou moins
raifonnable. Des fénateurs ou des officiers publics, afin d'im-
pofer du refpeɛt à la multitude , portent tout l'attirail de la
vieilleffe. Les jeunes gens qui leur fuccedent, fuivent la vieille
coutume : ainfi les académiciens François mettent , les jours
de grande cérémonie , d'énormes perruques. D'après cet
ufage, on a peut-être écrit, » que les perfonnes de diftinction , qui vouloient jadis fe donner un air de gravité en Efpagne & en Portugal, ne paroiffoient en public , les jours de
cérémonie , qu'avec des lunettes fur le nez. « Car c'eft ainfi
que l'on compofe l'hiftoire & les relations de voyage.

petits (1) ; & qu'ailleurs on n'aime que les gros ou les longs.

Lorfque l'homme s'avifa de fe faire des blef- Oreilles. fures , pour fe parer , il commença proba-blement par l'oreille , qui femble détachée du corps , & qui eft facile à percer ; & l'on voit en effet, que prefque tous les fauvages trouent les leurs. Un grand nombre d'Américains aimoient les longues oreilles , & ce goût fe retrouve à Siam & dans plufieurs pays de l'Afie : pour les allon-ger , ils paffoient dans le lobe, de petits rou-leaux, qui les approchoient infenfiblement de l'é-paule, & peu-à-peu ils en infinuoient de plus gros. On y fufpend des pierres , des métaux , des mor-ceaux de bois, &c. & les Zélandois (2) y portent de l'étoffe , des plumes , des oifeaux, des clous , des cordons auxquels font attachés des paquets de cifeaux , des aiguilles , du talc verd , des ongles & des dents de mort , des dents de chien , &c. Plufieurs Négreffes y mettent un anneau d'or , dont le diamètre eft au moins d'un demi-pied (3). Enfin , chez les Mogols, la longueur ordinaire des pendans d'oreille eft d'un pied (4).

---

(1) Voyage de Rubruquis.
(2) Voyage de Cook.
(3) Voyage de Brue.
(4) Hift. des Turcs & des Mongols.

Au Malabar, ils pefent jufqu'à quatre onces, &
l'ouverture des oreilles eft fi grande, que le
poing y entreroit aifément (1).

Levres.
Bouche.

Les Péruviens imaginerent cette parure: les
hommes avoient fur la bouche une plaque d'or
ou d'argent de forme ovale, & qui defcendoit
fi bas, qu'elle couvroit la levre inférieure. Ces
plaques, échancrées au-deffus, formoient une
efpèce de croiffant, dont les deux pointes abou-
tiffoient au nez, & on les pofoit fur la bouche,
de maniere qu'elles avoient un mouvement continuel. On gardoit cette parure pour les grands
jours de cérémonie; le refte du tems, on en
avoit de plus petites qui ne couvroient point
les levres (2). Les habitans de Mofanbique
mettent des morceaux d'or applati, d'ambre ou
d'os, fur la levre fupérieure & fur celle de deffous, afin de les groffir & de les relever (3).
Nous ferons ailleurs un affez long paragraphe
fur les levres.

Dents.

Les habitans de la province de Cumana, les
femmes des îles Marianes (4), les Japonois &

---

(1) Voyage de Dellon.
(2) Voyage au Pérou.
(3) Hift. des Ifles Marianes.
(4) Voyage de Baron dans Churchill.

les Siamois (1) teignent leurs dents en noir.
Les Tunquinois rougiroient de les avoir *blanches
comme les éléphans & les chiens* (2) ; & ce qu'il
faut bien remarquer, parce que l'ufage du Bé-
tel noircit celles des Banianes, » elles font par-
venues, dit Mandeflo, à fe perfuader que c'eft
une beauté de les avoir de cette couleur. « Les infulaires de la Guerta (3) les peignent en rouge, & les Macaffarois, en verd & rouge (4).
On dira plus bas que les feigneurs du Macaffar
en portent d'or, d'argent ou de tombac. Les
Tartares de Kardan les incruftent de petites
plaques d'or (5). L'ufage des habitans de Batavia n'eft pas plus raifonnable : ils ufent avec
une pierre à éguifer les extrémités des leurs,
pour les rendre plus égales & plus polies ; &
ils font enfuite fur celles de la mâchoire fupérieure un fillon parallele aux gencives : la pro-

---

(1) Ils y appliquent un vernis noir, qu'on renou-
velle de tems en tems ; ils s'abftiennent alors de manger
pendant quelques jours, afin que la drogue ne fe détache
point. Relation de Tachard.

(2) Dampierre.

(3) Voyage de Mindana, dans Dalrymple.

(4) Hift. de Macaffar.

(5) Voyage de Marcopolo.

N iv

fondeur de ce fillon eft au moins égale à la quatrieme partie de l'épaiffeur de la dent (1).

Vifage.   »Il y a une époque dans notre hiftoire, dit
M. de Saint-Foix, où les femmes ne parurent
plus fe foucier de leur vifage : elles commencerent à le cacher. Ce n'eft point la modeftie qui
eut recours aux voiles & aux mafques ; mais comme les hommes faifoient femblant d'avoir de gros
ventres, les femmes vouloient avoir de gros culs,
& alors on s'occupa moins du vifage. Elles prirent une efpece de mafque, & n'alloient plus que
mafquées aux promenades, & même à l'églife. «
— L'ufage des mafques qui fubfiftoit encore en
Angleterre quelques années avant la révolution,
eut dans cette île une autre origine, comme on
le dit au livre deuxiéme. Les mouches rem-
placerent les mafques en France, & les femmes
en mirent une telle quantité, qu'on avoit de la
peine à les reconnoître.

Ongles.   Il falloit bien que la vanité s'attachât jufqu'aux ongles. Plufieurs peuples les aiment
longs, & beaucoup d'autres ne peuvent pas
leur laiffer leur couleur naturelle. Les femmes
de la Côte d'or (2) les ont quelquefois de

(1) Voyage de Cook.
(2) Prevôt, t. 4.

la longueur d'un *article*, & cet ornement les fait respecter. Les lettrés & les docteurs de la Chine (1) les portent de la longueur d'un pouce, pour apprendre qu'ils ne font pas obligés de travailler. Les insulaires de Mindanao (2) les coupent, excepté celui du pouce, & sur-tout celui du pouce gauche; & Hérodote (3) parle d'un peuple, qui coupoit ceux de la main droite, mais qui se plaisoit à laisser croître ceux de la gauche. Enfin, la Loubere vit à Siam des danseuses de profession, qui, par coquetterie, plaçoient au bout de leurs doigts, des ongles fort longs, de cuivre jaune. — Les Voyageurs qui racontent ces faits, ne les voyent jamais que relativement à la beauté : cependant, il peut y avoir d'autres motifs. La plûpart des Espagnols, par exemple, ont l'ongle de l'index & du petit doigt fort longs, afin de s'écurer les oreilles & de pincer de la guitarre : ceux qui ne veulent pas les conserver si longs, font obligés d'en mettre de postiches ; & les danseuses de Siam ont peut-être adopté le même usage, pour jouer de quelqu'instrument :

___

(1) Duhalde.
(2) Dampierre.
(3) Livre 4.

Il y a dans les arts, des travaux qui demandent des ongles fort longs; & plusieurs tailleurs ne coupent jamais ceux du pouce.

Les femmes de la Bukkarie (1) & les Arabes (2), les peignent en rouge, & à Macassar (3), c'est un usage indispensable pour les personnes de distinction, d'entretenir la teinture rouge qu'on y met dès l'enfance. Deux princesses Negres, qui vinrent voir Brue, affectoient de lui montrer les leurs qu'elles avoient fort grands, & rougis à l'extrémité. En Perse, on a même imaginé une couleur particuliere pour les hommes, & une autre pour les femmes: les hommes les teignent en jaune, & les femmes en rouge.

Pieds. A la Chine & à Lima, les petits pieds font d'une extrême beauté. Les femmes de la capitale du Pérou ne les ont quelquefois que de cinq ou six pouces de long: on verra bientôt quelle méthode on employe pour cela; & comment ce qui n'est d'abord qu'un attentat de la politique & de la jalousie devient une beauté.

Autrefois on estimoit en France un grand

---

(1) Hist. des Turcs & des Mongols.
(2) Voyage de Niéburh.
(3) Hist. de Macassar.

pied ; & la longueur des souliers , sur-tout
dans le quatorzieme siecle, annonçoit les degrés
de distinction. Les souliers d'un prince avoient
deux pieds & demi de long ; ceux d'un baron,
deux pieds, & ceux d'un simple chevalier, un
pied & demi ; c'est de-là qu'est venue cette
expression : *Il est sur un grand pied dans le monde.* Les femmes portoient aussi des souliers plus
longs que le pied.

Les peuples qui ont les pieds nuds , ne manquent pas de les embellir. Les Negresses des environs du Sénégal , portent de petites coquilles
au-dessous de la cheville (1) ; & lors du
voyage de Gama , le zamorin de Calicut avoit
les doigts des pieds & des mains chargés de perles & de pierreries , & deux rubis d'un prix
inestimable à ses orteils (2). Enfin , plusieurs
Negres entourent leurs jambes de bracelets
pesans , qui les gênent dans leur marche ; & quoique les jambes des Juives fussent
couvertes , elles y attachoient un ornement qui
rendoit un son agréable, pendant qu'elles marchoient (3) : on renvoie le reste au chapitre
des parures douloureuses.

---

(1) Voyage de Brue.

(2) Prevost, t. 1.

(3) *Ibid.*

Mammelles. Les mammelles des Negreſſes des environs de la riviere Saint Vincent pendent juſqu'au genou (1). On ſent que , dans ce pays, elles doivent être à la mode , & on rapportera bientôt comment on les allonge en Afrique. Ici, on aime un ſein fort élevé, & en Eſpagne, on ne l'aime pas , parce que les femmes ont peu de gorge.

Ventre. Les femmes du roi de Juida vont nuës juſqu'à la ceinture, & entre autres ornemens, elles portent ſur le bas du ventre, trois ou quatre rangs de perles , de morceaux de verre & de corail (2). Sous François II , on avoit de gros ventres & de gros *culs poſtiches* (3). Les Egyptiennes prenoient jadis des drogues pour ſe faire engraiſſer d'une maniere qui nous paroîtroit dégoûtante ; c'étoit alors une grande beauté ; & l'on dit que les habitans de l'Egypte moderne conſervent le même goût (4). Les femmes de Maroc cherchent , toute leur vie , à augmenter leur embonpoint naturel ; elles man-

---

(1) Prevôt , t. 7.

(2) On peut en voir la figure dans le quatrieme volume de l'Hiſt. des Voyages.

(3) Eſſais hiſt. ſur Paris.

(4) Rech. philoſ. ſur les Egyptiens.

gent pour cela de jeunes chiens & de jeunes chats.

Les Chinois ont une tumeur au ventre qui embellit, difent-ils, le corps de l'homme, & ce préjugé a été répandu jufqu'en Ruffie. Suivant M. de Paw, les ceintures, dont ils fe font toujours fervis pour ferrer leurs robes, lui a, peut-être, donné naiffance; & il peut avoir commencé chez les Tartares qui contractent plus ou moins ce défaut, parce qu'ils font toujours à cheval; mais il eft clair que ce défaut n'eft devenu beauté que fort tard. —C'eft probablement une maniere de s'endurcir & de fe fortifier le tempérament, & l'on retrouve aux grandes Cyclades un ufage à peuprès pareil. Les infulaires ont le ventre nud : ils n'y portent qu'une ceinture ferrée fi fortement, qu'on ne peut y paffer le doigt. On croit qu'ils la mettent dans l'enfance, & qu'ils ne l'ôtent plus; ce qui forme un cercle creux & profond autour du ventre (I).

On pourroit fuivre les idées de parure, appliquées aux parties naturelles, & parler des fauvages qui cherchent à embellir les queues de callebaffe, les coquilles de mer, les cannes &

_____

(I) Second Voyage de Cook.

les tuyaux qui leur fervent d'étui. Les infulaires d'une des Cyclades, n'ont pour vêtement, qu'une large ceinture, dans laquelle les hommes attachent leurs parties naturelles, de maniere à les faire paroître d'une grandeur extraordinaire (1).

Enfin, la plupart des fauvages de la Virginie fe faifoient une longue queue femblable à celle de quelques animaux (2).

---

1) Second Voyage de Cook.
(2) Rel. de Raleigh.

CHAPITRE II.

De la parure en particulier. Manieres de se peindre & de s'enduire le corps.

L'HOMME ne peut laisser à son corps la forme que lui a donné la nature, & lorsqu'on examine de bonne foi sa conduite, on ne la trouve pas si déraisonnable. Le sauvage lui-même veut frapper d'une maniere avantageuse, les yeux de ceux qui le verront ; & il a besoin d'ailleurs de faire un amusement de sa parure. Que cette parure soit belle ou laide, sale ou propre, elle plaira par sa nouveauté ; & pour sauver l'ennui de l'uniformité, tout est bien accueilli. Mais plusieurs sauvages cherchent moins à plaire aux autres qu'à eux-mêmes : comme ils ne connoissent point l'usage du miroir, ils ne sont pas sûrs de l'effet que produira cette figure qu'ils viennent d'orner, & souvent ils ne s'en embarrassent pas.

Il paroît que les grandes parures sont toujours inventées par les femmes. Un sauvage se dégoûte de la sienne, elle réleve ses charmes ; elle se couvre le corps & le visage de peintures, &

souvent de boues ; elle forme des guirlandes avec les os, les pierres & les herbes qu'elle a rassemblées. Cette découverte se communique, passe des femmes aux hommes, & se répand dans tout le pays.

Si l'homme venoit au monde avec la forme qu'il essaye de se donner, il ne la trouveroit plus à son gré, & il en voudroit une autre. La mobilité de ses goûts est une suite du même principe. Il varie sans cesse sa figure & son ajustement, parce que les êtres intelligens ont des caprices & des fantaisies, & qu'avec le principe d'activité qui les anime, ils ne s'arrêtent pas long-tems sur le même objet. La Bruyere parlant du rouge que mettent les femmes, dit qu'elles seroient inconsolables, si elles *naissoient comme elles se parent*. La réflexion a quelque justesse ; mais cet observateur philosophe n'a pas vu qu'alors pour se parer, elles essayeroient de diminuer le coloris de leurs joues, ou qu'elles inventeroient une autre enluminûre qui les fît sortir de leur état naturel. Cette remarque est aussi applicable à des sauvages.

Les idées de distinction, de supériorité & de richesses, se mêlent presque toujours aux idées de parure, & ce mélange produira des effets qui nous paroîtrons bisarres.

On

On ne fait pas l'apologie de la coquetterie ; on examine comment & pourquoi on s'é-
loigne de la fimplicité de la nature, & il ré-
fulte de cette difcuffion, qu'il faut avoir de l'in-
dulgence pour les travers puériles de la plupart
des hommes.

Le corps nud conferve les formes de la nature ;
& il eft moins beau, fans doute, après qu'on l'a
furchargé d'ornemens groffiers ; mais les fauvages
croient l'embellir, en le couvrant d'ordures. La
plupart de ceux de l'Amérique feptentrionale fe
matachoient le vifage avec de la boue & des
couleurs (1). Les femmes & les hommes de la
nouvelle Zélande appliquent de l'ocre & de
l'huile fur leurs joues & leur front ; ce qui les
rend toujours humides. Ils tiennent à la main
un morceau d'ocre, pour renouveller à chaque
inftant cette parure (2).

D'autres fe fervent des excrémens des animaux, & les Negres de la baye de Saldana,
s'oignent des pieds à la tête, du jus de quelques
herbes qui reffemble beaucoup à de la fiente de
vache (3).

---

(1) Voyage de la Potherie.
(2) Voyage de Cook.
(3) Prevoft, t. 2.

Tome II.   O

Les Hottentots s'enduisent le corps de beurré ou de graisse de mouton, mêlée avec de la suie; & ils réiterent cette onction, autant de fois qu'elle se seche au soleil. La différence de la graisse, fait la principale distinction entre les pauvres & les riches; & ces derniers oignent jusqu'à la peau qu'ils portent sur leurs épaules (1). Tous les jours, ils mettent dans leurs cheveux du suif & de la graisse, qui forment une croûte ou un bonnet de mortier noir: ils ne les nettoyent jamais; & ils prétendent que ce mortier rafraîchit la tête. — Dans les pays chauds, un homme nud est dévoré par les insectes & les mousquites; & il faut se mettre à l'abri de leur piqûre: bien des peuples enduisent pour cela leur corps de peinture ou de graisses. Puisqu'ils sont obligés de se *matacher*, ils doivent chercher la forme la plus agréable: les yeux, accoutumés à cette parure, la trouvent belle, & elle prend alors un caractere de beauté qu'elle n'avoit pas en elle même (2).

____

(1) Kolben.

(2) Quelques peuples sont obligés de recourir à d'étranges précautions, afin de se garantir de la piqûre des moucherons. Les Lapons & les Groënlandois vivent dans une épaisse fumée, quoiqu'ils deviennent bientôt aveugles,

Lorfque les travaux de l'art ou l'ufage des plantes, eurent appris à décompofer les couleurs, on peignit fon propre corps, avant de peindre des étoffes & des meubles. On ne mit qu'une feule teinte, ou on les mêla, pour en former un affemblage.

Les anciens Canariens peignoient leur corps en rouge, verd & jaune (1); les anciens Bretons en bleu (2); les Negres du royaume de Juida en rouge (3); les habitans de l'île de Sombrero, aux environs de Madagafcar, fe peignent le vifage en verd & jaune (4); les infulaires d'une des Cyclades en noir brillant, & ils l'entremêlent de taches rouges & blanches fur le front & fur le nez (6). Les Banians fe font tous les jours au front, une marque de la largeur d'un doigt, avec une infufion d'eau & de bois de fandal (5). Lorfque les Galles, peuple d'Abyffinie, tuent une vache, ils fe frottent le corps avec le fang : ils treffent les boyaux en guirlandes

---

(1) Voyage de Cadamofto.
(2) *Milord Littleton hiftory of England*, t. 1.
(3) Voyage de Philipps.
(4) Prevoft, t. 1.
(5) Rel. de Mandello.
(6) Second Voyage de Cook.

autour de leurs cols , & ils les donnent enfuite à leurs femmes , qui en font le même ufage (1).

L'art d'appliquer les couleurs , ne tarde pas à fe perfectionner, & bientôt on trace diverfes figures qu'on colorie de différentes manieres. Les fauvages guerriers adoptent celles qui leur donnent un air plus terrible ; mais à mefure qu'ils quittent leur férocité , ils fe contentent de peindre les premiers objets qui les entourent , & l'idée d'épouvanter fes ennemis n'entre plus pour rien dans la parure.

Les infulaires de Sondre Grondt couvrent leur peau de figures de ferpent & de dragons (2). En d'autres pays , les femmes peignent fur le vifage de leurs enfans, des oifeaux , des arbres & des hommes ; & elles employent des couleurs jaunes , rouges & bleues. Les anciennes femmes des Pictes embelliffoient leurs mammelles, de lunes, de croiffans , d'étoiles & de rayons folaires (3). Enfin , Raleigh a vu des fauvages qui portoient fur le dos différentes marques pour reconnoître à quel chef ils étoient foumis.

---

(1) Rel. de Lobo.
(2) Voyage de le Maire & de Schouten.
(3) Coll. de Bry, t. 1. des grands Voyages.

Dans la foule des peuples qui fe peignent ainfi, on en remarque qui fe diftinguent par des ufages encore plus particuliers. Les Indiens de la province de Cumana couvroient leur corps d'une gomme gluante, qui fervoit à foutenir quantité de plumes de différentes couleurs (1); & les fauvages du Canada s'appliquoient du duvet de cigne & des plumes fur le vifage.

CHAPITRE III.

Parures douloureufes.

On veut fe diftinguer, & attirer les yeux des autres à quelque prix que ce foit: on affronte pour cela les douleurs les plus vives, & les jouiffances de l'amour propre font oublier les peines qu'elles ont coûtées. Le premier qui fe montra avec un corps damaffé par un fer chaud, ou qui fit voir fur fes membres des figures tracées à coups d'épingle, s'applaudit beaucoup d'une telle découverte; il étoit prêt à répandre de nouveau fon fang, & à pouffer des cris pour entretenir une parure que

(1) Herrera.

tout le monde envioit. Dès que fon fecret fut
divulgué, chacun voulut en profiter ; & celui
même à qui la douleur caufoit le plus de répugnance, ou qui méprifoit cette folie, étoit
obligé d'imiter la multitude ; car il faut remarquer que les fauvages évitent la fingularité.

Quand ces parures deviennent communes ;
pour fe diftinguer de la foule, on eft bien
embarraffé ; il n'y a plus qu'une reffource ;
c'eft d'enchérir fur tout ce qui s'eft fait jufqu'alors : il faut, en s'armant de courage, s'imprimer fur le corps de nouvelles figures, & inti-
mider par la douleur quiconque voudra fuivre
un pareil exemple.

Plus une coutume eft cruelle & folle, plus
elle fe répand aifément ; les peuples en corps
n'ont pas moins de conftance que les fimples
particuliers, & même les nations barbares adoptent volontiers de pareils ufages, afin d'exercer
les jeunes gens à la douleur. Les infulaires de
Formoze impriment fur leur chair des figures d'a-
nimaux, d'arbres & de fleurs : l'opération les ex-
pofe à des douleurs qui leur cauferoient la mort,
fi on la faifoit toute à la fois ; on y emploie plufieurs mois & quelquefois une année entiere (1).

_____

(1) Rel. de Candidius.

C'eft-là cependant le dernier excès : il eft probable qu'on commence à fe piquer la peau avec une pointe de bois ; & cette coutume eft répandue depuis l'extrémité feptentrionale de l'Amérique, jufqu'aux îles de la mer du Sud : mais tous les peuples ne choififfent pas le même endroit du corps, & ne donnent pas la même forme à ces figures. Lok, capitaine Anglois, nous apprend que la peau des princes de Guinée reffemble a nos damas à fleur (1). Les Négreffes de la Gambie fe piquent fur-tout les bras, le col, la poitrine (2) ; & elles font fur leur dos, des gravûres très-profondes (3). Les hommes de l'île de Savu tracent leurs noms fur leurs bras en caracteres ineffaçables, & les femmes ont au-deffous du plis du coude, une figure quarrée qui contient des deffeins de fleurs (4). Les Otahitiens (5) montrent avec beaucoup d'oftentation & de plaifir les figures de *Tattow* qu'ils portent fur les feffes & fur le derriere des cuiffes. Enfin, les infulaires de la

---

(1) Prevoft, t. 1.
(2) Voyage de Cadamofto.
(3) Voyage de Jobfon.
(4) Voyage de Cook.
(5) Voyages de Cook, de Bougainville & de Wallis.

nouvelle Zélande se piquent indistinctement tout
le corps : ils commencent d'abord à se piquer
une joue & un œil ; les hommes perfec-
tionnent toutes les années cet ornement ,
& les vieillards, dit le capitaine Cook, sont
couverts de taches noires depuis la tête jusqu'aux
pieds. Les femmes ne se piquent ordinairement
que les levres.

De tous les peuples qu'on a découverts , il
paroît que les Zélandois se défigurent le plus :
outre les marques dont on vient de parler, ils
font sur leur corps des sillons d'environ une ligne de profondeur, & d'une largeur égale, &
qui ressemblent aux incisions qu'on voit quelquefois sur un jeune arbre ; les bords de ces sillons
sont dentelés, & presque tout le visage des
vieillards en est couvert, ce qui leur donne
un air effrayant. Ils les tracent avec beaucoup
de précision & d'élégance , & ceux d'un
côté correspondent exactement à ceux d'un
autre : enfin , leur imagination est si féconde , que de cent hommes qui semblent, au
premier coup d'œil, porter les mêmes figures,
on n'en trouve pas deux qui en aient de sem-
blables , lorsqu'on les examine de près (1).

_____

(1) Voyage de Cook.

Meſſieurs Banks & Solander ne purent ſavoir quelle méthode ils employent ; mais elle doit être extrêmement douloureuſe. — Quoique pacifiques entre eux, ils font aux îles voiſines des guerres implacables ; & comme ils manquent ſouvent de ſubſiſtance, la diſette les réduit à manger leurs ennemis. Il eſt important d'inſpirer du courage aux jeunes gens, & de porter au combat des figures capables d'effrayer : en effet, on n'imagine pas une phiſionomie plus mâle & plus guerriere, que celle qu'on trouve dans le Voyage de Cook.

Lorſque ces deſſins, qu'on gravoit ſur ſon corps par des piqûres, furent trop communs, on recourut au couteau & au fer chaud pour en avoir de plus beaux. La brûlure & les plaies dûrent eſtropier pluſieurs individus ; mais des accidens journaliers ne corrigent pas toujours les hommes, & il n'y a que l'autorité, qui, par force ou par adreſſe, puiſſe abolir de pareilles coutumes. Les femmes de la Côte d'Or & du Décan, ſuivant Tavernier, ſe font deux ou trois inciſions ſur le front, les yeux, les oreilles, la gorge & les bras ; & elles les enluminent de diverſes couleurs : elles rafraîchiſſent tous les matins ces peintures, & on les croiroit enveloppées d'une piece de damas à fleur. Les hommes gravent avec un fer chaud fur leurs jambes & leurs bras d'autres figures relevées par un vernis qui leur donne l'apparence d'un relief (1). Plufieurs peuples de la Guinée fe brûlent ainfi le vifage & les autres parties du corps (2) ; & on a parlé tout à l'heure des infulaires de Formofe.

Dans la pagode principale du royaume de Carnate , il y a toujours un fer rouge qui repréfente les trois premieres divinités du pays : en payant les prêtres , on fe fait appliquer ce fer chaud fur l'épaule , & alors on eft très-fier.

Le rafinement des Groënlandoifes eft trop fingulier pour ne pas le rappeller ; elles portent fur le vifage une broderie faite avec un fil noirci. On leur paffe ce fil entre cuir & chair fous le menton & le long des joues : quand il eft retiré de deffous l'épiderme, il y laiffe une marque noire qui reffemble à de la barbe. Les meres font cette pénible opération à leurs filles dès la plus tendre enfance, afin qu'elles ne manquent pas de maris (3).

---

(1) Rel. d'Artus.
(2) Voyage de Cintra.
(3) Rel. de M. Crantz.

Enfin, les Indiens de la province de Cumana commencerent par se mettre sur le corps de la glue, où ils plantoient des plumes, & ils finirent par s'enfoncer de longues aiguilles & des plumes dans les fesses.

CHAPITRE IV.

Manieres de se défigurer, relatives à la beauté & à la terreur.

E n parlant des idées diverses des peuples sur la beauté, on a parcouru les différentes parties du corps; mais on a rejetté dans ce chapitre, les difformités monstrueuses.

L'homme se défigure de bien des manieres, & il a pour cela toute sorte de raisons. On voudroit distinguer celles qui sont relatives à la beauté, à la terreur & à la continence; mais comme on ne peut former que des conjectures, il est difficile de marquer exactement la ligne de division.

Il n'est pas besoin de répéter les principes établis plus haut sur la beauté; ils sont simples & vrais, & il est aisé d'en faire l'application. On ne rappellera que cette observation qu'il est important de ne pas perdre de vue : quelque foit l'origine d'une difformité, elle devient une beauté, dès qu'elle eft établie par un long ufage. La plûpart des Voyageurs croient qu'originairement elles font toutes relatives à la beauté, & leur erreur a fort embrouillé cette matiere.

Ce chapitre ne contiendra que des dépravations exceffives. L'homme ne fait pas s'arrêter; & dès qu'il commence à changer la forme d'une partie de fa tête, il continue, & il a bientôt tout changé.

Lorfqu'on découvrit l'Amérique, on fut frappé d'un fpectacle dont la bifarrerie infpiroit l'étonnement. On ne trouva pas un peuple qui ne changeât, par artifice, la forme des lévres, la conque de l'oreille, ou le contour de la tête. Voici quelle en étoit la caufe.

Ils menoient tous une vie fauvage & guerriere, fort dure; & ils chercherent des expédiens, pour s'endurcir le crâne, s'exercer à la douleur, & fe donner la figure la plus capable d'épouvanter leurs ennemis : comme ils étoient foibles & impuiffans, ils aimoient peu les femmes; celles-ci qui ne négligeoient rien pour leur plaire, épuiferent bientôt les ornemens qui étoient en leur pouvoir; elles changerent alors la forme de leur corps, & quand les hommes furent rassasiés, elles recommencerent à se défigurer, afin de ranimer leur goût. Je crois que les difformités des femmes sont plus relatives à la beauté, & celle des hommes plus relatives à la terreur.

La nature avoit maltraité les Américains, & sans doute ils essayerent à bonne heure de la corriger. Si le beau n'est que l'utile qui se présente d'une maniere éclatante, ils trouverent des avantages à se défigurer la tête ; & quand l'utilité eut donné du goût pour une telle forme, on regarda comme laid, par la suite, tout ce qui ne lui ressembloit pas. Il n'est pas question de savoir s'ils se trompoient sur ces avantages, mais de deviner ce qui frappa leurs esprits. Des expériences très-simples leur apprirent, que l'habitude de souffrir endurcit le corps, & que le crâne est plus difficile à briser, si on le contourne d'une certaine maniere. On s'apperçut qu'une figure sans front ou couverte de poil, fait une impression de terreur sur les organes de ceux qui la voyent, & il étoit important de se donner un air redoutable (1). On imagina donc d'applatir, arondir,

_____

(1) On voit dans les figures rassemblées par de Bry,

allonger ou raccourcir le crâne ou le front ; après avoir adopté ce premier principe, les peuples varierent, fuivant les circonftances, fur la forme & les moyens qu'ils employoient.

Toutes ces formes changeoient fouvent ; on fe familiarifoit avec la difformité, qui épouvantoit quand elle étoit nouvelle ; bientôt celle-là n'infpiroit plus la frayeur, & il falloit en inventer une autre, qui ne jouiffoit pas long-tems de ce trifte avantage. Dès qu'on eut fait le premier pas, la folie ne devoit plus avoir de terme.

Tête. Chez les *Têtes de Boule*, fauvages du Canada, les meres arrondiffoient au berceau les têtes de leurs enfans (1). Plufieurs nations de l'Amérique feptentrionale furent appellés *Têtes plates*, parce qu'elles avoient le front très-applati, & le haut de la tête un peu allongé. Dès qu'un enfant venoit au monde, on lui appliquoit fur le front & fur le derriere de la tête, deux maffes d'argile ou de quelque autre matiere pefante, qu'on ferroit peu-à peu, jufqu'à ce que le crâne eut pris la forme qu'on vouloit lui donner : cette opéra-

_____

que les fauvages ne négligent rien pour fe rendre la figure plus affreufe, & qu'ils la furchargent de tout ce qui peut imprimer de la terreur.

(1) Prevôt, t. 15.

tion caufoit une douleur fi vive, que les enfans rendoient par les narines une matiere épaiffe & blanchâtre (1). Dans la province de Cumana, on leur ferroit la tête entre deux oreillers de coton, pour élargir le vifage, & le rendre quarré (2). Ailleurs ils avoient une tête pyramidale, qui portoit au-deffus du front une pointe femblable à celle d'une licorne. Les Omaguas, peuples des environs du Maragnon, la ferrent fortement avec des planches, afin de l'applatir fur le front, fur l'occiput & fur les tempes (3). M. de la Condamine dit qu'ils prétendent par-là reffembler à la pleine Lune ; mais ils avoient probablement d'autres motifs, lorfqu'ils commencerent à fe défigurer ainfi. Les femmes de Saint Domingue la ferroient entre leurs mains, ou avec deux petits ais; elles replioient le crâne & le rendoient fi dur, que les Efpagnols cafferent quelquefois leurs fabres en le frappant (4). Pour que les enfans des Caraibes euffent un front avancé, on le comprimoit avec une planche liée par derriere, &

---

(1) Lafiteau.
(2) Herrera.
(3) Voyage de M. de la Condamine.
(4) Hift. de Saint Domingue.

qu'ils portoient long-tems : il étoit si applati, que sans hausser la tête, ils voyoient presque perpendiculairement au-dessus d'eux (1).

Toutes ces opérations tuoient beaucoup d'enfans ; d'autres devenoient imbécilles ou fous (2). Mais on ne s'apperçoit presque pas de l'imbécillité & de la folie chez des sauvages, & d'ailleurs ces inconvéniens particuliers ne balançoient pas l'utilité générale qu'on croyoit y entrevoir.

Front. Les Négres de la riviere de Volto se brûlent le front. — On emploie le feu pour guérir la rage ; & ces Africains, dont le sang est plus chaud que le nôtre, veulent peut-être arrêter des transports au cerveau, ou une maladie endémique, ou bien ils adoptent cet expédient, afin de les prévenir. Si on parloit de l'inoculation à un peuple qui ne connoît pas la petite vérole ; si on lui disoit que les Orientaux & les Européens se font une ouverture dans la chair, qu'ils y inferent un venin qui se développe par la fermentation, met le malade au lit, lui donne

---

(1) Voyage de Labat.

(2) Les anciennes Relations disent que tous les Indiens à tête plate ou pointue étoient réellement imbécilles. Rech. phil. sur les Américains, t. 1.

de

de la fiévre, cause une éruption hideuse de pustules, & que souvent il en meurt; que penseroit-il de cette coutume, & ne lui paroîtroitelle pas extravagante? Voilà de quelle maniere nous jugeons les usages des autres contrées.

Les habitans du royaume d'Arrakan aiment un front large & plat : on comprime celui des enfans avec une plaque de plomb, & on ne l'ôte que lorsqu'il est devenu tel qu'on le souhaite (1). Des sauvages de l'Amérique, qui avoient à-peu-près les mêmes idées, s'arrachoient les cheveux sur le haut de la tête, afin de s'élargir le front. Les Mexicaines & diverses peuplades, au contraire, vouloient qu'il fût petit ; & par des onctions continuelles, elles faisoient croître leurs cheveux jusques sur les tempes (2).

Nez.

Les Macassarois applatissent & écrasent le nez de leurs enfans : aussi tôt qu'ils voyent le jour, on les couche nuds dans de petits paniers ; les nourrices, à toutes les heures, le pressent doucement de la main gauche, & elles le frottent avec de l'huile ou de l'eau tiede (3). Les

---

(1) Hist. de Macassar.
(2) Rel. de Sheldon & d'Ovington.
(3) Gomara.

Tome II.   P

Hottentots naiſſent auſſi avec un nez de la forme des nôtres; mais les meres le compriment avec le pouce (1).

Des auteurs aſſurent que ce ſont les Négreſſes qui donnent à celui de leurs enfans cette forme plate & écraſée, & même on a dit que la plupart auroient le nez comme nous, s'il ne s'applatiſſoit en heurtant le dos de leur mere (2). — Ces aſſertions ſont démenties par l'expérience. Il eſt ſûr que pluſieurs Négreſſes écraſent le nez de leurs enfans; les autres cependant ne le touchent point : mais ſi originairement les femmes d'un canton avoient pris cette habitude, la nature auroit dans la ſuite travaillé d'elle-même ſur un moule ainſi conformé; car l'homme eſt ſouvent le maître de diriger ſes opérations.

Il ſemble qu'un nez aquilin ſur le viſage noir & quarré d'un Negre ne produiroit pas un bel effet, même par rapport à nous : il faut avouer qu'un nez applati convient au reſte de ſa phiſionomie, & la diverſité des goûts ſur le

----

(1) Rel. de Kolben.

(2) Voyage de Moore. Pour entendre ceci, il faut remarquer que, dès le moment de leur naiſſance, les Negres ſont portés ſur le dos de leur mere.

nez en Afrique & en Europe paroît fort naturelle.

Quelques Zélandois portent dans le cartilage qui fépare les narines, une plume qui s'avance en faillie de chaque côté fur les joues (1). Les habitans de la nouvelle Hollande y plantent un *os auffi gros que le doigt*, & qui a cinq ou fix pouces de long (2) ; & les infulaires de Garret-denis, aux environs de la nouvelle Guinée, une cheville de la *groffeur du doigt*, longue de quatre pouces, & dont les deux bouts touchent à l'os des joues (3). — On ne peut douter que cette maniere de fe défigurer ne foit relative à la terreur.

Les Arabes pendent à leurs narines, des anneaux qui font affez grands pour enfermer toute la bouche, & c'eft une galanterie de les baifer (4). Les femmes du golfe Perfique paffent en outre une épingle à travers de la peau du nez (5), près des yeux.

---

(1) Voyage de Cook.

(2) *Ibid.*

(3) Voyage de Dampierre.

(4) Recueil des Voyages de la Comp. Holl. t. 5.

(5) Voyage fait par ordre du Roi en Paleftine, par M. D. L. R.

Comme le nez eſt la partie la plus ſaillante du viſage, on ne pouvoit manquer de l'embellir avec le fer chaud. Les Negres de Sierra-Leona y gravent, en effet, de petites figures (1).

Joues. Les Jaos, peuples de l'Orenoque, ſe burinent les deux joues avec une dent d'animal, & avant qu'ils püiſſent jouir de cette gravure, leur viſage eſt long-tems couvert de plaies (2). Les Soegtſies les fendent avec plus d'adreſſe; après avoir guéri la bleſſure, ils viennent à bout d'y placer des arrêtes de poiſſon (3). Les Jaggas employent le fer chaud, & ils y tracent des ſillons aſſez ſemblables à ceux des Zélandois (4); & on a dit plus haut de quelle maniere les Huns empêchoient la barbe de croître.

Langue. Diodore (5) raconte gravement que les inſulaires de la Taprobane » avoient la langue fendue dans ſa longueur, & qu'elle paroiſſoit double juſqu'à la racine; que non ſeulement ils prononçoient tous les mots & toutes les

---

(1) Deſcription de la Guinée par Barbot.
(2) Voyage de Keyenis.
(3) Hiſt. générale de l'Abbé Lambert, t. 1.
(4) Purchaſſ, t. 5.
(5) Diod. de Sic. l. 2. ch. 31.

syllabes qui peuvent être en usage dans toutes les langues du monde, mais encore qu'ils imitoient le chant ou le cri de tous les oiseaux & de tous les animaux ; en un mot, tous les sons imaginables ; que le même homme entretenoit deux personnes à la fois, par le moyen de ses deux langues, & leur répondoit en même tems sur des matieres très-différentes, sans se confondre. «

— On a peine à croire qu'un homme de sens débite de pareilles fables ; mais on a déjà remarqué que les anciens, frappés de la puissance infinie de la nature, & de l'extravagance des hommes, croyoient les faits les moins vraisemblables. On ne doit pas conclure du récit de Diodore, que les insulaires de la Taprobane se faisoient à la langue quelque incision : cette partie du corps est trop délicate ; & comme elle est toujours cachée, la folie ne peut aller jusques-là.

On assure que les habitans de la nouvelle Hollande s'arrachent les deux dents de devant ; car on ne les voit ni dans la bouche des jeunes gens, ni dans celle des vieillards (1). Les femmes des Giagues s'en arrachent, dit-on, quatre, deux en haut & deux en bas, pour mériter d'être

Dents.

_____

(1) Voyage de Dampierre.

P iij

admifes dans la fociété de leurs maris ; & on ne
veut ni boire ni manger avec celles qui n'ont
pas le courage de fubir l'opération. — Cet
ufage feroit auffi croyable que beaucoup d'autres ; mais Battel & les Voyageurs qui parlent
de ce peuple , ont rempli leurs relations
de menfonges. S'ils ne prennent pas des faits
particuliers pour une coutume générale, la raifon qu'ils en donnent fuffit pour l'expliquer. Il
peut y avoir d'ailleurs une forme de levre fi
groffe, qu'elle dérange la prononciation ; & il
ne feroit pas étonnant que pour diminuer cette
groffeur , & faire baiffer la levre , on recourût à
cet expédient.

Enfin , les feigneurs du Macaffar s'arrachent les
dents, pour en porter d'or, d'argent ou de tombac.

Comme de toutes les parties du corps, l'o-
reille eft la plus facile à percer, on commença
fans doute par y fufpendre des anneaux : mais
le défir de varier fa parure eft pour l'homme un
véritable befoin. Dans les grandes fociétés , il
change la forme des vêtemens , les diamans &
les colifichets ; les fauvages n'ont pas cette
reffource , & fouvent ils font obligés de fe
mutiler ou de fe faire des incifions , pour
inventer des parures nouvelles ; les uns fe
percent les joues ou le nez , comme on

vient de le voir , & d'autres les levres. Les Levres.
femmes des Ethyopiens fauvages y portoient
ordinairement un anneau de cuivre (1). Il y
avoit dans l'île de Cayenne une nation entiere
qui fe faifoit un trou fort large à celle d'en
bas , pour y placer un morceau de bois ou de
criftal (2). Les Petivares & d'autres Indiens
du Bréfil enchâffoient les leurs de petites pierres
vertes , & ils méprifoient tous les peuples qui
n'ont pas cet ornement (3). Les Omaguas (4) y plantoient une foule de plumes
de toute couleur. Enfin , les Negres de Rio
Gabon fe percent auffi la levre inférieure ,
afin d'avoir , dit-on , le plaifir d'y paffer la
langue (5). Les habitans de Kanagyft , île
près du Kamtchatka , y inferent des os de bête
& des oifeaux ; & les femmes Arabes les piquent avec de la poudre à canon & du fiel de
bœuf, pour les rendre livides.

Les Mexicains fe perçoient le menton ; ils y Menton.
creufoient même d'affez grandes ouvertures, où

---

(1) Diod. de Sic. liv. 3. chap. 5.
(2) Rel. de Froger.
(3) Voyage de Léry & de Knivet.
(4) Voyage de M. de la Condamine.
(5) Bofman.

ils enchâſſoient des pierreries, de l'or ou des offemens (1).

Col.   Les Indiennes de quelques provinces de l'Amérique, racourciſſoient la nuque du col de leurs enfans, en la comprimant vers les épaules; & on la lioit en outre dans le berceau, d'une maniere qui l'empêchoit de croître. Gomara dit qu'on attachoit alors de la grace à cette difformité : mais il ne nous apprend point ſi la beauté eſt le principe de cet uſage.

Mammel-les.   Pluſieurs Negreſſes, & en particulier les femmes des Azanaghis aux environs de la côte d'Arguim, ſerrent, dès l'âge de ſeize ou dix-ſept ans, leurs mammelles avec des cordes pour les allonger : leur gorge deſcend quelquefois juſqu'aux genoux. — Ces femmes portent continuellement des enfans ſur le dos; & comme la nature leur a donné un ſein fort long, les meres ont imaginé de l'allonger, pour que les enfans tettent par deſſus l'épaule, ſans qu'elles ceſſent de marcher.

Parties naturelles.   Les Hottentots coupent un teſticule aux enfans mâles. Voyez le chapitre VII des Mutilations.

Pieds.   Les femmes Caraïbes ont des brodequins, qui

---

(1) Gomara.

ne s'ôtent jamais ; elles les ferrent très-fortement, pour amincir le bas de la jambe, & faire groffir le mollet (1).

Les filles de Lima portent, dès l'enfance, des fouliers fi étroits, que les pieds de la plupart des femmes n'ont que cinq ou fix pouces de longueur (2). On ne fait point à quelle époque cet ufage a commencé, ou fi les Péruviens l'ont adopté par le même motif que les Chinois. Il paroît qu'à la Chine, c'eft une invention de la politique & de la jaloufie, pour tenir les femmes dans un étroit efclavage (3). Il a fallu employer des moyens très-violens ; M. Ofbek dit qu'on met leurs pieds dans des fouliers de fer, d'autres prétendent qu'on les ferre avec des lames de plomb, & il y a même des relations qui affurent qu'on leur caffe les os du métatarfe, afin de replier les doigts fous la plante, & qu'on empêche la carie des os rompus par des liqueurs cauftiques (4).

---

(1) Nouveau Voyage aux Ifles, t. 1.
(2) Ulloa. Rel. de la mer du Sud de Freizier.
(3) Chine du P. Duhalde. Mém. du P. Le Comte.
(4) Rech. phil. fur les Egypt. & les Chinois.

CHAPITRE V.

Manieres de se défigurer, relatives à l'amour & à la continence.

CE chapitre renferme des difformités, dont il n'eſt pas aiſé de parler, mais on tâchera d'être décent.

Dans pluſieurs contrées de l'Amérique, les femmes enfloient les parties naturelles des hommes : elles y appliquoient des inſectes venimeux & cauſtiques, qui occaſionnent par leur piqûre, une extumeſcence conſidérable & preſque monſtrueuſe. Améric Veſpuce nous apprend ce fait, dont il a été le témoin (1). — Les hommes ſans vigueur, étoient d'ailleurs adonnés aux plaiſirs contre nature : & les Américaines imaginerent ce raffinement, par libertinage & par jalouſie.

_____

(1) *Mulieres eorum faciunt intumeſcere maritorum inguina in tantam craſſitudinem, ut deformia videantur & turpia : & hoc quodam eorum artificio, & mordicatione quorumdam animalium venenoſorum ; & hujus rei causâ, multi eorum amittunt inguina, quæ illis ob defectum curæ flaceſcunt, & multi eorum reſtant eunuchi.* Rel. d'Améric Veſpuce. Voyez auſſi les Rech. phil. ſur les Américains.

Le befoin, qui rapproche les deux fexes, eft
fans ceffe renaiffant ; cette paffion qui s'empare
de toutes les facultés, prend mille formes diverfes, & invente chaque jour de nouvelles com-
binaifons: la lubricité, la jaloufie, la crainte de
s'énerver, la pudeur, &c. ont dû changer la nature, de toutes les manieres, & produire une
foule d'ufages finguliers.

Les infulaires de la mer du Sud fe fendent
le prépuce, pour l'empêcher de couvrir le
gland ; les habitans de la nouvelle Zélande le
ramenent au contraire fur le gland, & afin
qu'il ne fe retire pas, ils en nouent l'extrémité avec un cordon à leur ceinture (1).
— On peut rendre raifon de cette contra-
riété, qui embarraffe les Voyageurs Anglois.
Les voluptueux infulaires de la mer du Sud
menent une vie diffolue, & par débauche,
ils empêchent le prépuce de couvrir le gland.
Les Zélandois au contraire, ont beaucoup de
pudeur ; & ils cachent les fymptómes lafcifs
qu'excite en eux la vue d'une femme. Il eft
important que les plaifirs de l'amour n'évervent
pas des peuples toujours en guerre ; & c'eft
une efpèce d'infibulation connue des fauvages

---

(1) Voyage de Cook.

de l'Amérique, comme on va le voir tout-à-l'heure.

»Une reine du Pegu, pour arrêter la pédéraftie, ordonna par une loi expreffe, qu'auffitôt que les mâles feroient parvenus à un certain âge, on inféreroit de chaque côté des parties naturelles, une balle ou clochette entre la peau & la chair, à la faveur d'une incifion qui fe guérit dans fept ou huit jours. On varie fur la groffeur de ces balles ou clochettes; les uns les font groffes comme des noifettes, les autres comme des noix. Linfchot dit qu'elles font comme des glands, & Fitch qu'il y en a d'auffi groffes que des œufs de poule, & que les moindres font comme des petites noix. Elles font rondes & de divers métaux, d'or, d'argent, de cuivre ou de plomb, fuivant la qualité de celui qui les porte. Les plus riches font pour le roi & pour les grands; car il paroît que tout le monde eft obligé d'obéir à la loi, & que l'opération eft auffi douloureufe que la circoncifion (1). « — Si cet ufage exifte réellement, il porte avec lui fon explication. Le rapport des Voyageurs n'eft pas clair; ils femblent dire que la reine

----

(1) Linfchot. Fitch. Prevôt. L'obfcurité des Voyageurs fait douter de ce fait.

ordonna de faire aux hommes une opération qui
empêchoit l'approche d'un mâle, fans empêcher
l'approche d'une femelle, & l'on n'en conçoit
guères la poffibilité : mais on ne feroit pas fur-
pris que tout un peuple obéît à une pareille ordonnance, & qu'elle lui parût un bien.

Les infulaires de Capul obfervent à-peu-près
la même coutume; & ce qu'il y a d'étonnant,
on affura Candish qu'elle a la même origine.
» Ils paffent, dit-il, un clou d'étaim dans le
gland de chaque enfant mâle. La pointe du
clou eft fendue & rivée, & la tête reffemble à
une petite couronne ; la bleffure que fait ce
clou, fe guérit fans beaucoup de peine. Ils le
retirent ou le remettent à leur gré. Les gens
de l'équipage tirerent un de ces cloux de fa
place, & le remirent à un petit garçon de dix
ans, fils du prince, qui étoit à notre bord (1). «
— Il eft aifé d'imaginer avec quelle fureur des fauvages, & fur-tout ceux des pays chauds, fe livrent à la volupté ; & parce qu'ils n'ont jamais
réfifté à une tentation, ils fuccombent jufqu'à
ce qu'ils foient dans un entier épuifement. On
en a découvert plufieurs qui étoient abfolument
fans vigueur & fans courage, & l'on peut attri-

_____

(1) Rel. de Candish , & Voyage d'Olivier de Noort.

buer cette foiblesse à l'usage immodéré des plaisirs. Cependant la force du corps est alors le
premier des avantages, & il faut veiller aux
moyens de se défendre contre ses ennemis. La
vie languissante & énervée, que traînent ces
malheureux, doit paroître insupportable ; la
mort en détruit un grand nombre dans la jeu-
nesse, & il est naturel de recourir à des
moyens violens, pour ne pas mourir si-tôt.
Ils imaginent d'infibuler un organe qui leur cause
tant de maux, & cette idée modifiée de diverses manieres, a frappé les sauvages de presque
tous les pays. On observe que ceux de l'Amérique méridionale suivoient cette pratique inconnue aux Indiens du nord de l'Amérique, qui
étoient plus froids en amour, & auxquels la
chaleur du climat ne donnoit pas des désirs si
vifs (1).

---

(1) On a dit par-tout que les Américains étoient foibles ; qu'ils avoient peu de goût pour les femmes ; & il
n'y a pas de contradiction. Il suffisoit que les Américains
eussent des désirs au-delà de leurs forces, & malheureuse-
ment ils se plaignoient en cela de la nature, comme
beaucoup d'autres peuples.

De toutes les infibulations qu'on auroit pu recueillir
dans les historiens & les voyageurs ; on ne rapportera que
les principales.

Plusieurs sauvages du nouveau monde, & les Brésiliens en particulier, tiroient le prépuce d'environ un pouce au-delà de la pointe du gland, & ils le lioient avec une partie du conduit ; ce qui arrêtoit la force du muscle érecteur (1). Les habitans de la nouvelle Zélande s'infibulent de la même maniere (2), malgré la distance des lieux, comme on vient de le voir. Les Indiens de Cumana n'employoient qu'un étui de jonc fort étroit ; & ceux de l'isthme Darien (3) faisoient entrer leur membre avec force, dans un entonnoir d'or, d'argent ou de bois, qu'ils relevoient ensuite pour le serrer fortement contre leurs reins. — Le climat du nouveau monde n'étoit pas très-chaud ; les Américains éprouvoient des transports moins fougueux que les insulaires de Capul ; & leur infibulation étoit moins dure.

L'infibulation s'introduit dans les sociétés policées ; car les anciens infibuloient les jeunes gens qu'on envoyoit aux écoles publiques. On

_____

(1) *Viri membri sui fistulam in se contrahunt & involvunt Taeniolâ quâdam ; vocantque id quod ligant membrum Tacoynhaa ; religant autem quando opus est.* Margrave, Hist. nat. Bresiliæ.

(2) Linschot.

(3) Margrave & Waffer.

reconnut bientôt qu'ils fe provoquent au plaî-
fir, fans en fentir le befoin ; que les promeffes, les réfolutions & la vigilance des maîtres, font des remedes impuiffans ; & les Romains, qui facrifioient tout à la profpérité de
l'état, & qui vouloient avoir des citoyens
robuftes, leur mettoient dans le prépuce,
un anneau d'or ou d'argent, tellement rejoint
par les extrémités, qu'on ne pouvoit l'ouvrir
qu'avec une lime: ce qu'on appelloit *refibulare*,
défibuler. Avant de placer cette boucle, on perçoit les bords du prépuce, & on y paffoit un
fil pendant quelques jours, afin qu'il s'y formât
une cicatrice, & que la peau ne fut pas dans
la fuite déchirée par l'anneau (1). Lorfque
cette infibulation n'arrêtoit pas les mouvemens
naturels ou forcés de la chair, on faifoit entrer
la verge & les tefticules dans un tuyau que les
jeunes gens ne pouvoient brifer (2).

Les entrepreneurs des fpectacles profiterent
de cette découverte: ils infibulerent les comé-

_____

(1) Cornel. Celf. l. 7. ch 23. Rech. phil. fur les Américains, t. 2.

(2) Les fcholiaftes, tels que Farnabe & Ferrarius, ne
font pas d'accord, en expliquant un paffage de Martial,
qui fait mention de cet étui; mais il eft fûr qu'on s'en
fervoit pour infibuler les mâles.

diens

diens & les chanteurs, pour conferver leur voix: ces malheureux hiftrions s'étoient vendu, & on les obligeoit à fubir l'opération. Parmi les antiques du Cabinet Romain, on voit encore deux petites ftatues de bronze, qui repréfentent des comédiens infibulés (1). Cette premiere idée, mieux développée, conduifit à la caftration dans la fuite.

Des moines s'infibulerent pour accomplir des vœux de chafteté. Les cailloires ou derviches Grecs fe bouclent le prépuce avec un cercle de fer de fix pouces de circonférence.

On prit contre les jeunes filles les mêmes précautions; mais comme l'infibulation, dont on vient de parler, ne pouvoit avoir lieu, on inventa celle-ci qui eft plus douloureufe & plus cruelle. En Ethiopie, dès qu'elles font nées, on réunit le bord de leurs parties fexuelles; on les coud enfemble avec un cordon de foie, & on n'y laiffe qu'une très-petite ouverture, pour les écoulemens. Les chairs, ainfi rejointes, finiffent par adhérer l'une à l'autre; & vers la feconde année, il ne refte plus qu'une cicatrice difforme. Quelque tems avant

---

(1) *Monumenti antichi Inediti*, tab. 188. de M. l'Abbé Winkelman.

les noces, on détruit la couture par une incifion (1). Cet ufage abominable eft auffi répandu au Pégu : Linfchot vit une femme ainfi
fermée, & il parla au Chirurgien qui avoit fait
l'opération.

On n'a pas le courage de fuivre les infibulations diverfes qu'inventa la jaloufie. On a déjà
dit (2), en parlant de celle que pratiquent les
Italiens, avec combien d'infolence & de brutalité on s'eft joué des femmes ; on finira par
ce dernier trait. En plufieurs contrées de l'Afie
& de l'Afrique, on bride les nimphes oppofées
avec un anneau qu'on ne peut déplacer qu'en le
limant ou en le coupant de force : on unit par
une foudure, les deux branches de la boucle,
après qu'elle a été enfoncée dans les chairs : on
applique un fer rouge, & on y fond de l'étaim
ou du plomb. D'autrefois on applique un cercle de métal, où il y a une ferrure, dont la
clef eft entre les mains du mari ; & cet inftrument lui tient lieu de ferrail & d'eunuques.

_____

(1) Rech. phil. fur les Américains, t. 2.
(2) Voyez le livre des Femmes.

CHAPITRE VI.

Mutilations. Circoncision.

L'HOMME ne fuit pas toujours la douleur, & l'on a peine à croire quel eft fon courage, lorfqu'il eft agité par une paffion violente. Il a dans fa conftitution, un caractere de bifarrerie qui fe développe & produit des effets finguliers : il recherche quelquefois la douleur pour goûter le plaifir d'être délivré de fes atteintes; & Cardan convient qu'il l'a fait fouvent (1).

Les mendians de l'Inde s'eftropient ; ils ont la bouche & le nez de travers ; l'épine du dos rompue. Ils manquent d'une jambe ou d'un bras ; ils font borgnes ou aveugles ; plufieurs fe crevent les yeux, ou fe défigurent d'une autre maniere (2).

Quoique les mutilations paroiffent fi contraires

---

(1) *Fuit mihi mos ut caufas doloris, fi non haberem quærerem, unde plerumque caufis morbiferis obviam ibam, quod arbitrarer voluptatem, confiftere in præcedenti dolore fedato.* Cardanus, de Vitâ fuâ. *In maximis Animi doloribus, crura verberabam virgâ, finiftrum brachium mordebam: acriter jejunabam.* Ibid.

(2) Prevoft, t. 6.

à la nature de l'homme, elles ne tardent pas à s'introduire dans les sociétés. Pour mettre le dévouement d'une personne à l'épreuve, on exige le sacrifice de quelque partie du corps. Un sauvage n'a pas autant de moyens de prouver son affection, que l'habitant d'un pays civilisé; & s'il veut donner des marques d'une douleur profonde à la mort d'un parent ou d'un ami, la mutilation lui paroît un moyen infaillible, & le seul qui soit en son pouvoir. Qu'un fils parmi nous, enterre sa mere, il montre par ses abstinences, combien il est affligé; il renonce à la société, aux spectacles, aux plaisirs, & il vit dans la mortification & la retraite; mais cet état est celui des sauvages & des peuples à demi barbares, & il faut qu'un tems de deuil ne ressemble pas au reste de la vie.

La superstition recoure toujours aux épreuves qui coutent le plus, & dès qu'on parle à l'homme au nom des dieux, il fait tout ce qu'on lui demande. Sa résignation est parfaite, s'il imagine qu'un tel sacrifice leur est agréable. Les supplices, les mutilations & la mort, ne l'effrayent point, & l'on connoît les suites de cette soumission.

On n'est plus en état de juger cette partie de l'histoire de l'homme, qui traite des mutilations;

le luxe & la mollesse nous ont énervés, nous sommes pusillanimes & foibles. On est porté à révoquer en doute les faits les mieux attestés, & s'ils contrarient d'ailleurs nos idées, on est incapable d'en sentir les raisons. Enfin, les mutilations nous épouvantent, parce que nous avons pour la douleur une extrême aversion, & que nous craignons la difformité.

L'usage de se couper un article des doigts à la mort de son mari, de son épouse ou d'un parent, fut très-répandu en Amérique. On a trouvé chez les Tcharos du Paraguay, & les Guaranos, des hommes & des femmes, qui, au lieu de dix doigts, n'en avoient plus que cinq ou six entiers (1). Plusieurs hordes de la Californie se retranchent encore quelques phalanges des doigts, dans de pareilles occasions : les Hottentots mariés se coupoient jadis le bout des doigts, à la mort de l'un des deux époux ; & l'on voyoit, à l'inspection de leurs mains, s'ils étoient veufs, & combien de fois ils l'avoient été (2).

Plusieurs Indiens de l'île d'Amsterdam n'ont

---

(1) Voyez les Relations de Sepp, & les Lettres du P. Cataneo à son frere.

(2) Kolben.

pas de petit doigt, & il eſt probable qu'ils le coupent dans les tems de deuil (1).

L'homme ſe mutile ailleurs par amour & par reconnoiſſance, & l'on cite pluſieurs peuples, qui ſe brûlent en différens endroits du corps, pour plaire à leurs maîtreſſes.

On paſſera rapidement ſur les mutilations que produiſent le fanatiſme & la ſuperſtition ; cette partie de l'hiſtoire de l'homme eſt trop dégoûtante & trop honteuſe. Les inſulaires de Socotora font tous les ans une proceſſion en l'honneur de la Lune, & on coupe les doigts à celui qui veut porter la banniere (2). Après cette opération, il eſt regardé comme un martyr, & on lui accorde différens priviléges. Les dieux qu'adorerent les Syriens exigeoient toute forte de mutilations. Les dévôts dans les fêtes, prenoient des charbons ardens, ils ſe brûloient le col & le poignet ; & ils ſe déchiroient le corps avec des couteaux (3). On dit que les Indiens de la caſte des laboureurs font obligés de couper deux doigts de leur main, & de les préſenter à l'idole, lorſqu'ils ſe percent les oreilles ou

(1) Second Voyage de Cook.
(2) La Croix, Tenſel, *Vit. Xaver.*
(3) Lucien.

qu'ils se marient (1). Enfin les sectateurs du dieu Vistnou dans le Carnate, se font une plaie à la cuisse ou au côté.

La castration n'a pas eu par-tout la même ori- Castration. gine. Outre la superstition & la jalousie, il y a une troisieme cause très-naturelle. On a trouvé des eunuques chez des insulaires qui n'étoient point jaloux, & dont les superstitions n'avoient pas encore pris le caractere de l'atrocité. La stérilité du pays mene souvent à cette cruauté; & pour prévenir la population, ils mutilent leurs enfans. On emploie quelquefois des moyens violens contre la multiplication des hommes : on a dit ailleurs, qu'à Formose, des prêtresses fouloient le ventre des femmes qui devenoient grosses avant l'âge de trente-six ans ; & comme les Zélandois ont peine à pourvoir à leur subsistance, & que dans la disette ils mangent leurs ennemis, il ne seroit pas étonnant qu'ils fissent des eunuques. M. M. Banks & Solander ne nous apprennent rien là-dessus ; & il seroit à désirer que les navigateurs essayassent de nous procurer en ce point quelques lumieres (2).

---

(1) Hist. gén. de l'Abbé Lambert, t. 8.

(2) Il faut remarquer que les Zélandois, toujours en

D'autres fauvages mutilent les enfans mal conformés & les hommes eftropiés par accident, afin qu'ils ne procréent pas des hommes qui leur reffemblent (1). Diodore de Sicile reproche cet ufage aux Troglodites ; & on a vu des malheureux mutiler leurs fils , pour éteindre leur poftérité.

Il paroît que la jaloufie fit des eunuques en Orient de très bonne heure ; & fi l'on en croit M. Morin , cette belle découverte fe répandit avec une rapidité qu'on ne peut imaginer. On reconnut bientôt que l'amputation donne un caractere fervile , & qu'ils s'affujettiffent , d'une maniere admirable , aux volontés de leur maître : chacun voulut s'en procurer. Les peres , les maîtres & les fouverains , mutilerent leurs enfans, leurs efclaves & leurs fujets ; & chaque maifon avoit fon eunuque. Celles des princes & des grands feigneurs en étoient remplies , & ils n'avoient pas d'autres officiers. M. Morin ajoute même que le monde entier qui dans les commencemens , ne connoiffoit que deux fexes,

---

guerre contre leurs voifins, doivent d'ailleurs encourager la population.

(1) Hift. crit. du Célibat , t. 3. Mém. de l'Acad. des Infcript.

fut étonné de se trouver insensiblement partagé en trois portions égales (1).

Cette fureur devint, par la suite, une maladie épidémique. Il falloit être eunuque, pour obtenir jadis le moindre mandarinat à la Chine : ces viles créatures gouvernoient alors l'empire, & rien n'égala jamais leur férocité. Au dixieme siecle, on parvint à les chasser des tribunaux : ils y rentrerent. Deux cents ans après, on les chassa encore : il semble, dit M. de Montesquieu, que c'est un mal nécessaire ; & ils y rentrerent une seconde fois : leur autorité s'affermit, & leur nombre augmenta de jour en jour. Les pauvres & les riches *émasculoient* également leurs enfans, pour qu'ils parvinssent plutôt aux charges. Quand les Tartares Mantcheoux conquirent la Chine, il y avoit douze mille eunuques à la cour de l'empereur ; ils les chasserent ignominieusement ; mais on a prédit qu'ils s'empareront de l'empire, dès que la dynastie Tartare actuellement régnante sera corrompue (2). Tavernier dépose qu'en 1657, pendant qu'il étoit

---

(1) On ignore sur quels monumens M. Morin appuye son assertion ; mais tout ce qu'il dit est assez probable.

(2) Voyez les Rech. phil. sur les Chinois.

au royaume de Golconde, on en fit vingt-deux
mille. — Les eunuques font fans énergie & fans
courage, ils conviennent à un maître defpote,
& la politique des empereurs doit encourager
la mutilation. Outre ce puiffant motif, le prince
profite de leurs exactions, & il hérite de leurs
richeffes.

Les eunuques exercent tous les emplois civils
& militaires au Tonquin, & ce qu'on aura peine
à croire, on voit des feigneurs ambitieux fe
mutiler, quoiqu'ils ayent une *femme* & des enfans (1). — Comment fupporter l'idée d'une
pareille nation ; & qui pourroit compter les in-
juftices d'un gouverneur de province, qui achete
à ce prix le droit de tyrannifer ?

Un ufage auffi univerfel a produit à la Chine
& au Tonquin des préjugés qu'on ne déracine-
ra plus : on y regarderoit en pitié les décla-
mateurs Européens, qui s'échauffent fi mal-à-
propos ; & voilà ce que devient l'humanité fous
le joug de la tyrannie.

On obferve ici une gradation bien conforme
à ce qu'on a déjà dit plus haut. On fe contenta
d'abord d'ôter les tefticules aux eunuques dans

_____

(1) Voyage de Dampierre.

les ferrails ; & il fembloit que la jaloufie fût
alors à l'abri des foupçons. Les eunuques formoient encore des entreprifes ; l'imagination
des femmes voyoit encore en eux les reftes d'un
homme ; le jaloux fe défia de tout, de fes enfans, des morts même, comme on le remarque
ailleurs ; & il coupa ras fes eunuques. Les meurtres ne l'arrêterent point ; & il fe confola de
la mort de vingt hommes, s'il pouvoit en avoir
un tel qu'il le demandoit (1). Le jaloux n'é-
toit pas content, on choifit les Noirs les plus
hideux : après les avoir coupés ras, on leur am-
puta le nez & les levres ; on les défigura, & on
en fit des monftres. Enfin, les eunuques ordinaires, les eunuques coupés ras, & les eunuques
auxquels on a coupé le nez & les levres, ne
raffurent pas toujours le maître, & alors il égorge fes femmes & leurs gardiens.

On a perfectionné dans l'Orient, l'art d'é-
mafculer. Quelquefois on empêche l'accroiffe-
ment des tefticules, & on les détruit fans incifion. Après avoir baigné l'enfant dans des dé-
coctions, on froiffe fes tefticules affez long-tems

_____

(1) Les Orientaux égorgent aujourd'hui une infinité
d'enfans, pour avoir quelques eunuques. Rech. philof. fur
les Chinois.

pour en détruire l'organisation. D'autres inventent un instrument particulier avec lequel on les comprime sans danger.

Les sens étoient de grands obstacles au service pur & saint que les prêtres doivent aux dieux, & souvent ils se mutilent, pour ne plus éprouver de tentations. On adoroit Cybele dans la Phrygie, & tous ses ministres se rendoient eunuques (1) : mais tels sont les funestes effets de la superstition, qu'elle répand les abus jusques sur des pays que la nature en avoit préservés. Les Gaulois adopterent le culte de cette déesse : *le génie, le naturel & le tempérament de ce peuple, lui inspiroient un éloignement invincible pour une mutilation aussi déshonorante ; on fit venir des prêtres de Phrygie* (2).

Quelques moines Indiens se mutilent & leurs macérations rendent croyable tout ce qu'on en raconte.

Les mêmes idées ont produit, au milieu du christianisme, & dans le climat brûlant de l'Arabie, la secte des Valésiens, qui ne trouverent pas d'autres moyens de résister à l'amour : ils ne pouvoient rien manger qui eût vie, à moins

_____

(1) Selden, *de Diis Syriæ.*
(2) Rel. des Gaules, t. 1.

qu'ils ne fussent mutilés. Ils firent un étrange abus de l'écriture-sainte; comme l'évangile ordonne à tous les Chrétiens de travailler au salut du prochain, ces fanatiques imaginerent que la castration est le moyen le plus sûr de remplir cette obligation : ils se crurent obligés de mutiler l'étranger qui passoit dans leur territoire : lorsqu'il ne vouloit pas se faire eunuque, ils le regardoient comme un enfant, ou comme un malade en délire, qui a de la répugnance pour un remede salutaire, parce qu'il est désagréable; & ils traitoient de coupable, l'homme foible qui ménageoit sa délicatesse (1).

La castration, que la jalousie n'avoit point établie en Europe, s'y introduisit cependant. On découvrit qu'un eunuque chanteroit d'une voix claire, & pour avoir de bons chanteurs, on fit une foule d'eunuques. Clément XIV a essayé d'abolir cette coutume ; mais ses ordres n'ont pas été exécutés par-tout, & l'on dit qu'à Naples, on n'y mutile pas aujourd'hui moins de petits enfans. Lorsque ces chanteurs désirent d'être promus au sacerdoce,

_____

(1) Fleury, Hist. Ecclés. liv. 11. Baronius, *ad annum* 249.

on s'eſt trouvé dans un grand embarras : les Canons l'interdiſent aux eunuques : mais ſi Miſſon eſt digne de foi, on les ordonne en Portugal, pourvu qu'ils ayent leurs parties naturelles dans leur poche.

Les mutilations procurent à l'homme on ne ſait quel plaiſir. Il s'amuſe, dans l'enfance, à abattre des têtes de fleurs & à couper des branches d'arbres : dans un âge plus avancé, ſouvent il conſerve le même goût ; & l'on a fait, par plaiſir, une foule de mutilations. Cette affreuſe jouiſſance eſt commune dans les armées ; la vengeance eſt quelquefois auſſi impitoyable.

Le capitaine Breſſant de la Rouveraye, gentilhomme Angevin, & huguenot, fut ſi irrité de la proceſſion qu'on fit à Rome après le maſſacre de la S. Barthelemi, qu'il jura de mutiler tous les moines qui tomberoient entre ſes mains ; & il ſe rendit fameux, en portant un large baudrier compoſé des membres qu'il avoit coupés (1).

Des peuples policés, qui ne pouvoient pas mutiler des hommes, mutilerent du moins des animaux. Un concile du huitieme ſiecle, repro-

_____

(1) Eſſais hiſt. ſur Paris.

ché (1) aux Anglois de fendre fans raifon les narines de leurs chevaux, de leur tronquer les oreilles,
de les rendre fourds, & de leur couper la queue.

On n'a pas encore parlé du fort des eunuques;
comme ce n'étoient plus des hommes, on les
traita fans humanité. Il paroît que fous l'empire
grec, ils tomberent dans le dernier degré de l'a-
viliffement. Le pape Nicolas I, dans fa réponfe
aux Bulgares, dit que les Grecs ont tort de défendre aux eunuques de facrifier les animaux,
& que ce n'eft pas un *péché mortel de manger des
animaux tués par eux* : il ajoute enfuite qu'ils
iront en paradis, s'ils obfervent l'évangile, quoiqu'ils ayent un membre de moins que nous.

» Chez les Hottentots, c'eft un ufage géné- *Amputa-
ral d'ôter un tefticule aux garçons vers l'âge de tion d'un
neuf ou dix ans. Mais dans les familles pau- tefticule.*
vres, on attend pour cette cérémonie, l'occafion de pouvoir fubvenir à la dépenfe : le jeune
homme, après avoir été frotté de graiffe fraîche
de mouton, eft étendu à terre fur le dos, les
pieds & les mains liés ; fes amis fe couchent fur
lui pour le rendre comme immobile. Dans cette
fituation, l'opérateur lui fait, avec un couteau
de table, une ouverture au *fcrotum*, d'un pouce

---

(1) *Concilium Calchutenfe*, ann. 787.

& demi de longueur. Il en tire le testicule,
& met à la place une petite boule de la même
grosseur, composée de graisse de mouton, &
d'un mélange d'herbes pulvérisées. Ensuite il
recoud la blessure avec un os d'oiseau, qui
est aussi pointu qu'une alêne ; une artere de
mouton sert de fil. Cette opération se fait avec
une adresse, qui surprendroit nos plus habiles
anatomistes ; & jamais elle n'a de fâcheuses suites. Lorsqu'elle est achevée, l'opérateur recommence l'onction avec la graisse du mouton qu'on
a tué pour la fête. Il tourne le patient sur le
dos & sur le ventre, comme un cochon de lait
qu'on se disposeroit à rôtir. Enfin, il pisse sur
toutes les parties du corps, qu'il frotte soigneusement de son urine. Après cette mons-
trueuse cérémonie, le jeune homme se traîne
dans une petite hutte, bâtie exprès pour cet
usage. Il y reste deux ou trois jours, & il en
sort parfaitement rétabli. Les jeunes Hottentots
supportent cette opération avec une patience &
une résolution surprenantes. Ceux qui n'ont
point encore passé par les mains de l'opérateur, ne peuvent y assister. Les parens & les
amis mangent la chair du mouton qu'on a tué.
Le bouillon est distribué aux femmes ; mais le
malade n'a point de part au festin. On danse le
reste

reste du jour & la nuit fuivante : fi la famille eft riche, le falaire de l'opérateur eft un veau ou un mouton (1). «

On a fouvent recherché les caufes d'un fi fingulier ufage, on a prétendu que les Hottentots veulent fe rendre plus légers à la courfe, ou plus vigoureux, & qu'en effet, la boule remplie d'aromates, qu'on met à la place du tefticule, excite à l'amour. — Des vieillards de bon fens apprirent à Kolben qu'une ancienne loi leur défend tout commerce avec les femmes, tandis qu'ils ont deux tefticules ; & que cette loi eft fondée fur l'opinion qu'on produit alors deux jumeaux. Il faut fe rappeller que la naiffance de deux jumeaux eft, pour eux, une calamité publique ; & par la fuite des mêmes idées, une femme ne fe marie jamais, fans favoir fi fon époux a fubi l'opération. — Si cette explication ne fatisfait pas, on propofera de fimples conjectures. Ils cherchent peut-être à mettre des bornes à la population ; & cet ufage femble appartenir à un pays ftérile. On n'examine point fi les hommes deviennent moins prolifiques, en leur ôtant un tefticule : les coutumes abfurdes font toujours appuyées fur de mauvais raifonnemens ; &

_____

(1) Rel. de Kolben.

Tome II.   R

cet expédient dût paroître d'autant plus heureux, qu'il ne détruifoit pas le plaifir de l'a-
mour. On a obfervé que certains infulaires
arrivent au même but par la caftration ; mais les
peuples des continens, qui ne font jamais auffi
fauvages que ceux des îles, embraffent communément des partis plus modérés.

On eft obligé de s'arrêter aux grands faits,
& de rejetter tous les détails, quand même ils
feroient intéreffans. Ainfi, l'on ne dira pas que
les Romains coupoient jadis un doigt aux corps
morts, que les lieux & les circonftances ne permettoient pas d'enfevelir avec pompe : à l'aide
de ce membre, ils pratiquoient enfuite beaucoup de fuperftitions (1).

Circonci-
fion.

L'ufage de s'amputer le prépuce étoit répandu chez les Ethiopiens, les Egyptiens (2), les
Syriens, les Arabes, les Troglodites & les Phéniciens ; les Mahométans d'Afrique & d'Afie,
& les Juifs, fe circoncifent encore aujourd'hui ;

---

(1) Voyez dans la Coll. de Gronovius, les Traités
fur les funérailles des anciens.

(2) Origene prétend qu'en Egypte la circoncifion étoit
réfervée pour les prêtres, les devins, les favans, les aftro-
logues, les arufpices & les prophetes, & qu'un incirconci
ne pouvoit être initié aux myfteres.

& cette opération se pratique de diverses ma-
nières chez les anciens & chez les modernes.

On la fait avec beaucoup d'appareil dans
quelques pays negres. On attend que les jeunes
gens aient quatorze ou quinze ans, & qu'ils
soient en grand nombre : lorsque l'époque est
fixée, on avertit tous les sujets du même roi, ses
alliés & ses voisins, d'amener leurs enfans :
ils arrivent deux à deux, entourés de musi-
ciens & de marabouts : ils sont accompagnés de
deux parens ou de deux amis, qui servent de
témoins à leur profession de foi, & les encouragent à souffrir patiemment l'opération :
chacun à son tour va se présenter à l'exécuteur,
& pendant qu'on abbât le prépuce, le candidat
tient le pouce droit élevé, & prononce la for-
mule de foi mahométane (1). Les plus courageux affectent de la gaieté après la cérémonie ;
mais il est aisé de juger à leur marche, qu'ils
souffrent une vive douleur. Jannequin raconte
que, pendant le mois qui suit la circoncision,
les jeunes gens ont droit de prendre toute sorte
de libertés avec les filles ; la loi en excepte le
viol, & cette précaution étoit inutile.

La circoncision chez les Negres de la Gam-

___

(1) Voyage de Moore.

bie, n'eſt pas une cérémonie religieuſe ; &
chaque particulier eſt le maître de circoncire
ſes enfans, quand il lui plaît (1). Lorſqu'on demande à ceux de Juida (2), ſi elle contribue
à la propreté ou à la ſanté, ils répondent que
non ; mais qu'il ne faut pas l'abolir, parce
qu'elle fut établie par leurs ancêtres. A Madagaſ-
car (3), c'eſt le chef qui circoncit tous les enfans ; & le plus proche parent du circoncis
avale le prépuce dans un jaune d'œuf.

On n'expoſera pas les différentes cérémonies
ſuperſtitieuſes ou biſarres, qui accompagnent la
circonciſion, ni les manieres diverſes dont on
ampute le prépuce : on en coupe ordinairement
la plus grande partie, & les Salivas de l'Orenoque, non contens de le déchauſſer, ciſelent
encore la peau (4).

On a beaucoup écrit ſur la circonciſion, &
des obſervations fort ſimples éclairciront cet
uſage.

_____

(1) Voyage de Jobſon.
(2) Voyage de Deſmarchais.
(3) Voyage de Rennefort.
(4) Les Mexicains avoient un uſage aſſez ſemblable à
la circonciſion. On faiſoit une légere inciſion aux parties
viriles d'un mâle nouveau né, pour en tirer quelques
gouttes de ſang, comme on l'a dit.

La circoncifion ne fut jamais pratiquée par aucune nation du Nord ; & il paroît qu'elle a commencé entre l'équateur & le trentieme dégré de latitude feptentrionale.

Elle étoit commúne en Arabie , lors de l'établiffement du Mahométifme , & elle devint infenfiblement une pratique de cette religion. Depuis le commencement du feptieme fiecle jufqu'au miliéu du dix-feptieme , elle s'eft établie avec la religion mufulmane , dans des pays de l'Europe , de l'Afie & de l'Afrique, qui ne font pas fitués entre les tropiques (1); & les Juifs errans & vagabonds fur toute la terre, la pratiquent dans tous les climats, fans la communiquer à perfonne.

La circoncifion n'a pas eu par-tout la même origine, & les fyftêmes généraux font fort mal fondés. On a dit qu'on offre à la divinité, les prémices de l'organe de la génération. M. Boulanger (2) croit qu'*il fut un tems où les habitans de la terre regardoient comme un crime de faire des enfans , & que la circoncifion procede peut-être des mêmes idées.* Il ajoute qu'elle peut avoir pris naiffance dans un pays où la caftration étoit con-

---

(1) Voyez les Rech. phil. fur les Américains.
(2) Ant. dévoilée par fes ufages.

nue, & que ce n'eſt qu'une mutilation feinte & mitigée. Suivant Tacite (1), un légiſlateur l'i- magina , pour que cette ſingularité diſtinguât ſon peuple des autres nations.

Lorſque les ſavans Danois partirent pour l'A- rabie , M. Michaëlis leur demanda pluſieurs éclairciſſemens ſur la circonciſion : M. Niehbur en parle dans ſon Voyage , & il confirme ce qu'on ſavoit avant lui.

Il paroît que la chaleur de certains pays force de recourir à l'amputation du prépuce : les ablu- tions ſont ſi néceſſaires en Orient, que les légiſ- lateurs les ordonnent par une loi: le gland eſt ſouvent couvert d'une mal-propreté dangereuſe , la circonciſion ſert beaucoup à ceux qui ne ſe lavent pas avec ſoin , & d'ailleurs les circoncis ſe lavent plus aiſément que ceux qui ne le font pas.

Les hommes de quelques pays chauds, de l'A- rabie , par exemple , ſont rongés par des vers , qui s'engendrent entre les replis du prépuce & ſous le gland, & l'on a voulu retrancher la par- tie où ils s'attachent : les ablutions ne ſuffiroient probablement pas, pour détruire ces vers ; elles diminuent d'ailleurs la faculté d'engendrer , &

_____

(1) Tacite , Hiſt. l, 5.

c'eſt à l'uſage trop fréquent des bains, qu'on attribue le peu de fécondité de pluſieurs femmes.

Les Arabes, les Egyptiens, les Perſans & les Abyſſins, ont le prépuce fort long ; & la circonciſion eſt néceſſaire pour les rendre habiles au mariage (1).

Enfin, le Juif Philon nous aſſure que la circonciſion eſt favorable à la population dans l'Orient, & qu'elle y préſerve les hommes d'une ſorte de charbon, qui naît au bas du gland de tous les incirconcis ; les médecins Arabes ne parlent pas de ce charbon dans leurs écrits, & c'eſt peut-être la même maladie que celle des vers, dont on a fait mention tout à-l'heure.

Les femmes, qui habitent les climats chauds, ont ſouvent les nimphes ſi longues, qu'il faut les couper ; & cette opération s'appelle exciſion. Elle ſe pratique dans tout l'Orient, & on l'a inventé pour détruire une difformité dégoûtante. L'âge où l'on fait cette amputation varie ſuivant les pays : Belon & Chardin diſent qu'en Perſe, on attend juſqu'à trente ans, parce qu'avant cette époque, les nimphes ne débordent pas aſſez. L'exciſion,

Circonci-
ſion ou ex-
ciſion des
femmes.

---

(1) En Europe, on circoncit des individus, qui ne pourroient engendrer, ſi l'on ne faiſoit une amputation ou une inciſion à leur prépuce mal conformé.

qui eft auffi répandue en Afrique, s'y fait beaucoup plutôt, & la plaie eft bien plus profonde.
Les Abyffins retranchent des appendices de
chair de deux ou trois pouces de longueur; &
au royaume de Benin (I), on coupe une
partie du clitoris : les femmes d'Afie, qui ne
font pas excifes, ne peuvent entrer dans les
mofquées.

En voyant l'homme fe mutiler & fe défigurer
fi mal à propos, on eft tenté d'admirer les Mi-
norquains, qui refpectent à l'excès les œuvres de
la création ; ils ne taillent jamais les arbres ; ils
difent que Dieu fait mieux que perfonne comment
un arbre doit croître (2).

---

(1) Rel. d'Artus.
(2) *Hiftory of Minorca by Armftrong.*

CHAPITRE VII.

Diverfité des vêtemens & des parures.

LES fauvages qui ne font pas nuds, fe couvrent d'écorces d'arbre, de feuilles ou de rofeaux; d'autres fabriquent, avec l'écorce, des étoffes qu'ils tiffent ou qu'ils étendeñt fous un maillet (1), & qui reffemblent à du papier. Les Oftiakes font une efpece de toile avec des orties. Bientôt on fe fert de peaux dont on veut relever l'éclat : les Négreffes de Sierra Léona y attachent des fonnettes femblables à celles que portent nos mulets (2).

Les femmes s'occupent moins de la parure, que les hommes, dans certains pays. Les Voyageurs ont fait cette obfervation, par rapport à l'Amérique & à la nouvelle Zélande (3). On peut en voir les raifons au Livre deuxieme.

En général, les parures font embaraffantes, &

---

(1) Les Otahitiens. Voyages de Cook.
(2) *Hugonis Linfcotani Navigatio.*
(3) Voyage de Cook.

l'on facrifie fa commodité à la gloire des ajufte-
mens. Cette remarque s'applique également aux
contrées qui font les plus voifines de l'état de
nature, & à celles qui en font le plus éloignées:
& l'on retrouve par-tout, fous une autre forme,
les coëffures plus hautes que les voitures. Les Otahitiens de toutes les claffes, ont exactement le
même habit; & malgré la chaleur exceffive du
climat, les hommes & les femmes d'un rang fu-
périeur fe diftinguent par la quantité d'étoffes
qu'ils portent: ils aiment mieux fuccomber fous
ce poids, que de ne pas être remarqués.

Comme il n'y a rien d'abfolument dégoûtant,
des peuples entiers trouvent fort agréable une
parure qui nous révolte. Les Negres de la baye
de Saldana (1) entrelaffent les boyaux des bêtes
qu'ils tuent ou qu'ils trouvent mortes, & ils en
forment des guirlandes qu'ils paffent autour de
leur col & de leur eftomac (2); & Béring vit
fur les côtes de l'Amérique feptentrionale des
fauvages qui n'avoient pour habillement que des
boyaux de baleine fur le haut du corps.

D'autres parures prennent le caractere de la

_____

(1) Prevoft , t. 2.
(2) Voyez ce qu'on a dit des Hottentots, chapitre II
de la parure & de la maniere de fe peindre le corps, p. 210.

beauté, parce qu'elles font des marques de diftinction, de richeffes & de courage. Les Negres de différentes contrées de l'Afrique portent un grand collier de dents d'hommes : la loi défend, fous peine de mort, de fe parer d'un fi glorieux ornement , fans prouver devant un officier public que toutes ces dents ont été arrachées à des ennemis fur un champ de bataille (1). Le chef des Jaggas a feul le privilége de porter une ceinture d'œufs d'autruche (2).

Les Négreffes d'Iffiny fufpendent à leur ceinture, des inftrumens de cuivre & d'étaim , & fur-tout des clefs de fer, (quoiqu'elles n'ayent pas dans leur cabane, une feule boëte,) & plufieurs bourfes remplies de bijoux ou de bagatelles qui en ont l'apparence, afin de paroître riches. Elles chargent même leurs jambes & leurs bras de bracelets & de chaînes de cuivre , d'étaim & d'ivoire. Loyer en a vu dont l'attirail pefoit plus de dix livres (3); & Defmarchais dit que les chaînes & les joyaux des Négreffes de la Côte d'Or, pefent plus de cinquante marcs.

---

(1) Voyage de Snelgrave.
(2) Rel. de Battel.
(3) Voyage de Loyer.

Depuis le caillou, jusqu'à la dépouille des animaux, il n'y a rien dans la nature dont on ne puisse faire un ornement : car il est aisé de donner à une matiere quelconque, une forme agréable. La combinaison, qui plaira le plus, deviendra belle ; & le goût des différens peuples ne doit pas nous étonner. Les habitans du royaume d'Asem mettent autour de leurs bonnets une frange composée de dents ; & cette parure est très - recherchée. Les Péruviennes ornent leurs têtes, leurs cols & leurs bras, de cordons de mouches & de vers luisans, qui ressemblent à des colliers & à des bracelets de lumiere naturelle (1) ; & quelques Hottentots attachent à leur chevelure de grosses vessies enflées (2).

Il y a des couleurs éclatantes qui affectant la vue d'une maniere plus forte, attirent davantage l'attention : les sauvages collent quelquefois sur leur corps nud, ou sur leurs vêtemens, un morceau d'étoffe ou une feuille de couleur ; & ils ont un goût si vif pour le rouge, que ceux de la Terre de Feu arrachoient la crête des poulets du vaisseau de Fraisier pour l'emporter.

---

(1) *Las Notitias Americanas*, par Ulloa.
(2) Kolben.

Les enfans fe plaifent à deffiner des brode-ries, & ils aiment à voir ce mélange de lignes recourbées les unes dans les autres: les peuples policés & fauvages confervent le même goût; & chacun d'eux trouve bifarre la broderie qu'il n'a pas adopté. Le principal ornement des La-pons eft une robe fourrée & garnie de fil de fer, ou de cuivre, qu'ils façonnent en petits anneaux avec les dents.

Lors même qu'on fe borneroit à choifir les plus finguliers ornemens, qui pourroit les dé-crire? Chez les Tartares tributaires de la Ruffie, les femmes portent à leur coëffure une corne de la longueur de deux pieds, & à l'extrémité de la corne, pend une petite clochette. Les an-ciennes femmes de l'Orient plaçoient au milieu de leur front une garniture de diamans & de pierreries, dont les pendans couvroient tout le vifage. La forme de ce bijou fe retrouve chez les infulaires d'Amboine, & Valentyn en a obfervé plufieurs.

Rien de fi ennuyeux pour l'homme, que l'u-niformité; il a befoin de rompre par intervalle, fes habitudes monotones; il s'enyvre, il faute; il veut des plaifirs bruyans, il fait des mafcara-des, & dans ces mafcarades, plus la figure qu'il prend eft grotefque ou monftrueufe, plus elle eſt agréable. Les Gaulois, initiés aux myſteres de Mithras, ſe déguiſoient en lion, en bélier, en ours, en chien, &c. ils vouloient reſſembler aux différentes conſtellations auxquelles préſidoit Mithras.

Sous le regne de Charles VI, il y eut à la cour un bal célebre. Le monarque déguiſé en ſatyre, traînoit d'autres ſatyres enchaînés & vêtus d'une toile enduite de poix raiſine & d'étouppes. Le duc d'Orléans approcha, par malheur, un flambeau d'un de ces habits ; les quatre ſeigneurs furent brûlés, & le prince manqua de perdre auſſi la vie.

Henri II, en 1548, entra ſolemnellement à Saint Jean de Maurienne. Cent hommes, vêtus de peaux d'ours, le reçurent ; ils reſſembloient à des ours naturels, & portoient une épée ſur leurs épaules. Ils accompagnerent d'abord le roi, & firent mille gambades ; pour mieux imiter l'ours, ils grimpoient le long des maiſons & des pilliers des halles ; & ils pouſſoient des hurlemens ſemblables à ceux qu'on entend au milieu des bois. Ils adreſſerent au prince une *ſalve*, ſuivie de cris ſi épouvantables, que les chevaux effrayés rompirent leurs rênes, leurs brides & leurs ſangles.

Les hommes d'un rang diſtingué ſe réſervent

le droit de porter certaines parures. Chez les Francs & les Goths, les Germains & les Gaulois (1), une longue chevelure étoit la marque de la nobleffe. Les Goths porterent d'abord leurs cheveux ; mais dans la fuite, on appella chevelus les citoyens du fecond ordre, & *Pileati* ou mitrés ceux parmi lefquels on choififfoit les nobles & les prêtres (2). Les François ne portoient autrefois que des mouftaches jufqu'à l'âge de quarante ans, à moins qu'ils ne fuffent revêtus de quelque dignité ; alors ils laiffoient croître leur barbe de cinq à fix doigts (3). Le Seliktar de l'empire ottoman ne doit point avoir de barbe ; & comme il eft fouvent nommé grand-vifir, & que celui-ci doit en avoir, il eft obligé de prendre une barbe poftiche, ou il ne paroît pas en public pendant deux ou trois mois, jufqu'à ce que la fienne foit longue. Chez les Negres de Kazegut, perfonne ne peut rougir fes cheveux avec de l'huile de palmier, à moins qu'il ne foit connu par fa naiffance ou par fes richeffes (4) ; & les Siamois voudroient bien fe

---

(1) Hift. anc. des peuples de l'Europe, t. 4.
(2) *Ibid.*
(3) Eginhart, *in Vitâ Caroli Magni.*
(4) Voyage de Brue.

rafer les fourcils : mais les Talapoins jouiffent feuls de ce privilége (1). Enfin les Négreffes de Biffao vont entierement nues ; & il n'y a que les filles des nobles (2) qui deffinent fur leurs corps des fleurs ou d'autres figures (3).

Force des préjugés fur la parure. Les préjugés & les ufages prennent par l'habitude, une force que l'efprit a peine à concevoir. Les Phéniciens, aux fêtes des funérailles & de la réfurrection d'Adonis, faifoient à Vénus le facrifice de leurs cheveux : les femmes pouvoient les conferver, en fe proftituant tous les jours aux étrangers ; & la plupart ne balançoient pas à prendre ce dernier parti.

La loi *Opia* entreprend de contenir le luxe : on défend aux Romaines de porter des étoffes de différentes couleurs & des ornemens d'or, qui excedent le poids d'une demi once ; on leur interdit, en certains cas, l'ufage des caroffes ; ces femmes confpirent entre elles de ne plus faire d'enfans, jufqu'à ce qu'on révoque la loi (4).

---

(1) Rel. de la Loubere.
(2) On a parlé dans le Livre cinquieme, de quelques parures réfervées aux fouverains.
(3) Voyage de Brue.
(4) Plutarque. Tite-Live.

Les

Les Tartares, conquérans de la Chine, ordonnent aux vaincus de couper leurs cheveux, & de ne laisser qu'une boucle derriere la tête : des milliers de Chinois aiment mieux souffrir la mort, que d'y consentir.

Enfin, le czar Pierre veut forcer les Russes à se raser ; la révolte s'allume dans tous les coins de l'empire moscovite ; on méconnoît l'intention du prince, on oublie ses bienfaits, & le créateur de son pays est sur le point de périr par les mains de son peuple.

LIVRE DIXIEME.

PUDEUR, CHASTETÉ, CONTINENCE.

CHAPITRE PREMIER.

Nudité. Pudeur.

L'HOMME ne rougit de rien , quand il eſt ſeul (1); & la pudeur ne commence que lorſqu'il eſt vu par quelqu'un. Dès que les ſauvages ſont réunis en troupes, ils attachent de la honte à certaines actions , & ils les commettent en ſecret : la nudité les alarme , & ils la couvrent. Cette premiere aſſociation ne les tire cependant pas toujours de l'état de nature ; & ils y reſtent juſqu'à ce que leur civiliſation ſoit plus avan-cée.

---

(1) On ne parle ici que du commencement des ſociétés.

La rigueur du climat introduit l'usage des vêtemens, & les habitans des pays froids ont plus de pudeur que ceux des pays chauds. Un homme & une femme, qui vivroient dans un coin du monde, resteroient nuds sans scrupule ; mais quand les sauvages sont attroupés, ils cachent communément l'impression que fait sur eux la vue des femmes, & ils inventent, d'ailleurs, les pagnes & les habits, afin d'éviter toute comparaison sur la beauté du corps.

Les animaux & les hommes se retirent à l'écart pour satisfaire leurs besoins : les animaux craignent toujours des attaques, ils ne veulent pas être vus au moment où ils ne peuvent se défendre, & d'ailleurs ils ressentent un épuisement qui leur seroit fatal, si on venoit les surprendre immédiatement après les approches. Le même instinct guide les sauvages ; & ceux qui sont dans un état continuel de guerre & d'alarmes, ont plus de pudeur & de modestie que ceux qui menent une vie paisible. La décence des Zélandois est extrême, quoiqu'ils mangent leurs ennemis ; & les Otahitiens, moins féroces, se livrent, devant tout le monde, aux désirs de l'amour. » Nous priâmes souvent les premiers insulaires, dit le capitaine Cook, de délier le cordon qui attache leur prépuce sur le gland, afin de connoître l'espece d'infibulation qu'ils pratiquent; ils étoient tous confus, & ils n'y confentirent jamais, qu'avec des marques d'une très-grande répugnance. On trouve chez eux autant de réserve & de modeftie qu'en Europe. Il faut traiter les femmes avec délicateffe, & ne pas prendre trop de liberté. Un de nos officiers en demanda une; il reçut une réponfe, qui traduite en notre langue, répond exactement à ces termes: » Toutes nos femmes feront fort honorées; mais vous devez d'abord nous faire un préfent convenable, & venir enfuite coucher une nuit à terre, *car la lumiere du jour ne doit pas être témoin de ce qui fe paffera entre vous.* «

La pudeur cache des expreffions, des défirs, ou des actions relatives à l'incontinence; & les peuplades fe trouvent prefque toujours dans des circonftances qui exigent cette précaution. Il eft rare qu'une femme foit affez indépendante, pour que fa conduite ne bleffe perfonne; & il eft d'ailleurs à craindre qu'on ne la dédaigne par la fuite, parce qu'on l'aura déjà connue. Cette combinaifon d'intérêts infpire une réferve que l'habitude change en modeftie.

On confond quelquefois la décence & la pudeur avec la propreté. Le corps humain a des parties fales, dont la vue excite une fenfation défagréable ; & l'expérience ne tarde pas à l'apprendre. On traite auffi de décence & de pudeur des marques d'attention qu'on retrouve chez les peuples barbares, comme dans les pays policés.

On rougit ailleurs d'une action indifférente par elle-même, lorfqu'on ignore fi ceux qui la voyent, ne la prendront pas en mauvaife part ; & comme l'on fait rarement quel eft le goût des autres, cet embarras feul donne de la pudeur.

Dans des climats chauds, où les vêtemens font Nudité. incommodes, on refte abfolument nud : ces mêmes climats infpirent l'incontinence ; & quand on fatisfait fans remords ce befoin toujours renaiffant, comment y auroit-il de la pudeur ?

L'ufage de ne porter ni pagnes ni habits, varie chez les différens peuples. Sur la Côte d'Or, les filles vont nues jufqu'à ce qu'elles foient mariées ; & celles qui ne fe marient pas, n'ont jamais de vêtemens (1). Dans le royaume de Benin, les deux fexes n'en prennent que le jour de leurs noces, à moins qu'ils n'obtiennent du roi un privilége particulier :

_____

(1) Voyage de Defmarchais, t. I.

cette permiffion eft une grande faveur , & on la célebre par des réjouiffances & des fêtes (1). Chez d'autres Negres , la politeffe oblige les femmes (2) à ôter infenfiblement tous leurs pagnes. Au Pérou (3), les jeunes garçons & les filles s'habillent quand la nature infpire des défirs ; & paffant tout-à-coup de la licence à une extrême pudeur , les filles ne paroiffent plus en public, fans un voile fur le vifage. Les Bréfiliennes (4) , avant ou après le mariage , étoient entierement nues. *Nous effayâmes, dit Léry , de couvrir par force celles que nous avions achetés & que nous faifions travailler dans le fort; mais dès que la nuit approchoit, elles fe dépouilloient fecrettement de leurs haillons, & il *falloit pour leur plaifir, qu'avant de fe coucher, elles fe promenaffent toutes nues.* Elles difoient, qu'accoutumées à fe baigner & à fe laver dans toutes les fontaines & rivieres qu'elles rencontrent , ce feroit trop de peine pour elles de fe déshabiller fi fouvent. "

Les infulaires de Formofe admettent un enfer,

---

(1) Rel. d'Artus.
(2) Voyage de Brue.
(3) Voyage de Corréal.
(4) Voyage de Léry.

qui punit ceux qui ne vont pas nuds en certaines
faifons (1). — De peur que les vêtemens n'amol-
lilfent le courage, & n'introduifent le goût de la
parure, le chef a peut-être défendu d'en porter,
& la religion appuye l'ordonnance du fouverain.

Ailleurs, les femmes reftent nues, tandis que
les hommes s'habillent ; c'eft ce que Colomb a
obfervé chez plufieurs peuples de l'Amérique,
& Knivet attribue la même coutume à différens fauvages du Bréfil. — Les fymptômes
lafcifs changent l'afpect extérieur des organes de
l'homme, & il faut cacher cette impreffion. —
Ces vêtemens étoient peut-être des efpèces de
boucliers deftinés à amortir les coups, & adop-
tés par les hommes, qui vont feuls à la guerre.
— Les femmes étoient efclaves de leurs maris ;
je croirois volontiers qu'ils imaginerent cet acte
de tyrannie, pour que le goût de la parure ne
leur ôtât point celui du travail.

Les nations, que la nature du climat
oblige à fe couvrir, quittent quelquefois tous
leurs vêtemens. Ainfi les plus pauvres d'entre les
Taxiles (2), expofoient leurs filles nues à la

_____

(1) Rel. des Voyages qui ont fervi à l'établiffement de
la Comp. Holland. t. 5.

(2) Strabon. Les Taxiles étoient une anc. tribu de
l'Inde.

vue du public, afin de leur trouver un mari ; &
les femmes d'Egypte & les Juifs danfoient nus
devant le bœuf Apis & devant le veau d'or. —
On vouloit être pur en la préfence des dieux,
& on dépofoit fes vêtemens qui pouvoient être
fouillés.

Les hommes, les femmes, les filles & les
veuves de la Grece & de l'Italie fe mettoient
abfolument nues à la fête des Bachanales (1).
Celle de Priape n'étoit pas moins indécente ;
des facrificateurs chantoient à l'honneur du
dieu, des vers infâmes ; & le fcholiafte d'A-
riftophane nous apprend qu'on créa même
une forte de vers , qui s'appellent *Phalli-
ques* (2). — On autorife les fêtes les plus liber-
tines, & ces cérémonies, liées à la mythologie
des Romains, étoient un acte de religion.

Les mœurs fe corrompent , & on outrage
publiquement la pudeur. Les voluptueux Tof-
cans fe faifoient fervir par des femmes nues (3).
Les jeunes gens étoient nuds dans les ferrails des
Tyrrhéniens , & on avoit foin de leur amollir
la peau.

_____

(1) Joannis Nicolai , de *ritu Bacchanalium.* Coll. de
Gronov. t. 7.

(2) Mot qui vient de *Phallum.*

(3) Athénée, l. 12.

Les Tarentins, après la prife de Carbines, raſſemblerent les jeunes garçons, les vierges & les jeunes femmes qu'ils trouverent dans cette ville; ils les expoferent nuds, pour que chacun choisît l'homme ou la femme qui lui plairoit davantage; & les vainqueurs fe livrerent fur le champ à la débauche (1). Si l'on ne connoiſ-foit pas la brutalité du foldat, on révoqueroit ce fait en doute; car Athénée ajoute que la plupart furent exterminés par la foudre.

Dans les tems d'innocence, les mœurs font fi pures, que rien n'eft indécent : & la fimplicité des anciens eft admirable. Lorſque Télémaque arrive à Pilos, il eft déshabillé, mis au bain & parfumé par la fille même du roi (2); & l'écri-ture fainte raconte ingénuement comment Ruth s'approcha de Booz.

Qui le croiroit? à une autre époque, la nu-dité eft plus favorable à la pudeur que les vête-mens; & la pudeur ne confifte pas à fe vêtir, mais à être nud. Les filles & les femmes d'une contrée de l'Inde étoient nues, excepté les cour-tifanes, qui s'habilloient pour mieux irriter les defirs.

---

(1) *Ibid.*
(2) Odiſſée, l. 4.

Les arts ne connoiffent pas la pudeur, & ils cherchent la nature & le beau, malgré toutes les inftitutions. Le ftatuaire & le peintre nous montrent Vénus & les Grâces fans voile. Sous Louis XI, on jouoit fouvent le Jugement de Pâris ; trois femmes nues repréfentoient Junon, Vénus & Minerve : à Rome, des femmes danferent nues fur un théâtre ; & pour mieux jouir des mouvemens & des poftures des athletes, on les faifoit combattre nuds (1).

La pudeur eft fubordonnée aux loix, qui font à leur gré difparoître la décence. On a dit (2) que les Germains deshabilloient une femme convaincue d'adultere ; & que fon mari la conduifoit nue à coups de fouets, le long de la ville ou du village.

L'efprit raifonneur difcute les inftitutions & les préjugés, il s'égare ; il oublie les progrès de la civilifation, & dans fa démence, il veut nous ramener à l'état de nature. Diogene paroiffoit

_____

(1) Differt. fur les Athletes. Mém. de l'Acad. des Infc. t. 1. Les Goths, plus barbares, ne pouvoient fouffrir la lutte, parce qu'ils craignoient de paroître nuds en public.

(2) Voyez le Livre du Mariage, & *Boëmus, Mores Gentium.*

nud fur la place publique ; quelques Bramines
fe mettent dans le même état : *Pourquoi , difent-
ils , rougir d'être nud , puifqu'on fort nud du ventre
de fa mere ?*

Un fanatique prêche aux Chrétiens la même
doctrine , & il fonde une fecte : fes profélytes
prirent le nom d'*Adamiftes*, parce que les hommes & les femmes fe dépouilloient de leurs vêtemens , comme Adam & Eve dans le paradis
terreftre (1). Les excommunications de l'églife
& la puiffance féculiere étoufferent cette erreur ;
mais elle fe perpétua fourdement. Les Agape-
tes (2) la reproduifirent ; ils difoient que la
pureté de l'ame purifie tout , & qu'il n'y a
rien d'impur pour les confciences honnêtes.
Dans l'onzieme & le douzieme fiecle , la
crainte du jugement dernier faifit les peuples
d'Italie ; on vit les Flagellans fe mettre nuds,
marcher en proceffion avec un fouet à la main ,
& fe fuftiger jufqu'au fang. Ces infenfés repa-
rurent encore en Allemagne au milieu du quatorzieme fiecle , & cauferent de grands défordres (3).

---

(1) Voyez S. Epiphane , & l'Hift. Eccléfiaftique.
(2) Voyez l'Hift. Eccléfiaftique.
(3) Hift. des Flagellans.

Pudeur.

La pudeur eſt inconnue chez quelques ſauvages. Les Indiens du Mont Caucaſe vivoient comme les brutes (1). Les femmes de l'île de Hoorn, dit le Maire, *ſe mêloient publiquement avec les hommes, fort près même de la perſonne du roi.* » Les Otahitiens n'ont aucun lieu retiré dans leurs cabanes, on voit de dehors tout ce qui s'y paſſe, & ils ſatisfont devant les autres leurs deſirs & leurs paſſions, avec auſſi peu de ſcrupule que nous appaiſons notre faim en mangeant avec nos parens & nos amis (2). « Cette licence de l'état de nature dure aſſez long-tems; & les Négreſſes de l'île de Branca, ſur la côte d'Afrique, ſe proſtituent au milieu d'une aſſemblée.

Les hommes, dans la ſuite, divinifent la débauche, & adorent Priape; des nations civiliſées imitent la conduite indécente des ſauvages, & la juſtifient par des principes. Les anciens promenoient aux fêtes *Libéralles* le *phallum* autour des champs & des villes: lorſqu'il arrivoit ſur la place publique, la dame la plus recommandable venoit le couronner (3). Les temples, les

_____

(1) Hérodote.
(2) Voyage de Cook.
(3) Saint Auguſtin.

rues, les cirques & les maisons étoient remplis
de statues & de portraits infâmes (1). Sur le lin-
teau qui entoure le cirque de la ville de Nismes,
on voit en bas-relief la figure d'un grand nombre de membres virils aîlés. Hérodote (2) fait
mention d'un peuple chez qui les femmes portoient autant de frangés au bord de leur robe,
qu'elles avoient connu de mâles.

Le culte de Priape (3) s'est éteint avec le pa-
ganisme ; mais des nations modernes conservent
ses cérémonies ; & des femmes de l'Indostan portent dévotement à leur col le *lingam*, qui repré-
sente les parties de la génération des deux sexes
entrelacées.

Les peuples grossiers se plaisent à rappeller des
idées indécentes, & l'on mêle l'infamie à la parure. Sous Louis XI, on portoit sur la culotte
ou sur la veste une figure des parties naturelles.
Au seizieme siecle, la mode des pantalons se
répandit, les hommes se serroient le corps depuis
les pieds jusqu'au col d'une maniere scandaleuse.

Enfin, quand le luxe a énervé & corrompu les

(1) Hérodote. Pausanias. Diod. de Sic.

(2) Hérodote, l. 4.

(3) Nous parlerons dans le chapitre suivant, des peuples qui consacrent la débauche par la religion.

empires, ce n'est pas alors qu'il y a moins de pudeur; & malgré la dépravation des mœurs, on affecte davantage les dehors de la vertu.

CHAPITRE II.

Impudicité des sauvages & des grandes nations. Débauche autorisée par les lois, ou consacrée par la religion.

IL s'écoule bien du tems, avant que les sauvages comprennent les vérités les plus simples. Ils s'abandonnent à leurs penchans; & ils ne savent pas même si leurs actions produisent des effets avantageux ou des effets nuisibles. Ce n'est qu'après avoir mené une vie dissolue, qu'ils se forment des idées d'abstinence & de vertu. Les générations se passent au milieu de la discorde; les individus sont la victime des querelles & des maux qu'enfante la débauche, & ils ne cherchent point à en détruire le principe. La plûpart des nations commencent par cet état; elles y restent plus ou moins, suivant les circonstances; & l'époque où elles pensent à la chasteté, dépend du climat, du tempérament & du hasard. Une institution qui consacre l'impureté, est difficile à abolir: l'abrutissement de la bourgade se prolonge, & des peuples policés ressemblent à des sauvages.

Ce qu'on vient de dire ne s'applique pas à tous les sauvages: ceux des pays froids sont rarement impudiques, & ceux des pays chauds ne le sont pas toujours. Il n'y a donc point de regle générale; & pour expliquer tant de faits contraires, il faudroit une étude approfondie de tous les pays, & l'art d'entrevoir & de découvrir les plus petites circonstances.

L'usage d'offrir, par politesse, des femmes ou des filles, est très-répandue, & on le retrouve dans les grands états; mais comme cette coutume n'est pas uniforme, voici des traits particuliers de différens pays. Au Bréfil, les peres, en offrant leurs filles, caressent l'étranger (1). Lorsque les Scythes vouloient témoigner de la considération à quelqu'un, ils lui présentoient des vivres & de belles femmes (2). Un étranger, qui arrive chez les Tschuktschis (3), a droit de choisir celle qui lui plaît le plus: la

---

(1) Voyage de Léry.

(2) Hist. anc. des peuples de l'Europe, par le comte du Buat, t. 7.

(3) Peuple sujet de la Russie.

femme qu'il a choifie, lui préfente une taffe de fon urine, dont il doit fe rincer la bouche: on le regarde comme ami, s'il furmonte cette épreuve, & comme ennemi, s'il ne l'accepte pas (1). Au Pégu, on loue une fille pour le tems qu'on veut paffer dans ce pays, c'eft la famille qui fait ce marché; les filles retournent enfuite à la maifon paternelle, & on ne dédaigne pas de les époufer (2). Sheldon ajoute » que fi l'étranger revient une feconde fois, & que la fille qu'il avoit louée, foit mariée, il eft libre de la redemander au mari qui la lui rend, & qui la reprend à fon départ. « Chez les Tartares au-delà du Tebeth, cette concubine demande un petit préfent, qui annonce que l'étranger eft fatisfait: on ne la voit plus fans cette preuve de fa honte, & celles qui peuvent en montrer davantage, jouiffent d'une réputation diftinguée (3). Enfin, on lit dans Baruc: » Les femmes entourées de cordon, font affifes fur les chemins; & quand l'une d'elle a *connu* un paffant, *elle reproche à fa compagne qu'elle n'a pas été trouvée digne, & que fon cordon n'a point été rompu.* «

---

(1) Rel. de Muller, qui affure que ce fait oft très-vrai.
(2) Rel. de Sheldon.
(3) Voyage de Marcopolo.

Un

Un auteur célebre dit que cette coutume eft ordinairement répandue chez les peuples fort laids ; *qu'ils offrent peut-être leurs femmes aux étrangers, parce qu'ils connoiffent leur laideur, & qu'ils trouvent apparemment moins laides celles qui ne font pas dédaignées.* Il eft difficile de croire qu'un peuple connoiffe fa propre difformité, & les peuples, qui ne font pas laids par rapport à nous, obfervent cet ufage (1).

L'incontinence des premieres peuplades n'eft pas la même que celle des nations corrompues par le luxe. Celles-ci inventent des raffinemens ; elles cherchent le plaifir jufques dans la douleur ; & leurs goûts ne reffemblent plus au befoin de la nature. Plutarque dit que les Samiens alloient dans un lieu qu'on nommoit les *jardins,* s'enivrer de plaifirs fi lafcifs, qu'il eft impoffible de les imaginer. Les anciens Indiens fe faifoient chaque jour broffer le corps (2) ; & pour ne pas s'étendre davantage fur cette diverfité, il y avoit aux Philippines des officiers publics qu'on payoit

---

(1) On dit au Livre troifieme quels peuples font ce raifonnement : Une femme qui a du mérite, doit être fouvent recherchée ; & fi elle ne l'a jamais été, c'eft une marque qu'elle n'en a point. Sur ce principe, ils préferent celles qui ont donné des preuves de fécondité avant le mariage.

(2) Voyage de Gémelli Caréri.

fort cher, & qui ôtoient la virginité aux filles, lorfqu'elles fe marioient (1).

L'inftitution & la forme des gouvernemens, donnent aux peuples des idées qui s'écartent de la regle commune; & fouvent ils intervertiffent en ce point, celles qui font adoptées par tous les autres. Alors l'incontinence & la débauche ne bouleverfent point la fociété, comme dans les pays où ne s'eft pas opérée cette transformation. L'adultere en Europe, trouble les familles & les états; & à Sparte, il ne dérangeoit point l'harmonie de la république.

Débauche autorifée par les lois. Ce befoin impérieux, qui rapproche les deux fexes, eft le grand mobile des fociétés, & de toutes les paffions de l'homme, c'eft celle qui devoit le plus attirer l'attention des légiflateurs. Ils la répriment (2), ils l'encouragent, ils la

(1) Hift. univ. des Anglois. Il eft permis d'ajouter foi à tout ce que l'on nous raconte de la débauche de quelques nations; & cette coutume n'eft pas celle qui étonne le plus.

(2) Sixte-Quint établit une peine contre le mari ou la femme qui n'iroit pas dénoncer l'infidélité de fon époux ou de fon époufe. Le pontife imagina que cette loi monaftique préviendroit les adulteres, & que la dénonciation arrèteroit les coupables : fon intention n'étoit pas qu'on obéît à l'ordonnance, & il prévit qu'on ne la fuivroit point ; mais il

font fervir à l'adminiftration, & même elle devient un reffort de la religion. Tous ces plans de politique ont des vues d'utilité bien ou mal fondées ; & Thomas Morus ne prouve-t-il pas qu'il eft avantageux aux femmes d'Utopie d'aller nues ?

Les adminiftrateurs créent les mœurs & les ufages d'un peuple ; & malheureufement la corruption, qui détruit un état, eft fouvent favorable à celui qui le gouverne. Hérodote (1) affure que des Lydiennes n'avoient d'autre dot, que le fruit de leurs proftitutions ; &, fuivant Juftin, les filles de l'île de Chypre fe rendoient à des jours marqués, fur les bords de la mer, dans le deffein de fe proftituer aux étrangers, qui abordoient fur la côte, & d'acquérir une dot.

Les empereurs Romains ne vouloient arrêter l'impudicité, que jufqu'à un certain point ; & leur intention, dit M. de Montefquieu, n'étoit pas de corriger les mœurs en général.

En 1707, une maladie épidémique emporta une grande partie des habitans de l'Iflande. Le roi de Danemarck, pour la repeupler,

---

voulut contenir les familles par la défiance, & ce fyftême étoit digne de cet adminiftrateur.

(5) Liv. 1. & Ælien, l. 4. ch. 1.

permit à chaque fille d'avoir jufqu'à fix bâtards, fans bleffer fa réputation (1); les femmes en profiterent fi bien, que, peu de tems après, il fallut abolir la loi.

Quelquefois, on effaye en vain d'arrêter le libertinage; & les lois finiffent par tolérer ce qu'elles ne peuvent prévenir. Dans l'île de Java, une concubine doit obtenir des femmes légitimes, la permiffion d'habiter avec fon maître; mais elles ne peuvent la refufer, fans bleffer leur honneur (2). A Ternate, on dédaigne un homme, qui n'a pas une maîtreffe particuliere (3); & c'eft un fanglant reproche de dire à une Circaffienne, qu'elle n'a point d'amans. Le vêtement des femmes du Pégu eft fi clair, qu'il ne dérobe rien à la vue; & l'on croit que les lois autorifent cette immodeftie, pour détruire une autre habitude plus vicieufe (4). Le libertinage eft déjà parvenu à la Chine jufqu'aux dernieres claffes du peuple: les maris louent ou prêtent leurs femmes à ce-

(1) *Sketches of the Hiftory of Man.*

(2) Rel. d'Houtman.

(3) Rel. de Valentyn.

(4) Sheldon. Linfchot. Voyez dans le Livre neuvieme, de la Beauté & de la Parure, le chapitre fur les manieres de fe défigurer, relatives à la continence.

lui qui les paye (1) ; & voici un des cent griefs rédigés par la diete de l'empire sous Maximilien I, contre les abus de l'églife : » Les évêques vendent aux curés pour un écu par an, le droit d'avoir une concubine. « Enfin , des nations entieres s'énervent ; & lorfque Conftantinople fut affiégée en 1453, par les Turcs, l'empereur fut obligé d'acheter des troupes mercenaires, & d'en lever une armée ; tous les Grecs étoient épuifés par la luxure, & il n'y eut pas un feul habitant de la capitale, qui prît les armes (2).

Il eft aifé de concevoir comment l'homme adora Venus & le dieu des amours ; mais ce culte n'entraînoit point la débauche , & l'on auroit pu l'établir , fans confacrer la proftitution. L'antiquité déifia les Plaifirs & la Beauté , & la mythologie , qui gouvernoit les peuples , purifioit ces hommages. Les nations ne renoncerent peut - être pas d'abord à la pudeur ; mais comme un culte ne fubfifte pas dans fa pureté, celui-ci devoit fe corrompre plus qu'un autre ; & bientôt les facrifices & les facrificateurs, les cérémonies & les rites , les

Débauche confacrée par la religion.

(1) Duhalde.
(2) *Sketches of the Hiftory of Man.* t. 2.

T iij

temples & les dieux, furent fouillés par tout ce que la débauche inventa de plus dégoûtant.

On adoroit Aftarté dans le temple de Byblus : les femmes accordoient leurs faveurs au premier venu ; & elles en offroient le prix à la déeffe. (1). On obligea par une loi, les Arméniennes à confacrer leur virginité aux prêtres de Tanaïs (2). Les Babyloniennes, fi l'on en croit Hérodote & Strabon, fe proftituoient une fois en leur vie, dans le temple de Vénus. Elles alloient s'y préfenter parées de guirlandes & de fleurs ; elles ne pouvoient plus retourner à leur maifon, fi un étranger ne les aidoit pas à confommer leur facrifice. — En ajoutant des circonftances fabuleufes à cette loi, on a induit les critiques en erreur. Ces femmes ne fe rangeoient pas fur deux files pour que chaque homme choisît celle qui lui plairoit davantage ; & l'on ne peut imaginer que les laides fuffent obligées de languir deux ou trois ans. — On confond fans ceffe les coutumes & les lois ; & on a peut-être ici commis la même faute : ce n'étoit probablement qu'un ufage tranfmis par une longue tradition, & qu'on toléroit. — Enfin, fi cette loi

---

(1) Valer. Maxim. Lucien, *de Diis Syriâ.*
(2) Strabon.

tenoit au fyftême religieux des Babyloniens, il
n'y a rien qu'on ne doive attendre de la fuperftition. — Elle favorifoit la débauche ; mais
il eft difficile de penfer que ce fut l'intention
de celui qui l'établit. L'explication de M. Go-
guet ne fera pas adoptée par tous les lecteurs,
il faut cependant en parler. » Vénus , chez
les anciens, paffoit pour une déeffe envieufe &
malfaifante, qui excitoit fans ceffe les femmes à
la débauche. On avoit cherché les moyens de
l'appaifer, & de mettre l'honneur du fexe à l'a-
bri des caprices de la déeffe; on voulut racheter les femmes , & affurer pour toujours leur
chafteté, en leur faifant faire un écart : on fe
flattoit que Vénus voudroit bien s'en contenter
& laiffer enfuite ces victimes tranquilles le refte
de leur vie (1). « On voit dans fon ouvrage,
les raifons qu'il donne de fon fyftême : s'il n'eft
pas applicable aux Babyloniens , il eft vrai-
femblable qu'ailleurs on confacroit à la proftitution un certain nombre de femmes & de filles , afin de détourner la colere d'une divinité
malfaifante. Cette idée eft conforme à tout ce
qu'ont jamais inventé les mortels , pour appaifer les dieux.

---

(1) Origine des lois , des fciences & des arts, t. 5.

T iv

Il eſt prouvé que les anciens pȯrtoient en proceſſion le *Phallum*, c'eſt-à-dire, la repréſentation des parties naturelles : le grand-prêtre du temple de Belphegor (1) abaiſſoit ce *Phallum* devant ſon idole, & le peuple n'avoit aucune idée indécente.

Les Indiens des environs de Pondicheri adorent une idole de bois, qui a un membre d'une groſſeur énorme, les femmes vont lui offrir leur virginité. Les ſtériles le touchent pour devenir fécondes ; & l'on y mène les beſtiaux, afin qu'ils multiplient plus aiſément (2). Les Canariens de Goa proſtituent leurs filles, de gré ou de force, à une idole de fer.

En général, un peuple ne conſacre l'amour, que lorſque ſa civiliſation eſt avancée, parce que ce culte tient à des idées qui ne peuvent naître qu'à cette époque dans l'eſprit des hommes. Les ſauvages jouiſſent de l'amour, ſans s'appercevoir que c'eſt un bien ; mais voici ce que rapportent M. M. Banks & Solander des in-

---

(1) Maimonides.

(2) Voyage de Duqueſnes, t. 2. On ne peut pas dire ici comment les femmes ſtériles le touchent ; liſez le Voyageur.

fulaires d'Otahiti , qui ne connoiffent pas les métaux.

» Le 14 Mai 1769, on célébra le fervice divin au fort ; nous defirions que les principaux Otahitiens y affiftaffent ; mais lorfque l'heure fut arrivée , la plupart s'en allerent dans leurs habitations. M. Banks traverfa la riviere , & ramena un chef & fa femme ; il efpéroit que les cérémonies occafionneroient des queftions de leur part, & donneroient lieu à quelque inftruction de la nôtre. Il les fit affeoir fur des fiéges , & fe plaça près d'eux ; pendant tout le fervice , ils obferverent attentivement fes poftures : ils l'imitoient très-exactement ; ils s'afféyoient , fe tenoient debout , ou fe mettoient à genoux. Ils fentoient que nous étions occupés à quelque chofe de férieux & d'important, & ils ordonnerent à ceux qui étoient hors du fort , de fe tenir en filence : cependant après que le fervice fut fini, ils ne firent ni l'un ni l'autre aucune queftion ; & ils ne vouloient pas nous écouter, quand nous tâchions de leur expliquer ce qui venoit de fe paffer. Les Indiens, après avoir vu nos cérémonies religieufes dans la matinée , jugerent à propos de nous montrer les leurs , qui étoient très-différentes. Un jeune homme, de près de fix pieds, & une jeune fille de onze à

douze ans, facrifierent à Vénus devant nous &
devant un grand nombre de naturels du pays,
fans paroître attacher aucune idée d'indécence
à leur action, & ne s'y livrant au contraire, à
ce qu'il nous fembloit, que pour fe conformer
aux ufages du pays. Parmi les fpectateurs, il y
avoit plufieurs femmes d'un rang diftingué, &
en particulier Obérea, qui, à proprement parler,
préfidoit à la cérémonie ; car elle donnoit à la
fille des inftructions fur la maniere dont elle devoit jouer fon rôle ; mais quoique la fille fût
jeune, elle n'en avoit pas befoin (1). α — On
ne fait pas pourquoi les Otahitiens inftituerent
cette coutume, ni fur quels principes elle eft
appuyée. On ne dit pas pofitivement qu'ils mêlent à ce fpectacle, un appareil de religion ; &
ce fait, dont on peut conclure qu'ils n'ont aucune idée de la pudeur, ne prouve pas encore
qu'ils confacrent la débauche. Que cette cérémonie foit religieufe ou civile, il eft aifé
d'en rendre raifon. Ce peuple voluptueux ha-
bite le pays le plus agréable de la terre ; des
arbres charmans lui fourniffent fans culture les
fruits dont il fe nourrit ; au milieu de fes campagnes enchantereffes, & fous un ciel toujours

---

(1) Voyage de Cook.

ferein, fes jours s'écoulent pour la volupté, &
plein de fon bonheur, il mêle dans fes rites,
fon yvreffe & fes tranfports.

Le culte qu'on rendit autrefois à Vénus & à
l'Amour, n'eft plus compatible avec les inftitutions & le caractere des peuples modernes; mais
on trouve d'autres erreurs; & parmi tant d'hé-
réfies, qui défigurent le Chriftianifme, plufieurs
attentent à la pureté des mœurs.

Les Caïnites (1) honoroient Caïn, Efaü,
Corée, les Sodomites & Judas; ils prétendoient
que pour être fauvé, il faut fe livrer à l'incontinence, & qu'un homme parfait peut commet-
tre toute forte d'infamies : ils foutenoient que
chaque action infâme, a un ange tutélaire, &
ils invoquoient cet ange (2). Différens Peres
de l'Eglife leur reprochent cette doctrine ;
mais ils ne portoient peut-être pas jufques-là
le délire & la fureur.

Voici comment d'autres écrivains nous expofent la doctrine des Antictates, qui étoient
une branche de Caïnites. » Dieu créa d'a-
bord un monde, où tout étoit bien : les
hommes innocens & heureux, jouiffoient des

_____

(1) Hérétiques du deuxieme fiecle.
(2) S. Irénée, lib. 1. cap. 35.

plaisirs , sans reconnoissance & sans remords. Une des créatures , que l'Être bienfaisant avoit produites , étoit méchante ; le bonheur des hommes fut pour elle un spectacle affligeant ; elle entreprit de le troubler ; elle étudia l'homme , & découvrit que , pour le rendre malheureux , il ne falloit qu'introduire dans le monde , des idées nouvelles ; elle donna donc l'idée du mal ; elle défendit certaines choses, comme déshonnêtes ; elle attacha une idée de honte à ce que la nature inspiroit ; elle l'interdit sous de grandes peines : par ces lois , un besoin qui , dans l'institution de l'Auteur de la nature, étoit une source de plaisirs , devint une source de maux ; l'idée du crime se joignit toujours à l'idée du bien ; le remords suivit le plaisir ; & l'homme étoit humilié par le retour qu'il faisoit sur le bonheur qu'il s'étoit procuré. Placé entre les penchans qu'il reçoit de la nature & la loi qui les condamne, il murmura contre son Auteur : le monde fut rempli de désordres & de malheureux, qui luttoient sans cesse contre la nature, & qui se tourmentoient pour éluder la loi, ou pour la concilier avec les passions (1). « Les Antictates pratiquoient ce que la loi dé-

_____

(1) Dict. des Hérésies de M. l'Abbé Pluquet.

fend : ils croyoient par ce moyen fe replacer dans l'état d'innocence.

Pour arriver à Dieu, qui eft au-deffus de nous , difoient les Carpocratiens , il faut accomplir les œuvres du monde & de la concupifcence, & c'eft l'adverfaire auquel l'évangile ordonne de céder. L'ame, qui réfifte à la concupifcence, en eft punie, en paffant après la mort dans un autre corps, jufqu'à ce qu'elle obéiffe à tous les mouvemens de la chair (1). Les Valentiniens s'abandonnoient à leurs paffions, fous prétexte qu'il faut rendre à la chair, ce qui appartient à la chair, & à l'efprit, ce qui appartient à l'efprit (2) ; & les Gnoftiques faifoient leur priere entierement nuds, afin de donner des marques plus éclatantes de leur liberté.

Les fubtilités de la théologie fcholaftique amenerent par la fuite d'autres raffinemens. Les Beguards parurent au quatorzieme fiecle. Ils diftinguoient dans l'amour la fenfualité ou la volupté, & le befoin ; le befoin étoit, felon eux, un ordre de la nature, auquel on pouvoit obéir innocemment ; mais au-delà de ce befoin, le

_____

(1) S. Epiphane, Héréf. 27.
(2) Hift. Eccléf. de l'Abbé Fleury, l. 3.

plaifir dans l'amour eft un crime. Ainfi, la for-
nication eft une action louable, ou du moins
innocente ; fur-tout lorfqu'on eft tenté, & un
fimple baifer paffe pour un péché énorme.

CHAPITRE III.

Raffinemens de volupté. Communauté de femmes.

CE chapitre offriroit peut-être un côté phi-
lofophique & moral; mais la décence ne permet
pas de s'y arrêter. On établira feulement les
principes.

Les fauvages connoiffent déjà quelques raffinemens. Lorfqu'on fe dégoûte des jouiffances
ordinaires, chacun à fa maniere, invente des
expédiens, pour prévenir la faciété. Tout ceci
dépend encore des circonftances, de la chaleur
du climat, du caractere & des occupations des
peuples.

On a déjà cité la foibleffe des naturels de
l'Amérique ; leurs femmes, qui aimoient davantage le plaifir, chercherent des raffinemens: elles en découvrirent de très-finguliers. On peut
voir ailleurs celui dont parle Colomb, & avec

quelle aifance elles fe faifoient avorter. En voici un autre : elles perfuaderent aux hommes d'employer une réfine , pour augmenter les extafes de la jouiffance. Elles entouroient la verge d'anneaux pétris & formés d'une réfine dont la fubftance molle & flexible a beaucoup d'élafticité (1). Cependant elles n'étoient pas fatisfaites. La vigueur des Européens les rendit effrénées , & rien ne put arrêter leur penchant. Trois cens époufes de l'inca *Atabaliba* fe proftituerent au vainqueur fur le champ de bataille de *Caxamalca* , & elles aiderent les Européens à maffacrer leurs compatriotes (2).

La communauté des femmes eft le premier raffinement de débauche chez les peuples barbares ; & comme il faut tout juftifier , chaque peuple en donne des raifons différentes qui lui femblent également bonnes. Lorfque la nuit eft venue , les fauvages de la nouvelle France , hommes & femmes , courent de cabane en cabane , pour trouver une compagne: le mariage, difent-ils , ne doit pas priver les individus d'une focieté , des droits qu'ils ont fur chaque

---

(1) Rech. phil. fur les Américains, t. 1.
(2) Zarate , Hift. de la Conquête du Pérou , I. 2 ch. 6. Levinus Apollonius , Defcr. Regni Peruviani.

femme (1). Les Scythes Agathyrſiens poſſé-
doient les leurs en commun , & ce déſordre
paroiſſoit un moyen admirable de vivre en bonne
amitié (2). Les Negres du royaume de Loanda
conviennent entre eux de changer de femmes ;
& quand les miſſionnaires leur font des reproches, ils répondent qu'*il eſt impoſſible de ſe bor-
ner toujours au même aliment* (3).

Lors même que les ſociétés ont pris une aſ-
ſiette fixe, elles adoptent des principes encore
plus outrés. Les Spartiates ne rougiſſoient point
de dire : ‟ Ne fait-on pas couvrir une chienne
& une cavale, par un étalon & un chien vigoureux, pour avoir de belles races, *pourquoi n'en
ferions-nous pas de même , pour avoir de beaux hommes* (4) ? « Ils ſe moquoient des nations qui ne
les imitoient pas. Les Spartiates *ne vouloient plus,
& quand même ils l'auroient voulu, ils ne ſavoient
plus vivre comme particuliers ; ils étoient en tout dé-
voués à la patrie ,* dit Plutarque.

D'autres peuples perfectionnerent ce déſordre, ſi l'on oſe s'exprimer ainſi. ‟ Un nombre

---

(1) Voyage de Champlain.
(2) Hérodote. Strabon.
(3) Voyage de Merolla.
(4) Boëmus, *Mores Gentium.*

très conſidérable

très-confidérable d'Otahitiens des deux fexes,
forment des fociétés où les femmes font communes à tous les hommes ; ils ont tellement
befoin de cette variété, que le même homme & la même femme n'habitent guères plus
de deux ou trois jours enfemble. Ces fociétés
s'appellent *arreoys :* les autres infulaires n'affiftent
point à leurs affemblées. Les hommes s'y diver-
tiffent par des combats de lutte, & les femmes
y danfent des danfes lubriques, afin d'exciter
en elles des defirs que fouvent elles fatisfont fur
le champ, comme on nous l'a raconté. Si une
des femmes devient enceinte, l'enfant eft étouffé
au moment de fa naiffance, afin qu'il n'embarraffe point le pere, & qu'il n'interrompe pas la
mere dans fes plaifirs. On ne peut lui fauver la
vie, à moins que la mere ne trouve un homme
qui l'adopte comme étant de lui ; mais ils font
chaffés tous deux de la communauté, & perdent
à l'avenir leur droit aux priviléges & aux
plaifirs de l'arreoy. Il ne faudroit pas attribuer
à un peuple, fur de légeres preuves, une pratique fi horrible & fi étrange ; mais j'en ai de
convaincantes. Les Otahitiens, loin de regarder
cette fociété comme un déshonneur, en tirent
au contraire vanité, comme d'une grande diftinction : lorfqu'on nous a indiqué quelques

perfonnes qui étoient d'un arreoy , nous leur
avons fait , M. Banks & moi , des queſtions
fur cette matiere , & nous avons reçu , de leur
propre bouche, les détails que je viens de rapporter. Pluſieurs Indiens nous avouerent qu'ils
étoient aggrégés à ces ſociétés , & qu'ils avoient
mis à mort pluſieurs de leurs enfans (1). «

Chez les anciens Bretons, huit, dix ou douze
hommes ſe raſſembloient & mettoient leurs femmes en commun : ces ſociétés étoient plus nom-
breuſes , lorſque ceux qui les formoient, pouvoient s'accorder entre eux (2).

On trouve ailleurs ces mêmes aſſociations de
plaiſirs ; & ſi elles ne ſont pas plus répandues ,
c'eſt que la communauté des femmes s'établit
en abandonnant chacun à ſes caprices , au-lieu
que les aſſociations particulieres demandent des
réglemens ; ce qui eſt plus difficile.

Le beſoin des ſens eſt quelquefois une fré-
néſie , & la paſſion de l'amour ſe manifeſte
avec le caractere de la violence. Sans admettre
ce qu'on dit de la lubricité des femmes de Pa-
tane ; l'empereur de Maroc traîne ſon ſerrail
lorſqu'il voyage. On eſt contraint de laiſſer les

(1) Voyage de Cook.
(2) *Milord Littleton's Hiſtory of England*, t. 1.

femmes pour une nuit dans des tentes dreſſées à la hâte, & gardées par des ſoldats : elles ſoulevent les bords de la tente, & elles expoſent le milieu de leur corps au premier goujat de l'armée : on ordonne aux ſentinelles de mettre en pieces, à coups de ſabres, la premiere qui oſera paroître dans cet état : elles ſavent avec quelle rigueur on obſerve la loi ; & il n'eſt pas rare d'en trouver qui s'expoſent au châtiment.

On finit ici. Si le lecteur jettoit les yeux ſur les raffinemens de débauche, qu'on voit au milieu des nations corrompues par le luxe, il recueroit épouvanté.

CHAPITRE IV.

Corruption de l'amour. Incefte, &c.

On a parlé plus haut des prohibitions du fang dans le mariage ; & fans répéter ce qu'on a dit des inceftes autorifés par la loi , on paffe à ceux qui font commis par la débauche.

Les Negres de la Côte de Poivre & de Rio-Gabon , proftituent leurs femmes à leurs enfans (1). — Dans ces pays très-chauds , le pere eft épuifé de bonne heure , & la mere eft encore féconde , lorfqu'il ne peut plus engendrer ; & l'on ne cherche qu'à multiplier les familles.

L'aîné des fils , au royaume de Juida , hérite des biens de fon pere, de fes beftiaux & même de fes femmes, avec lefquelles il vit en qualité de mari, fa mere feule exceptée (2) ; & les Coucous, peuple du Chili , ne fe font aucun fcrupule de *connoître* leurs fœurs & leurs propres

(1) Prevoft , t. 3. & Rel. d'Artus.
(2) Voyage de Defmarchais.

filles, & d'épouser en même tems la mere & la fille (1).

Le besoin des sens mal dirigé produit la pé- **Pédérastie.** dérastie; mais cette dépravation n'a pas la même origine dans tous les pays. Les sauvages, qui manquent de femmes, assouvissent leurs passions sur des hommes.

L'Europe fut étonnée, lorsqu'on trouva cette infâme habitude presque par-tout en Amérique. L'organisation des sauvages, leur mépris pour le sexe, les chasses, qui les séparoient de leurs femmes pendant plusieurs mois, amenerent la corruption, qui prit diverses formes. Ici, elle paroissoit avec impudence, & là, elle faisoit quelques efforts pour se cacher. A la Louisiane & chez les Illinois, des Indiens étoient habituellement vêtus en femmes, & ils se prostituoient comme des courtisannes (2).

Quoique Battell reproche aux Negres de Benguela d'entretenir des hommes en habits de femmes; quoique Laugier de Tassy ajoute que dans la plupart des serrails d'Alger, il n'y a

_____

(1) Suppl. au Voyage d'Anson. On a parlé fort au long de ceci dans le livre du Mariage.

(2) La Hontan. Champlain. l'Escarbot.

point de femmes ; ce vice ne paroît pas auſſi commun en Afrique, qu'on auroit lieu de le craindre de la chaleur du climat, ou du moins les Voyageurs n'en diſent rien.

Le déréglement des anciens ne ceſſe point de ſurprendre ; & l'on ne s'accoutume pas à la maniere ingénue & ſimple dont parlent leurs écrivains. Horace, Catulle, Tibulle, Ovide & Virgile lui-même, écrivoient à des hommes, comme à leurs maîtreſſes, & ils proſtituent dans ces lettres toute la délicateſſe & toute la tendreſſe de l'amour. Socrate & les philoſophes les approuvoient par leurs écrits & par leurs exemples (1) : Plutarque en vient juſqu'à dire : *Quant au vrai amour, les femmes n'y ont aucune part* (2) ; & Lucien examine ſi l'amour des garçons eſt préférable à celui des femmes.

Les légiſlateurs autoriſoient cet amour, & même le philoſophe de Chéronée (3) nous apprend que les Thébains l'avoient ordonné pour adoucir les mœurs de leurs jeunes gens.

---

(1) Tuſculan. l. 4.

(2) Œuvres morales, Traité de l'Amour. Voyez auſſi Xénophon.

(3) Vie de Pélopidas. Voyez auſſi l'*Archæologia græca potteri*.

Les Amasiens de l'île de Crète enlevoient autrefois les jeunes garçons, comme les Kamtchadales enlevent leurs femmes. Dès qu'ils en trouvoient un à leur gré, ils indiquoient à ses parens l'amour qu'ils avoient pour lui, & le jour où ils vouloient l'enlever : le jeune homme faisoit résistance, si le ravisseur n'étoit pas de son goût ; mais ordinairement, il se laissoit emmener après quelques simagrées ; le ravisseur le gardoit plusieurs mois, & il le renvoyoit ensuite (1). On en remplissoit alors les serrails, & on les prostituoit publiquement (2).

Indépendamment du motif qu'alléguoient les Thébains, cet amour, suivant Jérôme le Péripatéticien, se répandit, parce qu'il donnoit du courage & de la force, & qu'il servit à chasser des tyrans. Les conspirations se formoient entre les amans; & lorsqu'ils étoient découverts, ils expiroient dans les tortures, plutôt que de révéler leurs complices (3). — Le patriotisme sa-

---

(1) *Potteri Archæologia græca*, & Strabon, qui rapporte beaucoup de particularités sur cet usage.

(2) Laurentius, de *Adulteriis & Meretricibus*, & Martial.

(3) *Musonii Philosophi de luxu Græcorum, in quo de Meretricibus*, &c.

V iv

crifioit tout à la profpérité de l'état : on cherchoit à réunir les hommes par l'attrait du plaifir, & on imagina que cette liaifon affermiroit la république. — La politique écartoit les femmes des affaires ; elles vivoient dans la retraite ; c'étoit une foibleffe de les aimer ; on déclamoit fans ceffe contre les effets de cet amour, & chacun prenoit des précautions pour l'éviter : cependant les befoins des fens fe faifoient fentir, & on fe livroit aux hommes. — La pédéraftie eft le vice des peuples guerriers ; les Gaulois fe croyoient déshonorés, lorfqu'on refufoit leurs faveurs, & tranquillement affis fur des peaux, ils plaçoient à leur côté deux jeunes garçons, que tout le monde voyoit (1). Les foldats fe corrompent à l'armée : les anciennes républiques étoient continuellement en guerre ; chaque citoyen alloit fervir l'état, & confervoit l'habitude qu'il avoit contractée dans les camps. — La religion introduifoit auffi ce défordre : on adoroit les divinités les plus infâmes ; & quand un peuple revere les amours de Jupiter & de Ganimede, il imite la conduite du maître de l'univers.

D'autres caufes & d'autres circonftances firent

_____

(1) Diod. de Sic. l. 5. chap. 21.

naître la pédéraftie en Orient, où elle regne dès les tems les plus anciens. Sextus Empiricus prétend qu'elle étoit *ordonnée* chez les anciens Perfes; & fi l'on veut prendre fon expreffion à la lettre, on peut citer ce que dit Plutarque des Thébains : mais il faut reftreindre les affer-tions de ces deux auteurs, quoique les mauvais raifonnemens d'un légiflateur fuffifent pour éta-blir une pareille loi.

La polygamie, dit M. de Montefquieu, mene à ce crime, & les Turcs le regardent comme une fimple galanterie. Après l'avoir commis avec des hommes, on le commet avec des femmes; & chez la plupart des Maho-métans, un abus fecret s'oppofe à la propaga-tion de l'efpece. Leurs théologiens autorifent les conjonctions illicites pendant toute l'année, fi l'on en excepte le carême; & un fcholafti-que Efpagnol manqua de les introduire dans fon pays (1).

On fent ailleurs les dangers de cette habi-tude, & fa funefte influence fur les mœurs. Dans les gouvernemens modernes, les légifla-

---

(1) Voyez les Recherches philofophiques fur les Chi-nois, t. 1.

teurs décernent la peine du feu contre les coupables ; & s'ils ne peuvent les détruire, ils les forcent du moins à se cacher.

Tribades. Les Voyageurs ne parlent jamais de tribades en décrivant les mœurs des sauvages, & l'on ne sait pas si cette autre corruption a lieu dans l'enfance des sociétés. Le désordre, dont on vient de parler, précede communément celui-ci, qui commence sur-tout dans les grandes nations, dans les serrails, & à cette époque où le luxe amene la satiété & le dégoût.

Quand les lois souffroient les goûts les plus contraires à la nature, l'amour des femmes étoit permis aux femmes, & les Grecs l'appuyoient sur des raisons d'état. Pour qu'elles eussent peu de communication avec les hommes, & qu'elles ne se mélassent point des affaires de la république, on étoit bien aise que les charmes du plaisir embellissent leur solitude. Les tribades n'avoient pas besoin de tant d'encouragemens, & l'on voit par les dialogues de Lucien, quels affreux progrès fit cette licence.

Le dégoût est le premier châtiment de l'incontinence ; & l'on se trouve enfin dans un embarras singulier. Sous les empereurs Romains, les femmes mutilerent leurs esclaves, afin de satisfaire les caprices d'une imagination usée par la débauche. Après les regnes de Tibere & de Néron, on careſſoit des monſtres; & Pline (1) nous apprend que les hermaphrodites étoient très-recherchés de ſon tems.

La beſtialité eſt le dernier de tous lés déſordres (2); & on le reproche aux hommes qui

Beſtialité.

---

(1) Hiſt. Nat. l. 7. c. 3. On voit encore à Rome une ſtatue hermaphrodite du Chevalier Bernin que le ſtatuaire à voulu rendre très-animée & très-ſéduiſante.

(2) Il paroît que pluſieurs animaux ont auſſi du penchant pour des créatures humaines, & ſans répéter ce qu'on a dit des orangs-outangs & des gros ſinges qui violent les femmes, (voyez entr'autres le Voyage de Philipps, dans Prevôt, t. 3.) Athénée, l. 13, parle d'un coq qui aima un officier du roi de Bithynie, d'un oiſon qui aima un jeune garçon & d'un autre qui aima Lacydes le philoſophe, d'un paon qui devint tellement amoureux d'une fille, qu'il mourut à l'inſtant où la fille expira, d'un dauphin qui aimoit un jeune homme, & d'un éléphant qui aimoit un enfant. En racontant ces fables, Athénée confond l'amour charnel avec l'attachement, dont la plupart des animaux ſont ſuſceptibles; & il n'y a peut-être que les quadrupedes qui éprouvent des tranſports à la vue d'une femme. — Mais voici l'explication des faits étranges qu'il rapporte. L'imagination des Grecs animoit toute la nature, elle rempliſſoit les fleuves & les ruiſſeaux de nayades, les forêts de ſylvains, de faunes & de ſatyres: le zéphir qui agitoit la roſe, prodiguoit à cette fleur des marques de ſa tendreſſe; l'eau mobile,

vivent feuls, ou qu'on profcrit de la fociété. Les efclaves Noirs de Madagafcar, commettent les plus abominables excès avec les animaux, fans en être punis (1); & Moyfe défend le commerce des boucs & des chevres (2).

Quand le luxe a tout corrompu; quand la débauche a tout épuifé, elle a recours aux animaux, & il n'eft pas poffible alors de contenir fon indignation. Les Sybarites aimoient les petits chiens; ils les menoient aux bains, pour les faire fervir enfuite à leurs plaifirs (3).

---

qui gliffoit doucement fur le corps de la nymphe, qui fe baignoit, careffoit fes charmes : enfin, cette charmante mythologie donnoit aux êtres infenfibles & aux animaux, le fentiment de l'amour & le goût de la beauté.

On lit auffi dans M. le Gendre, Traité de l'opinion, de grands détails fur les amours de différens animaux pour les hommes.

(1) *Drury's, Hift. Flacourt.*

(2) Lévit. ch. 17. Cet ufage eft répandu fur les montagnes de la Calabre, comme il l'étoit dans les déferts de l'Arabie.

(3) Voyez Athénée, I. 12. Martial appelle ces petits chiens *catelli fellatores*, pour défigner l'ufage qu'on en faifoit. Le fens qu'on donne au paffage d'Athénée, differe de la traduction de l'Abbé de Marolles, qui n'a point entendu l'original. Voici fa verfion : » C'étoit auffi une coutume

Enfin', il survient une époque où l'on se livre sans honte à tous ces excès. Hérodote (1) atteste que pendant son voyage en Egypte, une femme s'approcha publiquement d'un bouc, dans la province de Mendez. On dit même qu'en Europe, au commencement du siecle, une chevre fut caressée par un homme devant une grande assemblée. Plutarque affirme qu'il y eut jadis des Egyptiennes, qui aimoient des crocodiles apprivoisés (2); & quoique des Voyageurs confirment ce témoignage, on aura peine à croire cette frénésie.

Les désordres sont si naturels à l'homme, que son imagination & ses sens se corrompent à la vue d'une statue. Clisophe de Salimbrie, dans l'île de Samos, aima éperduement une Vénus de marbre : la froideur arrêtant ses caresses, sa pas-

Amour des statues.

---

parmi eux, & reçue communément dans le pays, d'avoir de petits hommes de bois & de carton, que quelques-uns appellent *scopes*, c'est-à-dire petits, &c. & de petits chiens *mélitées*, (pour des chiens de Malthe,) qui les suivoient au bain. « Ce n'est pas la modestie qui arrête le traducteur, car d'ailleurs il est cynique.

(1) L. 2.

, (2) Leur secret consistoit, dit-on, à se frotter d'une infusion de safran, comme l'on se frotte de coupe-rose & de musc, contre les morsures de certains serpens.

sion se rallentit ; mais elle se ralluma bientôt ; il enveloppe la statue d'un corps moins froid , & il consomme sa jouissance (1). Un Grec arrivant à Delphes , pour y consulter l'oracle, trouva dans le temple deux génies de marbre ; il s'y cacha pendant une nuit ; il jouit de celui qui étoit le plus beau , & il lui laissa une couronne sur la tête , pour récompense du plaisir qu'il en avoit reçu (2).

_____

(1) Athénée.

(2) *Ibid.*

CHAPITRE V.

Célibat. Vœux de chasteté.

LES hommes tourmentés par leurs passions, ne tarderent pas à s'appercevoir, que l'amour trouble la terre ; & qu'il rend injuste, & quelquefois méchant. Ceux qui renoncent aux plaisirs des sens, semblerent plus propres à remplir certaines fonctions de la société; & l'on garda la chasteté pour vivre au milieu du monde, au-lieu que, par la suite, on a pris le même parti pour s'en séparer.

Tels sont les charmes de la pureté, que les sauvages imaginent déjà que l'Être suprême chérit ceux qui ne souillent point leur vie par des jouissances charnelles, & qu'il accepte plus volontiers leurs hommages. Si l'on en croit des anciennes relations, on a trouvé chez plusieurs Indiens de l'Amérique Septentrionale, des femmes, qui n'approchoient point des hommes, & qui renonçoient au mariage. D'autres voyageurs n'ont découvert aucune trace de ces Vestales ; mais ils conviennent que le célibat étoit en estime dans quelques nations, & le P. de Charlevoix parle de diverfes plantes falutaires, qui, fuivant les Indiens, doivent être employées par des mains pures (1).

La vertu confifte à être équitable, à facrifier fes plaifirs au bien-être des autres, & enfin à garder toujours une férénité d'âme capable de juger & de fupporter tous les événemens. La continence procure ces avantages, lorfqu'elle ne donne pas un caractere infenfible & dur, & il n'y a que des peuples dépravés qui puiffent oublier l'eftimè qu'on lui doit. De-là viennent les préjugés finiftres ou favorables qu'on fe forme en différens pays. Une fille de Loango, qui fe laiffe féduire, paroît à la cour avec fon amant, & demande pardon: l'abfolution eft très-néceffaire, car on croiroit le pays menacé d'une éternelle féchereffe, fi la coupable ne fe foumettoit pas à la loi (2).

Les anciens Scythes & les Tartares avoient beaucoup de vénération pour les hommes devenus impuiffans à la fleur de leur âge.

Dès qu'on eût établi des cultes, les prêtres édifierent par leur conduite; & comme ils étoient

(1) L'Efcarbot. Champlain.
(2) Afrique de Dapper, dans Ogilby.

les

les cenfeurs des mœurs, & qu'on les chargeoit de réprimer les paffions des autres, il·falloit qu'ils euffent de l'afcendant fur les leurs. On ne les priva pas d'abord des plaifirs du mariage; mais bientôt on imagina ce dernier degré de perfection; & ils s'engagerent, par des fermens folemnels, à conferver leur pureté.

Dans les contrées à demie barbares, on a moins d'empire fur fes penchants, parce qu'on eft moins éclairé, & la facilité de fuccomber, fait recourir à des moyens plus violens. Des prêtres de l'antiquité obfervoient le célibat, & ils employoient des moyens phyfiques, pour éteindre le befoin des fens. Ceux d'Egypte & de Cybele, les Hyerophantes d'Athenes, les Nazaréens chez les Hébreux, faifoient ufage de plufieurs fimples & de topiques réfrigératifs, & fans fe mutiler, ils fe mettoient dans un état d'impuiffance (1).

Les philofophes prenoient auffi ces précautions; & l'on vit les difciples de Pythagore & beaucoup d'autres, amortir les feux de la concupifcence, par un régime très-rigoureux.

On n'arrêtoit pas les mouvemens de la chair:

---

(1) Hift. crit. du Célibat, *t.* 5. des Mémoires de l'Académie des Infcr.

on bûvoit en vain des potions reffroidiſſantes,
on appliquoit en vain de la cigûe ſur les parties
naturelles, la nature plus forte triomphoit encore; on prit un parti déſeſpéré. Les prêtres de
Syrie & ceux de Cybele, ſe firent eunuques.

Le goût des vœux & de la continence ſe répand : outre les prêtres chargés par état de mener une vie exemplaire, les ſimples particuliers
s'alarment & vivent dans le célibat & la retraite.
Alors paroiſſent les inſtitutions monaſtiques; le
ſcrupule commence & dégénere en facéties. Des
moines Indiens ſe percent le prépuce, & ils y
paſſent un anneau avec un cadenat (1), dont
ils remettent la clef au Juge du lieu.

Les femmes remplirent par la ſuite, quelques fonctions ſacerdotales : il y eut des prêtreſſes : on les obligea de renoncer aux plaiſirs
des ſens, ou elles s'impoſerent volontairement
cette obligation. La loi du célibat étoit preſcrite
en Perſe, aux filles du ſoleil. Le temple de Bé-
lus renfermoit huit rangs de colomnes de marbre, élevées les unes ſur les autres; & ſur un
des chapiteaux, il y avoit une petite cellule,
habitée par une vierge, qui tenoit compa-

---

(1) Voyez dans le livre neuvieme, de quelle maniere
s'infibulent les cailloires.

gœie à ce dieu (1) ; neuf vierges gardoient
l'île de Sené , chez les anciens Gaulois ,
& l'on dit même qu'elle étoit entierement peu-
plée de vierges. Quelques-unes faifoient de tems
en tems, des voyages fur le continent, pour
la confervation de la république (2).

Les Romains accompagnerent l'inauguration
des Veftales, de cérémonies capables de produire une grande impreffion, & ils décernerent
des châtimens terribles contre celles qui man-
quoient à leurs vœux. La loi *Papia* ordonnoit
au pontife de choifir vingt filles parmi le peuple, de tirer au fort, & d'en faifir quelques-
unes, pour les confacrer à Vefta (3). Lorfqu'elles n'étoient pas chaftes, les citoyens & les
magiftrats prenoient le deuil : on fermoit les
boutiques, un morne filence & la confternation
régnoient dans Rome. — Le caractere de ces
maîtres du monde ne reffembloit en rien à celui
des autres peuples : leur âme grande & forte,
n'éprouvoit que des fentimens impétueux & des
tranfports héroïques ; on ne les conduifoit que
par l'admiration & la pompe des fpectacles, &

---

(1) Hérodote.
(2) Hift. crit. du Célibat, par Morin.
(3) Differtation fur les Veftales, par l'Abbé Nadal.

X ij

après la lecture de Tite-Live, on ne cherche pas d'autre origine à ces usages, & ces actions extraordinaires, dont est rempli son ouvrage.

Les prêtresses se multiplierent comme les moines : elles n'avoient plus de fonctions, & elles se retirerent du monde, pour s'occuper de leur salut. La religion chrétienne ne leur a pas seule bati des monasteres : différens pays de l'Asie, sont remplis de Talapouines & de Bonzesses.

Mais l'instinct ramene aux plaisirs de l'amour, & rien ne détruit ce penchant qui rapproche les deux sexes : les Platoniciens discuterent long-tems cette matiere ; & pour concilier l'amour & la vertu, ils imaginerent leur étrange système. D'illusions en sophismes, & de sophismes en illusions, il s'établit un usage bisarre ; des femmes, qui faisoient profession de chasteté, ne rougissoient point d'habiter avec des hommes ; elles demandoient la visite des matrônes, pour prouver qu'il ne se passoit rien d'indécent ; & Saint Cyprien prêche contre cet abus (1).

_____

(1) *Nec aliqua putet se hâc excusatione defendi quod inspici & probari possit an virgo sit..... & si incorrupta*

On raisonna sur le célibat, & l'on tomba dans les plus folles erreurs: on prétendit qu'Adam & Eve auroient dû vivre sans se *connoître*, & que le style modeste & figuré de l'écriture-sainte leur imposoit cette obligation, en défendant de manger du fruit de l'arbre de la science du bien & du mal (1). Des hérétiques proscrivirent le mariage; ils citoient ce passage d'un évangile des Egyptiens. » Vous êtes surpris que nous prêchions la virginité, & que nous ne nous marions point; ne savez-vous pas que nous touchons à la fin des siecles (2)? « Les réformateurs des derniers tems attaquerent les abus du culte, & en particulier la loi qui obligeoit les prêtres au célibat. Zuingle écrivant aux cantons suisses, leur rappelle un édit de leurs ancêtres, qui enjoignoit à chaque prêtre d'avoir sa propre concubine, de peur qu'il ne corrompît la femme de son voisin (3).

A la suite de ceux qui font vœu d'être chastes,

---

inventa fuerit ex parte sui, quá mulier potest esse, potuerit tamen ex aliá corporis parte peccasse, quá violari potest, & tamen inspici non potest.

(1) Hist. crit. du Célibat, par Morin.

(2) Eusebe, Demonst. Evangel.

(3) Frapaolo, Hist. du Conc. de Trente.

X iij

il faut parler de ceux qui font vœu de ne l'être pas. Des courtifanes de l'Inde établiffent une fociété, & s'engagent par des fermens, à contribuer, de tout leur poffible, au profit du commerce (1). Si Mindez Pinto eft digne de foi, il y a dans les états du Calaminham, près du Pégu, un temple fervi par les filles des princes & feigneurs du royaume. Elles jurent, dès l'enfance, d'offrir leur honneur à l'idole; & fans ce facrifice, un noble ne voudroit pas les époufer.

D'autres caufes exciterent les hommes à garder la chafteté. Les athletes s'appliquoient des plaques de plomb fur les reins, pour conferver leurs forces, & ne pas fuccomber à la volupté (2).

M. Boulanger propofe une conjecture, il dit que les anciens peuples épouvantés par les ravages du déluge, fe font peut-être livrés *à des excès*; & que, par leurs mutilations, ils ont peut-être rendu la réparation du genre humain très-lente (3). Cette idée bifarre n'eft appuyée

---

(1) Voyage de Dellon.
(2) Differt. fur les Athletes, t. 1. des Mém. de l'Acad. des Infcript.
(3) Ant. dévoilée, t. 1.

fur aucun fondement. Mais on garantit la certitude de ce fait : Drake reconnut après la prife de S. Domingue en 1586, que les Indiens réduits au défefpoir, avoient unanimement réfolu de ne plus approcher de leurs femmes, afin que les Efpagnols ne tourmentaffent pas leurs enfans.

CHAPITRE VI.

Courtifanes.

D ANS les grandes peuplades, des courtifanes fe dévouent aux plaifirs du public, & l'on fait un commerce de la proftitution. La chaleur du climat les rend quelquefois néceffaires : Bofman dit que fur la Côte d'Or, pour forcer les Negres à ce qu'on defire d'eux, il vaut mieux faifir des filles publiques, que de prendre un autre moyen, & qu'ils confentent à tout, afin qu'elles leur foient rendues.

On en garnit les chemins au royaume de Juida : il y a fur les routes, des cabanes, de diftance en diftance, où les filles de débauche doivent fe trouver pour la commodité des paffans : on a eu la précaution d'en remplir

X iv

les villes & les villages fitués le long du Nil, & les voyageurs en jouiffent, fans les payer (1). Enfin, quand une Negreffe riche eft au lit de la mort, elle acheté des femmes dont elle fait préfent au public ; cette libéralité eft une action fainte, dont elle croit être récompenfée (2). Dès qu'une femme defire d'être admife dans l'ordre, fa réception fe fait publiquement : on la conduit fur la place de la ville ou du village, accompagnée d'une courtifane, qui eft chargée de l'inftruire. Un jeune garçon, au-deffous de l'âge nubile, la careffe devant l'affemblée, parce qu'elle eft obligée de recevoir indifféremment tout le monde, & même les enfans. On lui bâtit une cabane; & quand elle eft inftallée, elle eft foumife aux caprices des hommes : elle ne peut exiger d'autre récompenfe que ce qu'on veut bien lui donner (3).

Les courtifanes jouerent un rôle diftingué dans la Grèce; elles ne reffembloient en rien aux courtifanes modernes; elles joignoient les charmes de l'efprit à ceux de la beauté. Elles

---

(1) Voyages de Paul Lucas.
(2) Bofman.
(3) Voyage de Smith.

cultivoient l'éloquence, la muſique, la poëſie, la danſe, les ſciences & la philoſophie. La délicateſſe & le goût ſe répandoient ſur leurs plaiſirs & dans leur vie licentieuſe, elles cherchoient encore la douceur d'aimer. On oublioit leur conduite, & on ne les regardoit plus que comme des prêtreſſes de Vénus. Leur inauguration ſe faiſoit ſur les autels, avec un pompeux appareil. On en conſacra plus dé mille, dans le temple de Corinthe. Muſonius (1) en cite une foule, qui ſe rendirent fameuſes ; & preſque tous les grands hommes en avoient une, qui jouiſſoit d'une partie de leur gloire. Enfin, on leur éleva des obéliſques & des ſtatues ; & on voyoit au temple de Delphes la ſtatue d'or de Phrinée (2). — Ces hommages étoient une ſuite de l'enthouſiaſme des Grecs pour les belles formes : on les appelloit les déeſſes des beaux‑arts, & on les honoroit encore plus que le peintre, le ſtatuaire, le muſicien, l'orateur & le poëte.

Chez les Romains, plus graves & plus ſeveres, elles n'eurent point d'influence ; elles re-

---

(1) Muſonii *Philoſophi de Luxu Græcorum*, *in quo de Meretricibus*. Coll. de Gronovius, t. 8.
(2) Plut. *de Oraculorum defeſtu*.

devinrent de viles proftituées. La plupart étoient
fous la dépendance d'un maître, qu'elles enri-
chiffoient; les hommes les plus diftingués de la
république, Caton, le fage Caton, faifoient,
fans honte, ce commerce (1).

Les nations, qui parurent en Europe, après
la chûte de l'empire romain, rendirent aux femmes une partie de leur liberté. Cette révolution
ne changea pas la groffiereté des mœurs : les
courtifanes ne dépendoient de perfonne ; la
police cependant les réduifit en corps ; &
comme il fe mêloit à la débauche, des idées de
religion, celles de Paris faifoient, tous les ans,
une proceffion folemnelle. La charge de roi des
Ribauds étoit confidérable, & fa jurifdiction en
certaines matieres, s'étendoit dans tout le royaume (2).

En Orient, où l'on jouit des plaifirs des
fens avec plus d'effronterie, & où la religion
enfeigne que les femmes ne naiffent que pour
amufer les hommes, la profeffion des courtifanes
eft autorifée, & on les fréquente auffi publiquement que les concubines. Elles font un ap-
prentiffage ; & leur vie eft une étude con-

_____

(1) Plut. *in Catone.*
(2) Hift. de France de Daniel, t. 1.

tinuelle de débauches & de jouiffances. Dans la plupart des contrées de l'Inde, ce font des danfeufes qu'on mande chez foi, & fouvent pendant le repas, elles fe mettent nues, & prennent les poftures les plus lafcives. » Le gouverneur d'Amadabath déclara à dîner qu'il vouloit donner le refte du jour à la joie : vingt danfeufes arriverent auffi-tôt : elles fe dépouillerent de leurs habits, & danferent & chanterent avec une extréme jufteffe (1). «

Ailleurs, elles forment une tribu de l'état : la loi les oblige à exercer la profeffion de leurs ancêtres ; & fi elles veulent être vertueufes, il faut renoncer à ce projet. Le peuple de Golconde eft divifé en quarante-quatre caftes, parmi lefquelles on compte *celle des femmes de débauche :* on en diftingue deux efpeces, les premieres ne fe proftituent qu'aux hommes d'une tribu fupérieure, & les autres ne refufent leurs faveurs à perfonne ; mais elles font toutes condamnées à mener la vie de leur mere (2).

Le caractere des Japonois eft ardent & fombre, ils commettroient des meurtres, s'ils ne

---

(1) Rel. de Mandeflo.
(2) Voyage de Methold.

pouvoient pas fatisfaire fur le champ leurs befoins : le trafic des courtifanes eft devenu
une grande entreprife de commerce , & les
lois fixent le prix des faveurs. Les adminiftrateurs des ferrails publics élevent les filles avec
foin ; » On leur apprend , dit Kempfer, à danfer, à jouer des inftrumens , à faire des billets
tendres , & tout ce qui convient à leur profeffion : une des plus méprifables , veille pendant
la nuit dans une loge *à la porte de chaque mai-*
fon, pour la commodité des paffans. La plupart
fe marient après le tems de leur fervice , parce
qu'elles font bien élevées , & l'opprobre de leur
jeuneffe , ne tombe que fur les marchands. «

Quelques gouvernemens ont mis un impôt
fur les courtifanes ; c'eft-à-dire, qu'on vend le
droit d'exercer une profeffion infâme ; ce qui
eft plus déshonorant pour l'état, que pour les
proftituées. Cet abus regne en quelques villes
d'Italie (1) ; & fous Caligula , chacune d'elles
payoit autant qu'elle recevoit pour un coucher (2). A Naples, le baftion du Château-
Neuf, s'appelle *Baftione delle P*...... parce

---

(1) Laurentius , de *Adulteris & Meretricibus.*
(2) Suétone.

qu'on mit un impôt fur les filles de joie (1), pour le conftruire.

Souvent on exige qu'elles portent des marques de leur état ; & anciennement elles avoient une figure au front (2). Celles de la Côte d'or attachent à leurs jambes des fonnettes ou des grelots , pour fe faire entendre de loin (3).

Elles font par-tout les victimes de la brutalité, mais des légiflateurs s'occupent de leur fort. Voici ce qu'on trouve dans les conftitutions siciliennes. » Si quelqu'un fait violence à une courtifane , & la force , malgré elle , à fatisfaire fes defirs, il fera puni de mort (4). «

(1) Voyage d'Italie de M. de Lalande.
(2) Hift. univ. des Anglois , t. 13.
(3) Rel. d'Artus , & de Villaut.
(4) *Conftitutionum ficularum* , lib. 1.

LIVRE ONZIEME.

Précautions que prennent les hommes au commencement de leurs actions. Ufages relatifs à l'Aftrologie, aux Sciences cabaliftiques, &c.

L'HOMME abandonné à lui-même, fent profondément fa foibleffe. Accablé de maux, il cherche à les prévenir, & le befoin qu'il a de s'en garantir, lui fait imaginer des chimeres. Il ne penfe point que fes actions dépendent de lui feul, & il fe croit à la merci de tout ce qui exifte dans la nature. Ignorant & timide, impuiffant & crédule, il commet des extravagances: il devient abfurde & cruel, & comme les maux ne diminuent point, il y a une raifon, pour que fes erreurs aillent en empirant.

On expofera quelques-unes de fes folies; mais

il eſt ſi triſte de le contempler, que le ſenti-
ment de la pitié abſorbe tous les autres.

On n'a pas deſſein de faire ici l'hiſtoire de
l'aſtrologie dans toute ſon étendue. Ce qu'on
en dira ne ſuivra pas, d'une maniere exacte, le
développement des ſociétés ; & on confondra
les plus barbares avec les plus polies, car en ce
point, elles ſont également inſenſées.

A peine le tonnerre gronde-t-il ſur la tête de   Les élé-
l'homme, qu'il eſt épouvanté de ce bruit : ſa   mens.
conſternation n'eſt pas moins grande, quoiqu'il
ne connoiſſe point la foudre, & dans ſa terreur, il ne ſait que devenir. On dit que les ſauvages errent alors au milieu des forêts ; qu'ils ſe
cachent au fond des cavernes ; qu'ils ſe proſter-
nent, & qu'ils adorent le premier objet qui ſe
préſente à leurs yeux. Les Mogols ſe jettoient
jadis, éperdus, dans les lacs & les rivieres,
& ſe noyoient ; & Genghis-Kan leur défendit,
par une loi, de s'approcher de l'eau. Les anciens ne brûloient point ceux qui avoient été
écraſés de la foudre (1) ; & d'après une loi de
Numa, on ne leur faiſoit point d'obſeques (2).

Une éclipſe vient couvrir la nature de ténebres,   Eclipſes.

---

(1) Pline & Tertullien.
(2) J. Kirchmanni, de *Funer. Romanorum.*

& l'homme eft effrayé de nouveau ; comment pour-
roit-il en découvrir la caufe ? Les Lapons tirent
contre le ciel : les habitans du Paraguay décochent des fleches, & crient de la maniere la plus
effroyable. Les Mandingos imaginent qu'un chat
interpofe fa patte entre la lune & la terre, & ils
fe mettent à danfer & chanter (1). Des peuples
de l'Indoftan caffent leur vaiffelle, & fe bai-
gnent dans le Gange (2) : les Tonquinois fon-
nent les cloches, frappent fur des tambours, &
les foldats prennent les armes, pour fecourir les
aftres en travail (3). Les Péruviens raffembloient
les tambourins, les cornets & les trompettes du
canton ; & pour augmenter la cacophonie, ils
fouettoient leurs chiens, jufqu'à ce qu'ils hur-
laffent.

Les grandes nations confervent fouvent ces
premiers préjugés, parce qu'elles ne cultivent
point l'aftronomie, & que, d'ailleurs, les lumieres ne détruifent pas les ufages abfurdes. Les
Romains & les Grecs faifoient pendant les
éclipfes de lune & de foleil, un horrible va-
carme avec des chaudrons, des fonnailles, des

---

(1) Prevôt, t. 4.
(2) Voyages de Tavernier, t. 4. l. 3.
(3) Hift. gén. de l'Abbé Lambert, t. 9.

poëles

poëles & des inftrumens rauques & groffiers.
Le tribunal des rites, à la Chine, annonce ces
phénomènes plufieurs jours avant qu'ils arrivent.
Les mandarins s'affemblent en habit de cérémonies : au moment où le foleil, où la lune,
commencent à s'obfcurcir, ils tombent à genoux, & frappent la terre du front : les tambours & les tymbales jouent des fanfares ; &
on dit que ce bruit eft néceffaire, pour fecourir la planete, & la délivrer d'un dragon prêt à
la dévorer (1).

L'homme regarde ces aftres impofans, qui   Aftres.
embelliffent l'univers ; il reconnoît peu-à-peu
leurs mouvemens, & cette marche le frappe
encore davantage. Il croit qu'ils influent fur fes
actions, & les préjugés de l'aftrologie commencent. Bientôt les nations n'entreprennent ni
guerres, ni batailles, &c. &c. fans confulter les
aftres, & les peres de famille, les meres, les
voyageurs, &c. font préfider un aftrologue à
toutes leurs démarches.

Les philofophes de l'Inde alloient jadis trouver le roi dans fon palais au commencement
de l'année ; ils produifoient les obfervations &
les prédictions relatives aux aftres, aux fruits de

_____

(1) Duhalde.

la terre, aux animaux, & on impofoit un filence éternel à celui qui étoit convaincu deux fois
d'ignorance & de fauffeté (1). Les Chaldéens
examinoient, d'une maniere particuliere, les
aftres à la naiffance des enfans (2).

Les progrès de la civilifation ne fervirent qu'à
perfectionner cet art de menfonges, & l'on en
fit une fcience. Les crifes de la nature,
le combat des élémens, les révolutions des
aftres, parurent plus importans que l'hiftoire de l'homme, des villes & des empires,
& on négligea ce qui fe paffoit fur la terre,
pour porter fans ceffe fes regards vers le ciel.
L'aftrologie devint une affaire d'état chez les
Egyptiens, les Chaldéens, les Romains & les
Grecs ; & même les prêtres de Memphis étoient
les feuls dépofitaires du fecret des planetes. Il
falloit que ceux de la Chaldée interprétaffent
les fonges & les rêves de leurs princes ; &
on les condamnoit à mort, lorfqu'ils ne réuf-
fiffoient pas (3).

Tous les quarante cinq jours, les aftronomes
de la Chine préfentent à l'empereur, la carte

─────────────

(1) Hift. univ. des Anglois, t. 13.
(2) Diod. de Sic. l. 2.
(3) Ant. dévoilée par fes ufages, t. 2.

de l'état du ciel, des changemens qui doivent arriver dans la température de l'air, les pluies, les chaleurs, les sécheresses; & s'il survient un phénomene imprévu, ils accourent au palais, pour en informer le prince : d'après leurs observations, on compose le calendrier impérial, où l'on indique les jours heureux & malheureux; & personne ne peut faire un autre almanach, sans être coupable de *lese-majesté* (1).

Il n'est pas besoin de chercher ici les raisons des coutumes qui s'établirent, car elles se rapportent aux différens préjugés. Les Lacédémoniens n'entroient en campagne qu'à la pleine lune : Erotas, leur troisieme roi, les força de se battre pendant le premier quartier; l'armée fut dispersée, & se noya de désespoir (2). En certains cantons de la Chine, on se renferme chez soi le jour de la nouvelle lune : on ne reçoit personne, de peur qu'un étranger n'enleve le bonheur que peut apporter la planète à la maison, & qu'il ne le transfere dans la sienne.

Enfin, les Sabiens & les Perses, qui adoroient les astres & les planètes, lierent l'astrologie à la religion.

---

(1) Chine de Duhalde, t. 2. & 3.
(2) Hérod. l. 4. Pausan. *in Attic.* ch. 28.

Prédictions. La divination devint un art chez les Chaldéens ; ils prédifoient l'avenir, & par des expia-
tions, des facrifices & des enchantemens, ils
cherchoient à détourner les maux, & à fe
procurer des biens (1). On crut pouvoir
maîtrifer les événemens. L'univers matériel,
dit Avicenne, doit obéir à un homme, dont
l'imagination plane dans les régions éthé-
rées (2) ; & il ne faut pas s'étonner qu'il pré-
dife l'avenir. Les nations voulurent connoître le
deftin futur de l'univers, & en calculer le
terme ; & l'on créa une *aftrologie politique*,
qui devinoit le fort des monarchies & des
autres gouvernemens : on en prévit la durée,
par des calculs fyftématiques ; & on fit l'horof-
cope des diverfes religions, qui fe font établies
fur la terre (3).

En étudiant les révolutions périodiques des
aftres, les mortels craignent bientôt qu'ils
ne recommencent plus leur carriere. Les
Mexicains fe mettoient à genoux le dernier jour
du fiecle, fur le toît des maifons, le vifage
tourné du côté de l'Orient ; & dans leur épou-

(1) Diod. de Sic. l. 2.
(2) *Homini bene compofito & fuprà materiam elato,*
cunƈta materialia obediunt.
(3) Ant. dévoilée, t. 2.

vante, ils obfervoient fi le foleil remontoit fur l'horifon (1). Une inondation, un tremblement de terre, l'explofion d'un volcan, une famine, une pefte, trouble les efprits, & l'on fe croit à la fin du monde : tous les peuples anciens, depuis l'Europe jufqu'à la Chine & au Japon, s'attendoient à la diffolution de l'univers, & ils inventerent des cycles & des périodes apocalyptiques de la grande année.

On fait d'autres obfervations fur les élémens particuliers: on en tire des préfages, & on a de nouvelles frayeurs. La température de l'air, la qualité du bois, la faifon de l'année, donnent un afpect différent à la lumiere & au feu : on examine attentivement la lumiere de la lampe & celle de la flamme: l'extinction naturelle de l'une ou de l'autre, paffe pour un prodige, & on devient atroce. On entretient des feux facrés : celui du temple de Vefta s'éteignit; ce n'étoit pas affez de facrifier la Veftale : les affaires publiques & particulieres cefferent; on alla en proceffion au temple de la déeffe; & on immola les grandes victimes (2).

Les élémens en particulier.

_____

(1) Gémelli Careri.

(2) Diff. de l'Abbé Nadal. Mém. de l'Acad. des Infcript. t. 5.

On tire des pronoſtics de la pluie, de la chaleur, du froid, de l'agitation de l'air, &c. & la nature ne peut pas faire la moindre opération, que l'homme, qui l'épie, n'en tire une fauſſe conſéquence.

Magie, ſorcellerie.

Les ſorciers accréditent ces préjugés: la troupe des magiciens ſe multiplie; & chacun ſe dit le maître des élémens: les chefs forment cette prétention; & les peuples les croyent. On voit par-tout du charme & de la ſorcellerie: des Mores, revenant de Sofala, eſſuyent une tempête, & ils demandent à Cabral, qui ſe trouvoit dans ces parages, s'il n'avoit point à ſon bord de magicien, qui pût la conjurer (1). Les hommes les plus illuſtres de la république, faiſoient des opérations magiques; & Sextus, le fils du grand Pompée, immola un petit enfant.

Enfin, les Samoiedes vendent les vents à ceux qui navigent ſur les mers du Nord: ils donnent une corde qui a trois nœuds; ils avertiſſent qu'en dénouant le premier, on obtiendra un vent médiocre; qu'il ſera fort, ſi l'on dénoue le ſecond, & que le troiſieme ſuſcitera une tempête violente.

Dieux.

La crainte avoit enfanté une multitude de

_____

(1) Prevoſt, t. 1.

dieux; & en mettant les actions de l'homme fous l'influence de mille caufes invifibles, on accrut encore ce nombre. Les marabouts inventent des *Gris gris*, en faveur de tous les defirs & contre toutes les craintes : les Negres difent que ces Talifmans préfervent des coups de fleches, & des bleffures, & dès qu'ils reffentent de la douleur, ils en appliquent un fur la partie malade : le Maire nous apprend qu'un Gris-gris coûte fouvent trois efclaves, & quatre ou cinq veaux; & les Negres fe ruinent pour en obtenir de la première vertu ; mais les princes eux-mêmes ne font pas toujours en état de les payer.

Ailleurs, chaque particulier les crée, fans le fecours des prêtres : un Negre de Loango fait lui-même fes *Mokiffos*, lorfqu'il en a befoin, & à l'inftant, il implore leurs faveurs (1).

D'autrefois, le pere de famille eft grand pontife : il diftribue les dieux à ceux qui lui en demandent, & il a feul le droit de leur offrir des facrifices, de les confulter, & de rendre des oracles.

Cependant la nature continue fa marche : l'homme fe plaint des dieux, parce qu'il leur

---

(1) Rel. d'Ogilby.

demande à tout moment des chofes contradic-
toires ; & il eft coupable d'impiété & de facrilége.

Un Oftiake, mécontent de fon idole, la dépouille, la maltraite & la jette au feu : s'il
en eft fatisfait, il la careffe, la couvre de fou-
rures, de peaux de renards *noirs*, de zibelines ;
il l'enduit de graiffe, il lui préfente des animaux & des poiffons, & il la place àl'endroit
le plus honorable de fa cabane (1).

Le culte d'un trop grand nombre de dieux
fatigua les Cauniens ; ils battirent l'air de leurs
javelots, & ils pourfuivirent ces dieux impor-
tuns jufques fur les frontieres, pour les obliger
de fortir de leur pays (2).

Les Negres de Loango, accablés de la pefte,
invoquerent inutilement leurs dieux ; & ils les
brûlerent, en difant ; *S'ils ne nous fervent pas dans*
l'infortune, quand nous ferviront-ils (3)?

Un Goth décochoit des flecles contre les
fiens, dès qu'il n'obtenoit pas ce qu'il demandoit (4).

Animaux. Enfin, l'homme malheureux s'adreffe à tout

---

(1) Muller. Defcr. de la Ruffie, par Strahlemberg.
(2) Hérodote, dans Clio.
(3) Voyage de Mérolla.
(4) Olaüs Magnus, *Hift. de Gentibus feptent.*

pour en tirer des préfages ; & il devient l'efclave de l'objet le plus vil de la nature. Si les animaux font nuifibles, il les adore. Les infulaires des Larrons rendent un culte au *cayman*, au *tiburon* & au *caëlla*, qu'ils n'ofent attaquer : & ils leur payent une dixme des fruits de la terre (1).

Les Chinois, qui redoutent les tigres, enterrent avec foin les os de ces animaux, & ils tournent la tête du côté du nord. Le pere Gerbillon dit que voulant en difféquer un, l'empereur ne manqua pas de l'avertir de cet ufage (2). Ce prince, fuivant l'ancienne coutume, fit des obfeques à un lion, qui mourut : on mit un marbre blanc & une épitaphe fur fon tombeau, & on lui rendit les mêmes honneurs, qu'aux mandarins de la premiere diftinction (3).

Comme on offroit aux dieux le fang des animaux, on étudia l'avenir dans les entrailles palpitantes des victimes ; & on forma d'étranges fyftêmes.

Lorfque les Guanches avoient befoin de pluie, ou lorfque les faifons étoient dérangées, ils conduifoient leurs moutons & leurs chevres *dans les*

---

(1) Voyage de Mindana.
(2) Rel. de Gerbillon.
(3) *Ibid.*

temples; ils fevroient les plus jeunes, & ils tiroient à tous du fang, qu'ils plaçoient fur les
autels (1).

Les Tartares Theleuts tuent chaque année un
cheval, dont ils mangent la chair, aflis en
rond; ils empaillent enfuite la peau; ils mon-
tent le cheval empaillé fur quatre poteaux, du
côté de l'Orient; & ils mettent dans fa bouche
deux branches de bouleau garnies de feuilles (2).

Au commencement de leurs actions, les Negres de Melinde éventrent un mouton; ils en
tirent les inteftins, autour defquels ils font différens exercices à cheval (3).

Quand d'autres Negres entreprennent un
voyage, ils égorgent un poulet, & ils avancent ou différent leur départ, fuivant ce qu'in-
diquent fes entrailles.

On conçoit une averfion puérile pour certains animaux : les anciens Scythes abhorroient
les cochons, & ils les tuoient (4).

On eut au contraire de l'averfion pour le meur-

---

(1) Voyage dé Scorry.

(2) Voyage de Gmelin.

(3) Prevoft, t. 1.

(4) Hift. univ. des Anglois, t. 13, où l'on cite les
auteurs originaux.

tre des animaux; & les Talapoins fe levent en plein jour, afin de ne tuer aucun infecte (1).

Quelques peuples leur décernerent un culte folemnel. Si le bœuf Apis mouroit; il étoit pleuré de toute l'Egypte, & on lui faifoit de magnifiques funérailles (2).

On croit que les rêves font infpirés par les êtres invifibles; & les nations les plus éclairées y attachent de l'importance, comme dans l'enfance des fociétés.

Songes.

Quand un Indien de l'Amérique feptentrionale defire en fonge quelque chofe, la bourgade parcourt fouvent cinq cens lieues, pour le fatisfaire. Le fongeur conferve ce qu'on lui donne avec des foins inouis; & fi c'eft un animal, fa mort lui caufe une inquiétude extrême : s'il s'avife de rêver qu'il caffe la tête à un homme, il va le tuer, s'il peut en venir à bout. Ces fauvages célébrent une fête, qu'on nomme *fête des fonges, ou renverfement de la cervelle* : elle commence à la fin de l'hiver, & dure quinze jours. Chacun court de cabane en cabane, fous mille déguifemens : on brife, on renverfe tout, en demandant à ceux qu'on rencontre, l'explication de fon dernier

---

(1) Voyez le livre premier.
(2) Diod. de Sic. l. 1. fect. 6.

réve : celui qui le devine, eft obligé de donner
la chofe qu'a rêvé le fongeur (1). Il y a
enfuite un grand feftin. Le P. Dablon,
Jéfuite, fe trouva, malgré lui, au milieu d'une
de ces fétes, dont il fait la defcription (2).

L'empereur Antonin (3) remercioit les dieux
de ce qu'il avoit appris en *fonge*, des remedes
pour fes crachemens de fang.

L'ignorance de la phifiologie, enfanta d'autres erreurs : on prit le tintement des oreilles,
l'éternûment, le treffaillement de quelques parties du corps, le bruit intérieur du ventre, &
même les *vents*, pour des préfages (4). On en
forma fur les *paroles fortuites*, les chûtes impré-
vues, la rencontre de certaines perfonnes & de
certains animaux, & l'on eut foin de n'employer que les noms dont la fignification annonçoit quelque chofe d'agréable (5).

On imagina enfuite les forts : on ouvroit un
livre au hafard ; & l'on formoit des augures fur

---

(1) Il femble d'abord que ce foit une raifon pour ne jamais
deviner ; mais cette confidération n'arrête pas les fauvages.

(2) Lafiteau, Mœurs des fauvages Américains.

(3) Penfées de Marc-Aurele. Chap. *Bienfaits que j'ai
reçus des dieux.*

(4) Bulengeri, de *Ominibus.*

(5) Mém. de l'Acad. des Infcr. t. 1.

le premier paffage qui s'offroit au lecteur. Les payens fe fervoient fur-tout des livres *d'Homere* & de *Virgile* (1) : les chrétiens employerent la bible ou les vies des faints (2) : cette coutume devint univerfelle ; & Louis le Débonnaire fut contraint de l'abolir par une loi générale (3). On chercha des préfages jufques dans les *noms des faints.*

On confulte les hommes qui naiffent avec une difformité monftrueufe ; on croit que la divinité prend d'eux un foin particulier : les peuples de l'Orient refpectent les Blafards ; & ils les canonifent de leur vivant.

Les Cretins du Valais font des imbécilles qui portent des goîtres monftrueux ; on les regarde comme les anges tutélaires des familles , & comme des faints (4).

Les peuples raifonneurs inventent de nouvelles

---

(1) On les nommoit *fortes Homericæ* , *fortes Virgilianæ.* Voyez la Differt. de l'abbé Du Refnel , dans les Mém. de l'Acad. des Infcript. t. 3 1.

(2) On les nommoit *fortes Sanctorum.*

(3) Voyez le quatrieme livre des Ordonnances , art. 46. *Ut nullus in pfalterio vel Evangelio , vel aliis rebus, fortiri præfumat , nec divinitationes aliquas obfervare.*

(4) Mém. de M. le Comte de Maugiron , lu à la Société Royale de Lyon.

manieres de pronoſtiquer les événemens : ils créent des termes généraux, & de toutes ces chimeres, ils forment des ſciences (1).

Enfin, on ne ſait plus d'où tirer des préſages, & on immole des victimes humaines. Les Celtes tuoient un homme d'un coup de ſabre, & la maniere dont couloit ſon ſang, dirigeoit leur conduite (2). Les Galates examinoient en outre comment il tomboit, & comment ſes bras s'affaiſſoient (3). Les Gaulois, qui perçoient d'un coup d'épée le diaphagme, obſervoient les différentes convulſions (4). Les Danois ne liſoient l'avenir que dans les entrailles, le cœur & l'eſtomac. Un mandarin ou un ſeigneur de Laos, donne vingt-cinq ou trente écus à un ſcélérat, qui chaſſe des hommes dans les bois : s'il en ſaiſit un, il lui ouvre l'eſtomac

---

(1) On peut voir dans le Traité de l'Opinion, des détails ſur l'*hydromantie*, la *lecanomantie*, l'*aëromantie*, la *gaſtromantie*, la *catoptromantie*, l'*alphitomantie*, la *coſcinomantie*, la *céphalayonomantie*, la *rabdomantie*, la *xylomantie*, la *ceromantie*, la *pyromantie*, &c. &c. &c. Chacun connoît les abſurdités de la cabale, & les rêveries des Pythagoriciens, & des autres philoſophes, ſur les nombres.

(2) Diod. de Sic.

(3) Boëmus, *Mores Gentium.*

(4) Diod. de Sic. l. 5. ch. 20.

& le ventre, & lui arrache la véficule du fiel ,
qu'il porte au maître qui l'a envoyé : celui-ci
jette des gouttes de ce fiel dans du vin , &
il en frotte la tête d'un éléphant , pour découvrir l'avenir. On ajoute que fi l'affaffin
n'en trouve point dans le tems prefcrit , il fe
poignarde lui-même , ou fa femme , ou un de
fes enfans (1).

Lorfque tout eft dénaturé , on met une importance puérile à des bagatelles : il n'y a
plus rien d'indifférent , & il femble que le fort
de l'homme foit attaché à la plus petite de fes
opérations. Si un Negre fe place par hafard au
coin du lit , où le mari & la femme ont couché
la nuit précédente , il court chez un forgeron :
l'ouvrier prend le coupable par le petit doigt
de la main gauche , qu'il fait tourner fur fa
tête : il le purifie , en frappant deux ou trois fois
fur fon enclume , & prononçant quelques paroles (2). Un pere , qui a un fils infenfé , ne
peut manger de la chair de buffle , & fon abfti-
nence ne finit que lorfqu'il engendre un enfant
raifonnable (3).

---

(1) On ne garantit pas ce fait attefté par quelques voyageurs.

(2) Rel. d'Ogilby.

(3) *Ibid.*

Les Juifs mettent le foulier droit le premier ; & en fe déchauffant, c'eft le foulier gauche qu'ils doivent d'abord ôter : ils placent dans le lit, les pieds du côté du nord, & la tête au midi : c'eft un péché de laiffer un couteau fur fon tranchant ; & plufieurs vont à la garderobe une fois par jour, pour ne pas fouiller ce qu'ils mangent.

Les Mahométans fe lavent la paume de la main, la barbe & les doigts du pied ; ils fe frottent la tête & les oreilles ; ils tirent de l'eau par les narines, en commençant toujours du côté droit. Ces ablutions font indifpenfables, quand on a fatisfait aux befoins de la nature ; après le fommeil, car on a contracté des impuretés dont on ne fe fouvient pas ; lorfqu'on s'eft enivré, ou que des vapeurs ou des vertiges ont fait perdre la raifon ; & fi on a touché fes parties naturelles ou une femme impure.

Cérémonies. On établit des cérémonies ridicules qu'on revêt d'une pompe folemnelle ; & les nations les plus éclairées font les moins raifonnables. Des payfans de Livonie nourriffent des ferpens avec du lait : ils croient que le falut de leurs troupeaux dépend de la vie de ces reptiles.

Pour arrêter les calamités publiques, les Romains

mains enfonçoient, en grand appareil, un clou dans la muraille du Capitole (1).

On a recours aux oracles & aux Sybilles. Les oracles font de tous les lieux & de tous les tems : Vandale & Fontenelle expliquent pourquoi ils ont ceffé en Europe & en Afie ; mais ils fub-fifteront toujours en Afrique, & on en connoît deux aujourd'hui, à la côte occidentale, qui font auffi fameux que celui de Delphes.

Oracles & Sybilles.

Toute la Greçe confultoit les oracles ; leur ré-ponfe conduifoit les affaires des particuliers, & décidoit des intérêts des villes, des nations & des rois, de la paix, de la guerre & de la religion. Comme l'erreur fut plus invétérée & plus durable que dans les autres pays, il eft important d'en découvrir la caufe.

Ce peuple paffionné, qu'on enflammoit par l'enthoufiafme, & qui remplifloit de dieux, les montagnes, les forêts, & les fleuves, crut aifément que ces dieux parloient en quel-ques endroits. — Il paroît que les fophiftes & les rhéteurs rendoient fouvent les oracles ; & alors les Grecs étoient entraînés par les charmes de l'éloquence & de la poëfie, plus encore que par la fuperftition. — On accouroit avec empref-

---

(1) Tite-Live, décade 1, l. 7.

sement , pour entendre des dieux qui parloient ;
& c'étoit un grand spectacle pour la curiosité.
— Les prêtres, les princes & les hommes éclairés ,
ne croyoient pas toujours aux oracles ; mais
ils respectoient ces préjugés , & les anciens
avoient pour maxime de ne pas blesser la
croyance du peuple. L'esprit humain ne dirigeoit
ses efforts que contre la tyrannie , & comme ce
vaste champ élevoit les âmes , & absorboit leur
activité, on n'attaquoit point la superstition (1).

(1) On peut appliquer aux Anglois la même réflexion.
Ces fiers Insulaires regardent en pitié les écrivains qui
combattent les préjugés religieux: ils rient de leurs efforts ;
& persuadés que le genre humain est né pour l'erreur, ils
ne se mettent pas en peine de détruire des superstitions,
qui seroient bientôt remplacées par d'autres. Mais la liberté de la presse , & la constitution du gouvernement,
leur permettent d'attaquer les administrateurs , & ils
crient sans cesse au despotisme. La premiere loi des monarchies est d'écarter les séditieux & d'ôter la liberté d'é-
crire : l'esprit humain , qui est indomptable , s'égare , &
il attaque les religions. Les sujets des princes absolus écou-
tent d'ailleurs plus volontiers ces spéculations ; tandis qu'en
Angleterre , on est plus disposé à recevoir les avis qu'on
donne pour maintenir la liberté. Rien n'excite tant d'enthousiasme que cette liberté ; & la nation qui en jouit, ou
qui croit en jouir, ne voit & n'entend rien , que lorsqu'on
lui parle du despotisme.

Les hommes les plus habiles avoient d'ailleurs fur les oracles , des connoiffances imparfaites. Vénérius rapporte leur fyftême ; & Platon , Jamblique & Porphyre les attribuoient aux démons : les fyftêmes de Proclus, de Plutarque & d'Ariftote, ne font pas moins abfurdes , & aucun d'eux n'entrevoit la caufe de ces impoftures.

Bulengerus fait mention de cent quarante oracles fameux : ils ne parloient pas tous de la même maniere ; & les prêtres employoient différentes rufes. On dit qu'à Dodone , des colombes donnoient la réponfe (1). Quoiqu'à l'aide de la méchanique , la voix d'un homme puiffe fortir du bec d'un pigeon , il eft probable que les colombes du temple fervoient feulement aux fuperftitions des facrificateurs.

Les Colophons de l'Ionie avoient un orac'e qui accordoit la vertu de prophétifer, au moyen d'une eau qu'on bûvoit ; & les Branchides prophétifoient , en humant la vapeur d'une cuve d'eau (2).

Les Dauniens & les Calabrois confultoient

---

(1) Bulengerus ; *de Oraculis & Vatibus.*
(2) Jamblique, Porphyre, Venerius *de Oraculis & Divinationibus.*

Z ij

l'oracle de Podalire en se couchant sur des peaux de brebis, & pendant leur sommeil, ils recevoient la réponse.

On se présentoit nud à l'ouverture de l'antre de Trophonius : on disoit à l'oracle, ce qu'on vouloit, & on recevoit, d'un autre côté, les réponses accompagnées d'un vent impétueux (1).

Sibylles. Les Sibylles ne furent pas moins célebres. Ces femmes couroient le monde, en débitant des prédictions. Les livres sibyllins ont été longtems sacrés ; les Romains les confierent aux citoyens les plus distingués & à des ministres publics ; on les consultoit dans les occasions importantes, & ces rapsodies gouvernerent l'univers : ils devinrent, à la fin, si dangereux, que les empereurs Romains verserent du sang, pour les abolir ; & on traita les *sibyllistes* comme des criminels & des *ennemis du monde* (2).

Fêtes. On institue des fêtes ; & chacun les sanctifie à sa maniere. Les Juifs observoient scrupuleusement le sabbat, & ils n'alloient pas même à la garderobbe (3).

_____

(1) Diod. de Sic. l. 15. c. 14. Les Adages d'Erasme & les Béotiques de Pausanias, l. 9.

(2) Tacite. On peut voir une Histoire abrégée des Sibylles, dans l'Antiquité dévoilée par ses usages, t. 2.

(3) Boëmus, *Mores Gentium.*

Le roi d'Achem, suivi de sa noblesse, & de quarante éléphans, richement caparaçonnés, se rend, une fois l'an, à la mosquée, pour voir si le Messie n'est point venu. On y fait de grandes recherches; & le prince retourne dans son palais, sur l'éléphant destiné au Messie (1).

Lorsque les habitans de Java forment une entreprise difficile, ou qu'ils bâtissent une maison, ils célebrent un jour de fête (2).

Afin de mettre la divinité dans ses intérêts, *Vœux.* on fait toute sorte de vœux. Les Negres de Juida adorent un serpent, & on lui consacre des vierges, pour en avoir soin. Voici comment on enleve ces victimes: de vieilles prêtresses sortent armées de grosses massues, & courent comme des Bacchantes, en disant: *Arrêtez ; prenez.* Toutes les filles de huit à douze ans, qu'on saisit dans cet intervalle, leur appartiennent; & quiconque résiste est mis à mort.

Ces vierges font un noviciat : on grave sur leur corps, avec des poinçons de fer, des figures de fleurs, d'animaux, & surtout de serpens; cette opération cause de vives douleurs & une grande effusion de sang ; mais personne

---

(1) Prevôt, t. I.
(2) *Ibid.*

ne peut approcher des furies , qui les tourmentent. La peau ressemble à un satin noir à fleurs , & annonce une consécration perpétuelle au culte du serpent. Ces prêtresses sont fort respectées , & si elles se marient , l'homme qu'elles épousent , ne leur parle qu'à genoux (1).

Les Negres entourent leur nez de plaques de fer , pour se souvenir de leurs vœux (2). Les Tartares Nogais & de Crimée consacrent leur premier enfant à Dieu ou à quelque saint : si c'est une fille , elle porte le reste de sa vie une bague dans la narine droite , & si c'est un garçon , il la porte à l'oreille droite.

Les pagodes de l'Inde sont remplies de veuves, qui jurent de présenter de l'eau de féves aux voyageurs : on en voit d'autres , qui jurent de ne manger que ce qu'elles trouvent dans la fiente mal digérée des chevaux , des bœufs & des vaches (3).

Les peuples éclairés prononcent des vœux d'un genre différent. Catherine de Médicis promit d'envoyer à Jérufalem un pélerin, qui en feroit le

(1) Voyage de Desmarchais, t. 2. Voyage d'Atkins.
(2) Voyage de Moore.
(3) Rel. de Tavernier.

chemin à pied, en avançant de trois pas, & recu-
lant enfuite d'un pas à tous les troifiemes (1), fi
elle obtenoit du ciel une grace qu'elle demandoit.

Bertrand du Guefclin, relevant le gantelet
d'un Anglois, » jura, au nom de la Trinité,
de ne manger que trois *foupes au vin*, jufqu'à
ce qu'il l'eût combattu (2). « Ce même héros
affiégeant Moncoutour, » jura de ne *manger
viande & de ne fe déshabiller*, qu'il ne l'eût
prife (3).

Des affiégés font vœu de fe manger les uns
les autres, plutôt que de fe rendre : on
promettoit jadis à Dieu de planter les pan-
nons fur les murs ou fur la tour dont on
vouloit s'emparer, de fe jetter au milieu des
ennemis, & de leur porter le premier coup (4).
Jacques d'Andeli jura qu'au premier combat,
où fe trouveroit le roi d'Angleterre, il feroit
le meilleur guerrier de fon côté, ou qu'il *mour-
roit à la peine*. Il tint parole à la bataille de
Poitiers.

---

(1) Elle trouva pour cela un homme affez vigoureux,
& elle l'annoblit après l'avoir comblé de richeffes.

(2) Théâtre d'honneur de la Colombiere.

(3) *Ibid.*

(4) Froiffart.

Z iv

Les premieres peuplades ont ſouvent de la bonne foi, & l'on en voit qui rempliſſent leurs engagemens avec exactitude. Les Oſtiakes tracent ſur leurs mains des figures d'oiſeaux ou des chiffres, en préſence de leurs créanciers; ils apportent le poiſſon ſec, les pelleteries ou ce qu'on a fixé dans le marché : ils montrent les marques de leurs mains, on les efface, & tout eſt terminé (1).

Mais les hommes manquent bientôt à leurs promeſſes ; & on eſſaye de rendre les engagemens ſacrés, en interpellant les dieux. La ſuperſtition donne toute ſorte de formes aux ſermens. Quelques-uns reſſemblent à des contrats purement civils ; mais ils impoſent une obligation religieuſe. Les Indiens des bords de l'Orenoque, crachent dans leurs mains, & après cette cérémonie, ils ne manquent plus à leur parole.

Les Galles (2) s'oignent de beurre, & placent leurs mains ſur la tête d'une brebis. La brebis, diſent-ils, eſt le ſymbole d'une mere, le beurre, déſigne l'amour qui eſt entre la mere & les enfans ; & l'on ne doit jamais manquer

---

(1) Rel. de Muller.
(2) Peuple d'Abyſſinie.

à un ferment prêté fur la tête de fa mere (1).

Lorfque les officiers du Tonquin, renouvel-lent au roi leur ferment de fidélité , ils égor-gent une poule , ils en laiffent couler le fang , dans un baffin d'arrak , qu'ils boivent enfui-te (2). Les Negres de Juida , avalent deux ou trois gouttes de fang , & ils en arrofent un trou fait en terre (3). Les Siamois boi-vent réciproquement de leur fang (4) ; & on dit que Catilina préfenta à fes complices des coupes remplies de vin & de fang humain (5).

Les peuples de l'Orient lioient les pouces de leurs mains droites ; ils s'entrepiquoient le doigt, & ils fuçoient en même tems le fang qui jail-liffoit (6).

Les Negres jurent par leurs fétiches, c'eft-à-dire, par un poil, une paille, une pierre, un morceau de bois, &c. & lorfqu'ils avalent du fétiche rapé , le ferment eft encore plus facré (7). Les Européens , profitant de leur

(1) Rel. de Lobo.

(2) Rel. de Tavernier & de Baron.

(3) Defcript. de la Guinée, par Barbot.

(4) Rel. de la Loubere.

(5) Sallufte.

(6) Hérod. l. 1. Tacit. ann. 12.

(7) Voyage de Loyer.

croyance, jettent un petit corps dans de l'eau ;
ils y trempent un morceau de pain ; & à l'afpect de cette liqueur, les Negres découvrent
ce qu'on veut favoir. Plufieurs marchands ordonnent aux efclaves de jurer par le fétiche,
qu'ils ne fe jetteront pas dans la mer, & fur ce
ferment, on leur ôte leurs chaînes (1).

Le prêtre reçoit d'autres fermens, avec plus
de folemnité. Le contractant prie le fétiche de
le punir, s'il bleffe la vérité : le pontife touche
enfuite les tempes, les bras, le ventre & les
jambes du Negre avec le fétiche ; & il tourne
trois fois autour de lui : il lui coupe l'extrémité des ongles de deux doigts du pied
& de la main, & une partie de fa chevelure,
qu'il jette dans le tonneau, où l'on place le
fétiche (2).

Ailleurs, on fait un autel de petits bâtons ;
& on arrofe de fang humain, un fac qui contient des offemens : on y joint des morceaux de
pâte & une callebaffe remplie de la liqueur qui
fert au ferment (3).

Les Negres jurent auffi par la tête, par

---

(1) Voyage de Philips.
(2) Voyage de Villault.
(3) *Ibid.*

les bras ou la jambe, &c. d'un homme, & ils craignent de perdre la tête, les bras ou la jambe, s'ils se parjurent; ou ils mettent du sable dans leur bouche; & levant les yeux au ciel, ils s'écrient: *Dieu! que ce sable me tue, si ce que je dis n'est pas vrai.*

Quand les Ostiakes prêtent serment aux way-vodes représentans du czar, on étend par terre une peau d'ours, une hache & un morceau de pain sur un couteau: avant de manger le pain, ils disent: » Si je ne demeure pas toute la vie fidelle à mon souverain, &c. puisse cet ours me déchirer au milieu des bois; ce pain, que je mange, m'étouffer; ce couteau, me donner la mort, & cette hache, m'abbatre la tête. « D'autres fois, on les mene devant une idole, à laquelle ils coupent le nez, en chantant: » Si je fais un faux serment, puisse ce couteau m'abbattre aussi le nez. «

Les Hébreux, si l'on en croit les Rabins, posoient alors la main sur les parties naturelles du grand-prêtre.

Les payens juroient par des êtres inanimés, des herbes potageres, & sur-tout par le chou (1) & le capprier, par le chien, & par l'oye; &

_____

(1) Athenée, l. 9.

les Egyptiens, par l'ail, le poireau & l'oignon:
les Scythes, par le vent & leur cimeterre (1):
les Tartares, par leur lance; d'autres peuples,
par la terre, les fontaines & les rivieres: les
Cappadociens, par une montagne: les Maffage-
tes, par le Tanaïs & les Palus Meotides; & Pythagore lui-même par le quarré de quatre (2).

Les barbares juroient *par leur honneur* ; mais
on ne reconnoît plus ce ferment dans les tribunaux ordinaires, parce que les lois romaines
ont prévalu fur les anciennes mœurs (3).

Les Romains abbrutis juroient par le génie,
le falut, la fortune, la majefté & l'éternité de
l'empereur ; & Caligula, par le falut, la fortune & le génie de fon cheval.

On jura par la tête & les cheveux de Dieu; &
il fallut que Juftinien défendit, fous des peines
très-féveres, ce ferment qui dura jufqu'au milieu
du fixieme fiecle (4). On fit des fermens fur
des tombeaux, fur des reliques, fur l'autel &
fur l'évangile.

---

(1) Lucien.

(2) Laurentius, *de Juramentis*. Coll. de Gronovius,
t. 6.

(3) Origines ou anc. Gouv. de la France, &c. t. 2.

(4) Diff. fur les fermens de l'Abbé Maffieu, t. 1.
Mém. de l'Acad. des Infcr.

Enfin, comme on redoutoit le parjure, on joignit les épreuves aux fermens. En Sicile, on jetoit une écorce dans l'eau : fi elle alloit au fond, le ferment paffoit pour faux, & on brû-loit le parjure (1). En plufieurs endroits de la Grèce, ceux qui juroient, prenoient du feu avec la main, & marchoient à pieds nuds fur un fer chaud (2).

On ne manqua pas de raifonner fur ces fer-mens, & l'on établit d'abominables maximes : des peuples de l'antiquité difoient qu'il faut amufer les enfans avec des jouets, & les hommes avec des fermens. Les habitans de Ma-roc ne gardent pas la foi aux infideles, & ils n'ont aucun fcrupule (3).

L'abus des fermens devient extrême ; & on en fait dans toutes les occafions. Sous Louis XI, les promeffes & les engagemens étoient comptés pour rien, à moins qu'on ne les con-firmât par un ferment folemnel.

---

(1) *Ibid.*
(2) Voyez le Scholiafte de Sophocle.
(3) S. Olon. Braitwait.

Fin du fecond Volume.

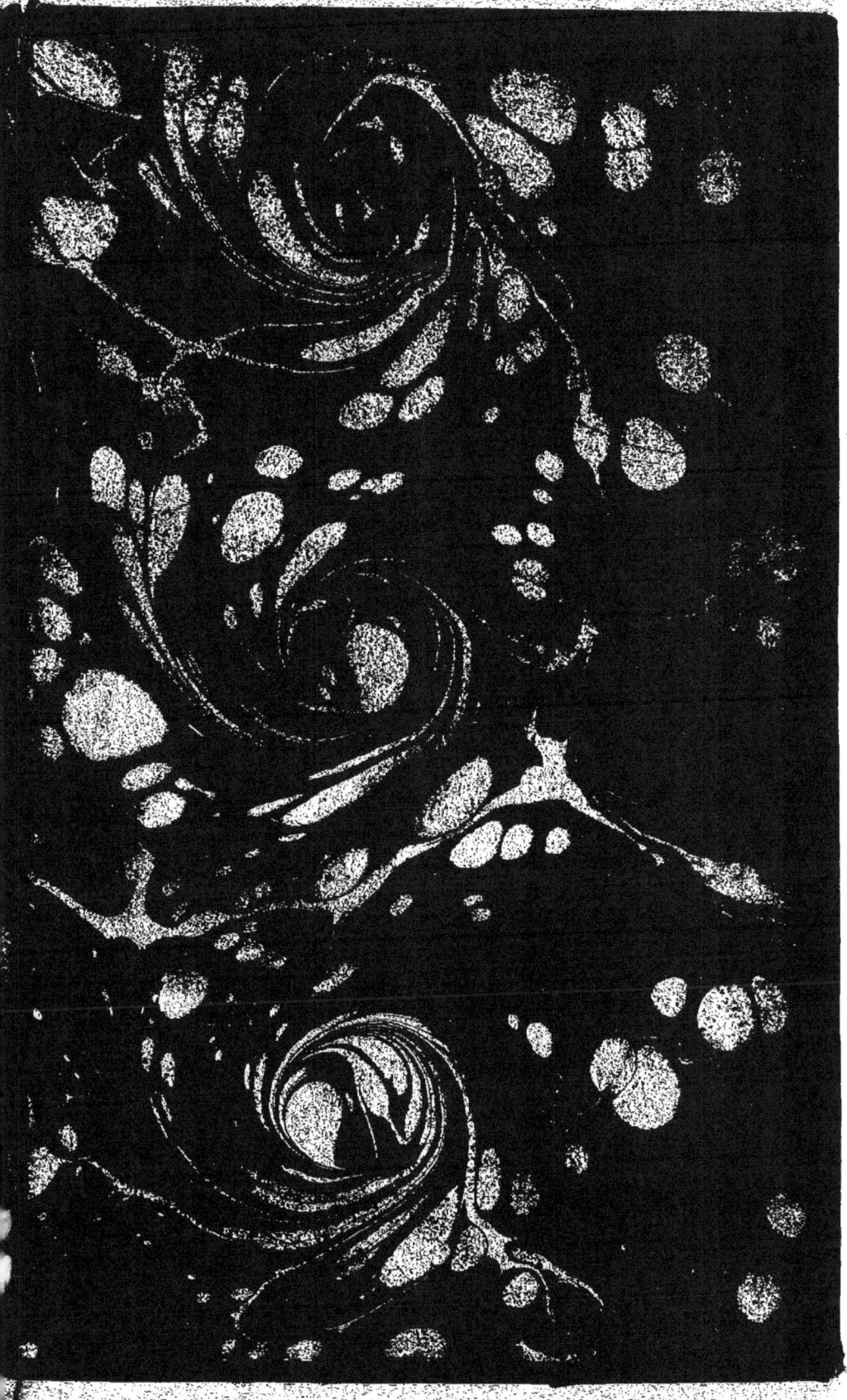

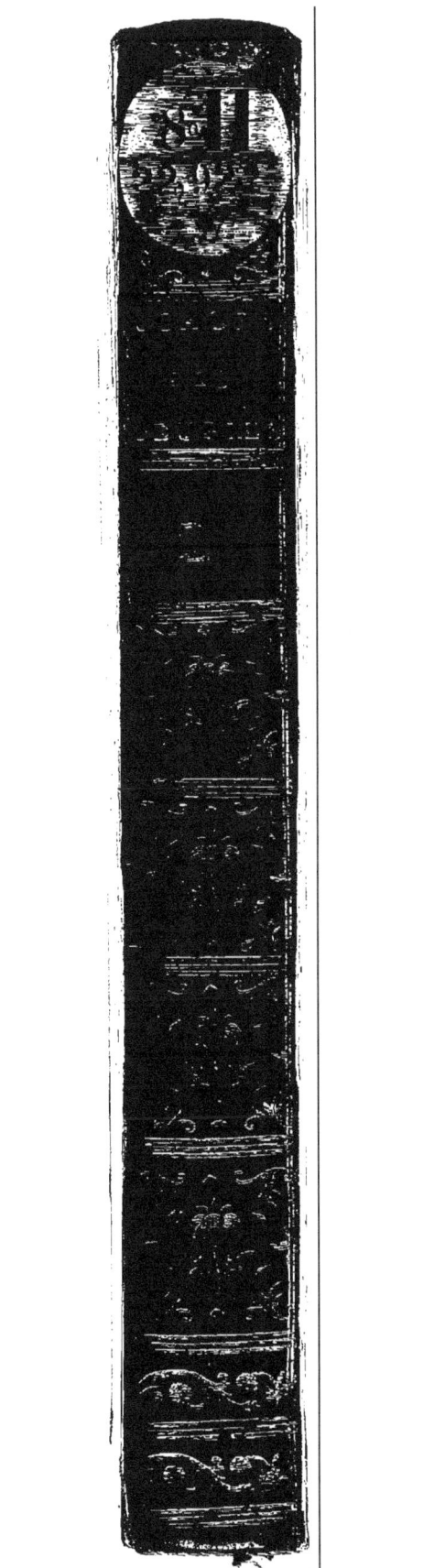

www.ingramcontent.com/pod-product-compliance
Lightning Source LLC
Chambersburg PA
CBHW050316030726
47505CB00003B/731